Tauno Vahter

Die elf Fluchten des Madis Jefferson

Tauno Vahter

Die elf Fluchten des Madis Jefferson

Roman

Aus dem Estnischen übersetzt
von Maximilian Murmann

Residenz Verlag

Wir danken für die Unterstützung.

CULTURAL ENDOWMENT OF ESTONIA

MIX
Papier | Fördert gute Waldnutzung
FSC® C014138
FSC
www.fsc.org

Die Originalausgabe dieses Werks erschien 2021 unter dem Titel »Madis Jeffersoni 11 põgenemist« im Verlag Tänapäev, Tallinn.

Salzburg – Wien

Bibliografische Information der Deutschen Nationalbibliothek
Die Deutsche Nationalbibliothek verzeichnet diese Publikation in der Deutschen Nationalbibliografie; detaillierte bibliografische Daten sind im Internet über http://dnb.dnb.de abrufbar.

www.residenzverlag.com

Umschlaggestaltung: Thomas Kussin / buero 8
Typografische Gestaltung, Satz: Lanz, Wien
Lektorat: Jessica Beer
Gesamtherstellung: GGP Media GmbH, Pößneck

ISBN 978 3 7017 1781 1

Wolltest du jemals fliehen?

Drei Väter

Kreis Lääne, 1835

»Ist das wirklich eine gute Idee?«, fragte Lehrer Steinbach den Mann, der für das Schmutzwetter denkbar unpassend gekleidet war.

»Ich denke, das ist eine sehr gute Idee. Hinreißend!«, nickte der mit Weste und Jackett angetane Mann, Konrad von Odenkopf, Gutsherr auf Amin.

»Wir haben hier eher traditionelle Namen … Und die Bauern selbst haben zum Beispiel um Tier- oder Baumnamen gebeten«, hakte der alte Steinbach nach.

»Nein, das ist sehr gut. Dabei bleibt es!«, verkündete der Gutsherr mit einem leichten Grinsen und so resolut, dass der Lehrer nicht weiter diskutierte, sondern mit einem kaum hörbaren Seufzer das Kirchbuch hervorholte, die Feder in die Hand nahm und den Gutsherrn fragend ansah.

»Also?«

»Zuerst die vier Familien aus Meriküla: Rostock, Hamburg, Liverpool und London. Entscheiden Sie selbst, welcher Name für wen ist. Ney, Blücher und Wellington für die Familien aus Ranna. Ihre Entscheidung.«

Steinbach verzog keine Miene, weil das Dach des Pfarramts schon das zweite Jahr undicht war und eine Reparatur in Aussicht stand.

»Mhm, Wellington … ja. Es gibt da nur ein kleines Problem. In Ranna leben vier Familien.«

»Ach so. Verstehe, dann nehmen wir noch Napoleon.«

»Napoleon? Selbstverständlich, warum nicht … Wie wäre

es mit Thurn und Taxis …«, murmelte Steinbach, schrieb aber »Napoleon« hinter die Familie des alten Jaak.

»Napoleon.«

»Fertig?«

»Was ist mit den Fischern von Avipalu?«, erkundigte sich Steinbach.

»Ach ja … Wie viele Haushalte gibt es dort?«

»Früher waren es sechs, aber nach der Missernte sind nur noch drei geblieben.«

»O weh … Dann wollen wir mal über den Tellerrand schauen … Nehmen wir Franklin … Washington … Jefferson.«

»Mein Herr, welche Bauern können so komplizierte Namen aussprechen oder gar schreiben?«

»Das werden sie schon lernen! Haben jetzt alle einen?«, fragte der Gutsherr ungeduldig.

»Mehr als das«, konstatierte Steinbach etwas traurig.

»Hervorragend! Dann noch wegen dieser Sache mit den Wächtern – bis zum Herbst müssen zwei Männer abwechselnd Wache stehen.« Die beiden nickten und der Gutsherr trat hinaus zu dem Bauern, der auf dem Fuhrwerk wartete. Der Lehrer stand auf der Treppe und wusste nicht, ob er den Herrn bewundern oder für verrückt halten sollte.

»Heimwärts!«, befahl der Gutsherr dem langen, schmalen Bauern, der die Zügel in der Hand hielt und allen als »Jaan« oder »der Henker« bekannt war, weil er, wann immer es nötig war, beim Abstechen eines Schweines half.

»Jaan, zwei Dinge! Bleib kurz am Feldrand stehen«, verkündete der Gutsherr noch feierlich.

»Hä?« Das Fuhrwerk blieb stehen.

»Erstens, schau dir diese grünen Pflanzen an … Du wirst ab sofort hier neben der Kirche über das Feld wachen. Hol dir einen Mann aus dem Stall dazu, und dann werdet ihr zwei abwechselnd den ganzen Tag lang Wache stehen, bis im September die Ernte bereit ist. Niemand darf sich auch nur eine Frucht aus dem Boden nehmen.«

»Welche Frucht?«

»In der Erde hier werden braune, runde Dinge wachsen, die Ende des Sommers reif sind. Sag allen, dass keiner davon nehmen darf und dass die gesamte Ernte zum Gut gebracht werden muss. Die Früchte sind sehr teuer. Verstehst du, niemand darf auch nur eine nehmen!«

»Mhm.«

»Zweitens, du heißt jetzt nicht mehr nur Jaan.«

»Mhm.«

»Du hast nun einen zweiten Namen und heißt ab sofort Jaan Jefferson.«

»Mhm, Dschefferso.«

»Das war alles, fahren wir heim.« Jaan Jefferson blickte neugierig über die nichtssagenden grünen Blätter auf dem Feld, während Konrad allwissend schmunzelte.

An diesem Abend wussten alle Ortsansässigen, die sich in der Kneipe zum Neuen Kreuz versammelt hatten, dass der Gutsherr auf dem Feld bei der Kirche Goldeier züchtete. Und zum Abschluss des Abends brach Jüri Blücher mit einer beherzten Kopfnuss Mihkel Napoleon den Wangenknochen.

Erster Teil

Der verlorene Sohn

Avipalu, 1921

Im Dorf Avipalu war es ruhig, denn fast alle Männer waren nach der vom Sturm erzwungenen Pause aufgebrochen, um die Netze erneut auszuwerfen, während die Kinder bei der Heuernte helfen mussten. Am Hoftor des Schmieds stand eine Frau mit einem Leinentuch und spähte den Weg hinunter, der in die Stadt führte. Schließlich erschien eine Kutsche mit zwei Gestalten: einem Erwachsenen und einem Kind. Madis, endlich! Was soll man mit so einem nur machen: Umarmen oder versohlen? Liisa unterdrückte den Wunsch, ihnen entgegenzulaufen, wischte sich schnell eine Träne aus den Augen und trat ruhig durch das Tor hinaus.

Madis hatte ein Lächeln im Gesicht, aber ein ausgeprägtes Schuldbewusstsein war darin nicht zu erkennen. Immerhin war er unversehrt.

»Bitte sehr«, sagte der etwa dreißigjährige Mann, Wachtmeister Hamburg. »Eine Sendung aus Stockholm.«

»Stockholm? Herrgott, Madis!«, seufzte die Mutter.

»Der Junge hat sich auf einem Schiff versteckt. Sie haben ihn gefunden und zurückgeschickt.«

»Madis, was hast du dir dabei gedacht? Mit acht Jahren! Ich dachte, du treibst dich wieder in Haapsalu rum. Wir hatten furchtbare Sorgen!« Sie beugte sich zu Madis, um ihm in die Augen zu sehen.

»Großer Gott. Hauptsache, am Leben … Was soll ich mit ihm nur machen?«, fragte die Mutter den Wachtmeister.

»Der Junge soll sich mal ausruhen, lassen Sie uns ein wenig

reden«, schlug Hamburg vor.

»Nimm dir was zu essen, deine Schwester ist drinnen. Wir reden später.« Die Mutter schob Madis ins Haus und wandte sich besorgt dem Wachtmeister zu. »Hat er denn Schaden angerichtet? Ich weiß nicht, woher ich das Geld nehmen soll, wenn ich für etwas aufkommen muss …«

»Keine Sorge, er hat mir auf dem Weg ein bisschen was erzählt. Der Junge hat nach der Beerdigung gewartet, bis alle im Bett waren. Er hat sich zwei Butterbrote geschnappt sowie eine Flasche Wasser und ist zur großen Straße gegangen. Von dort hat ihn am Morgen ein Bauer mitgenommen, der in Richtung Stadt unterwegs war. Madis hat ihm gesagt, dass sein Vater auf dem Markt arbeitet. Im Hafen hat er eine Galeasse gefunden, die gerade mit Waren für den Stockholmer Markt beladen wurde, und sich im Frachtraum versteckt. Die Männer haben ihn kurz vor der Ankunft entdeckt, als sie bereits Schweden erreicht hatten, weil ihm schlecht geworden ist.«

»Verfluchter Bengel! Ich weiß nicht, ob Johannes ihn versohlt hätte … Aber es geschieht ihm recht, dass er wenigstens seekrank geworden ist. Eine ganze Woche!«, die Mutter schüttelte den Kopf.

»Nicht ganz. Er hatte offenbar nichts mehr zu trinken und hat im Frachtraum Beerenwein getrunken und Butter gegessen. Er war besoffen!« Der Wachtmeister konnte seine Heiterkeit nicht verbergen.

»Madis, Herrgott nochmal!« Die Mutter vergrub ihr Gesicht in dem Tuch.

»Sie haben ihn seinen Rausch ausschlafen lassen und ihn dann der Polizei in Stockholm übergeben. Weil das Schiff nicht gleich zurückgefahren ist, haben sie ihn auf ein anderes gesteckt, mit dem er nach Tallinn gekommen ist und von dort weiter nach Haapsalu, wo man mich informiert hat.«

»Und was jetzt? Muss er nochmal zur Polizei?«

»Nein … Die Schiffseigentümer verlangen zum Glück kein Geld. Aber versuchen Sie, Ihren Jungen besser im Auge zu behalten. Ich verstehe, dass es für Sie gerade schwer ist, aber wir können ihn nicht überall suchen. Erst Ranna, Paldiski und Haapsalu, jetzt schon Stockholm. Als Nächstes müssen wir ihn noch aus Amerika holen.«

»Gott sei Dank ist er heil geblieben. Ich bin Ihnen so dankbar … Das wird nie wieder vorkommen!«, sagte die Mutter und schüttelte dem Konstabel fest die Hand.

»Viel Glück!« Der Wachtmeister lüpfte die Uniformmütze und brach auf.

Liisa Jefferson seufzte, blickte suchend zum Himmel und trat in den Hof. Madis hatte seine Suppe aufgegessen und zeigte seiner Schwester sein neues Spielzeug, einen schadhaften, kleinen Kompass, den er aus dem Schiff hatte.

Liisa ging zum Tisch und nahm die Hand des Jungen.

»Madis, mach das nie wieder. Ich verstehe, dass es für dich auch nicht leicht ist, aber wir müssen jetzt alle zusammenhalten, und ich habe keine Kraft für noch mehr Sorgen.«

Madis sah seiner Mutter in die Augen, schwieg.

»Versprochen?«, fragte die Mutter.

Der Junge schwieg noch ein wenig. »Der Lehrer hat gesagt, dass Papa hinter dem Meer ist«, stammelte er leise.

Eine außerordentliche Sendung

Wachtmeisterei von Ranna, 1927

Polizeiwachtmeister Hamburg hatte die Nacht über mit zwei Amtsgenossen, die aus Haapsalu geschickt worden waren, in der Gegend von Aulepa Alkoholschmugglern aufgelauert, jedoch ohne Erfolg, und nun schlief er am helllichten Tag. Aus Tallinn kamen hin und wieder Hinweise zu den Machenschaften der Schmuggler, aber meist verliefen sie im Sand. Allerdings konnte man sehen, dass sich manche Familien in den Fischerdörfern plötzlich prächtige Häuser bauten und die Frauen dort auf einmal vornehme Kleider trugen, dass bei Pürksi sogar mehrere Autos unterwegs waren, Kinder auf Fahrrädern umherfuhren und angeblich Boote mit stolzen Motoren beim Auswerfen der Netze eingesetzt wurden. In der Nähe von Dirhami hatte Hamburg an mindestens einem Boot verdächtige Kerben entdeckt, die an Einschusslöcher erinnerten. Nicht doch, wir wissen von nichts – welchen Sinn hat der ganze Unfug, wenn im Grunde alle wissen, was hier vor sich geht? Hamburg sinnierte, ob er weiterschlafen sollte, hörte aber, dass jemand über den Schotterweg fuhr.

Der Kurier, ein Telegramm aus Tallinn.

»An den Wachtmeister von Ranna. Am 27. Tag dieses Monats wird ein Bewohner des Dorfes Avipalu, der Minderjährige Madis Jefferson, um 14:30 Uhr mit dem Zug zur Dienststelle in Haapsalu eskortiert, bringen Sie ihn zu seiner Familie.«

Wachtmeister Hamburg schüttelte grinsend den Kopf und schaute auf die Uhr – bald war es Zeit aufzubrechen. Er zog sich an, holte das Motorrad mit dem Beiwagen aus dem Schuppen und machte sich auf den Weg nach Haapsalu. Die Dienststelle war bereits informiert.

»Dein Weltenbummler wartet schon«, scherzte der Diensthabende und deutete auf ein Nebenzimmer, aus dem Gelächter zu hören war. In dem Zimmer saßen ein großer, schlanker Jugendlicher, der etwas erzählte, sowie zwei Männer in Uniform, die ihm zuhörten.

»Und dann landete der Dicke mit der Pfeife auf dem Arsch …« Hamburg trat ein und unterbrach Madis' Geschichte.

»Los, Madis, fahren wir zu deiner Mutter«, begrüßte Hamburg den vertrauten Klienten.

»Warte, der Junge erzählt gerade, wie er im Hafen von Helsinki vor der Polizei davonlaufen wollte«, sagte einer der Beamten.

»Von der Stadt hab ich nicht viel gesehen«, stellte der Junge fest.

»Was wolltest du denn sehen?«

»Woher soll ich das wissen, wenn ich noch nie da gewesen bin!«

»Du verfluchter Philosoph. Gehen wir«, forderte Hamburg ihn mit einer Handbewegung auf.

Die Straße nach Avipalu staubte unter den Rädern, Hamburg reichte Madis eine Brille.

»Madis, erklär mir eines«, rief Hamburg durch den Lärm.

»Was?«

»Warum kannst du nicht anders sein?«

»Wie denn?«

»Normal.«

»Was von beidem soll ich machen?«

»Wie meinst du das?«

»Wollen Sie, dass ich bis ans Ende meines Lebens Netze auswerfe, oder soll ich anfangen, Alkohol zu schmuggeln?«

Wachtmeister Hamburg lachte kurz auf und schüttelte den Kopf.

»In Ordnung, aber gefällt es dir hier nicht oder bist du einfach was Besseres? Tut dir deine Mutter denn gar nicht leid?«

»Ganz einfach … In der Welt gibt es noch so vieles …«

»Aber dann geh zurück zur Schule, du bist erst vierzehn Jahre alt! Geh und lern etwas, anstatt dich rumzutreiben! Davon haben alle was … Deine Mutter hat weniger Sorgen, für dich ist es interessanter, und ich kann stattdessen deine Freunde jagen …«

»Das sind nicht meine Freunde.«

»Dann hilf deiner Familie oder lern etwas, aber mach den anderen wenigstens keine Sorgen.«

»Ich hab nicht genug Geld, um in der Stadt was zu lernen.«

»Du begreifst schon, dass du der Reederei 200 Mark Strafe für die Rückfahrt zahlen musst? Ich wette, dass ihr das Geld dafür nicht habt.«

»Nein … Dann fang ich einfach irgendwo an zu arbeiten.«

»So eine Arbeit gibt es hier nicht.«

»Sehen Sie, jetzt haben Sie's auch begriffen.« Madis erhob den Zeigefinger.

Seine Mutter wartete am Tor. »Und diesmal?«

»Helsinki«, sagte Madis etwas kleinlaut. »Gibt es Suppe?«

»Auf dem Herd«, bestätigte sie, sah den Wachtmeister an und streckte ihm die Hand entgegen.

»Dann bis zum nächsten Mal.« Der Wachtmeister schüttelte ihr die Hand und ging zurück zu seinem Motorrad.

Das Quartett aus dem Kongo

Hafengefängnis von Antwerpen, 1928

Madis Jefferson lugte in den Raum, dessen Tür der Wächter geöffnet hatte, und zuckte zusammen. Aus der nur knapp zehn Quadratmeter großen Zelle blickten ihm vier neugierige Augenpaare entgegen. Tatsächlich konnte er außer den Augen nicht viel erkennen, das Licht war schwach und die Hautfarbe der Zellengenossen machte die Sache nicht einfacher. In Avipalu gab es keine Schwarzen, nicht einmal in Tallinn.

Die Tür fiel ins Schloss und Madis setzte sich auf die einzige freie Pritsche. Die Zellengenossen sahen Madis schweigend an, der aus Verlegenheit seine Jacke auszog und zusammenrollte. Die Afrikaner begannen untereinander zu reden. Nun sah Madis, dass drei von ihnen höchstens zwanzig Jahre alt waren, der vierte jedoch deutlich älter war. Einer der Jüngeren stand auf und sagte etwas zu Madis, das dieser nicht verstand.

Zum Teufel, was wird das? Selbst den Gürtel hatte man ihm abgenommen.

Der Mann sagte erneut etwas, das sich französisch anhörte. Madis schüttelte den Kopf und zeigte mit dem Finger auf sich. »Madis. Madis Jefferson.«

»Ah … Bodika«, sagte der Mann jetzt. Als Nächstes stellten sich Bintu, Wemba und Musa vor.

Als Musa, der Älteste, seinen Namen sagte, bemerkte Madis, dass ihm eine Hand fehlte.

»Français?«, fragte wieder der junge Mann. Madis schüttelte abermals den Kopf.

»Tabac?« Er führte die Finger zum Mund. Nein, hab ich nicht.

Der Mann schien das Interesse verloren zu haben und setzte sich zurück auf seine Pritsche. Madis schnaufte erleichtert durch, stand auf und ging zu dem kleinen Zellenfenster. Dahinter erschienen der beeindruckende Hafen und die ins Meer fließende Schelde, und an den Kais und auf dem Wasser wimmelte es von Schiffen. Sie alle wurden überragt von der *Pennland*, dem Dampfer der *Red Star Line*, der mit seinen zwei gestreiften Schornsteinen sicher das größte Schiff war, das Madis je zu Gesicht bekommen hatte. Wenn er doch nur mitfahren könnte, bis nach New York! Am Kai lagen auch mehrere kleinere Schiffe in den Farben der Reederei, außerdem niedrige Schlepper, und am anderen Ufer erblickte er eine Reihe von Segelschiffen und Booten, von denen manche zwischen den großen Schiffen umherfuhren. An den Kais hatten sich Berge von Gütern angehäuft, die teils mit Kränen, teils von Hand gelöscht wurden. Madis meinte, aus der Ferne auch die vertrauten Umrisse der Mila zu erkennen, doch die kleineren Schiffe sahen sich vergleichsweise ähnlich und er war sich nicht sicher.

Eine Woche zuvor war Madis wieder aufgebrochen. Mit dem Milchauto (»ich muss zur Schule«) war er nach Tallinn gelangt und konnte sich am frühen Morgen in einem Güterwaggon des Neun-Uhr-Zugs nach Valga zwischen Säcken und Kisten verstecken. Obwohl ein Teil der Waren in Tartu und an der Grenze abgeladen wurde, fiel Madis niemandem auf. Als der Zug sich wieder in Bewegung setzte, fühlte sich Madis etwas freier und öffnete seine Tasche, in die er etwas Brot, getrockneten Fisch und ein Buch gepackt hatte, ein Estnisch-Deutsch-Wörterbuch, ausgeliehen von Wachtmeister Hamburg. Er hatte exakt zwei Kronen bei sich, mit denen er ohnehin nichts anfangen konnte, weil sogar das Ticket für die dritte Klasse zehn Kronen gekostet hätte.

Abends um neun war Madis bereits in Riga und streifte bis spät in der Nacht umher, ehe er den Hafen fand und sich in der Nähe unter einem Strauch aufs Ohr legte. Am Morgen wimmelte es im Hafen von Leuten und Madis las die Namen der Heimathäfen auf den Schiffen. Einige Schiffe kamen aus Stockholm, aber das interessierte Madis nicht mehr. Er wollte möglichst weit weg, am liebsten nach Amerika. Aber Schiffe, die nach Amerika fuhren, gab es keine. Er bemerkte einen Passagierdampfer, der etwas abseits der anderen Schiffe lag und über Polen nach Hamburg fahren sollte, aber da die Anlegestelle besonders exponiert war, konnte er sich nicht unbemerkt nähern. Also erschien ihm das Handelsschiff Mila die beste Wahl zu sein, denn es wurde nicht bewacht und das Deck war niedrig genug, um hinaufzuklettern. An Bord schlich Madis in den Laderaum neben dem Kohlelager und wartete. Fenster gab es keine, Menschen waren selten zu hören. Als das Schiff sich in Bewegung setzte, realisierte Madis, dass er einen Fehler gemacht hatte – in dem Raum wurde es so heiß, dass er nach und nach seine Kleidung ausziehen musste. Sein Proviant war bald aufgebraucht, zu trinken hatte er nichts dabei. Madis wurde am zweiten Tag gegen Mittag dabei erwischt, wie er sich von den Heizern Wasser stibitzen wollte. Die Männer hatten starke Arme und der Kapitän sagte etwas, das Madis nicht verstand. Er wurde zurück in den Heizraum gebracht und bekam eine Schaufel in die Hand gedrückt. Es war heiß und die anderen beiden Arbeiter motzten herum, aber Madis strengte sich an und schließlich bekam er sogar ein wenig zu essen.

Doch die Eintracht endete schon bald mit der Ankunft in Antwerpen am folgenden Tag, als der Steuermann zwei uniformierte Männer an Bord brachte, die Madis mitnahmen.

Zwei Tage später holte man Madis aus der Zelle und er wurde von einem schnurrbärtigen Mann erwartet, der sich als Aertssens vorstellte, estnischer Honorarkonsul. In seinem rudimentären Estnisch und mit etwas Deutsch erklärte er Madis, dass man ihn bald vor Gericht stellen und ins Gefängnis stecken würde, bevor man ihn zurück nach Estland schickte. Für die Reisekosten müsse er selbst aufkommen. Madis fragte, ob er sein Wörterbuch zurückhaben und eine Postkarte bekommen könne, um nach Hause zu schreiben.

Gegen Ende der Woche führte man Madis dem Richter vor, der Konsul begleitete ihn. Das Gericht entschied, dass Madis drei Monate im Gefängnis sitzen müsse, woraufhin er zurückgeschickt würde. Madis hörte sich das Urteil an und schrieb währenddessen die Postkarte, die ihm der Konsul gegeben hatte: »Bin in Belgien, alles gut, das Wetter ist schön«, schrieb Madis seiner Mutter.

Zwei Monate später war Madis bereits unzählige Male ans Fenster gegangen und hatte dort die ankommenden und ablegenden Schiffe beobachtet. Er wusste, dass große Schiffe wie die *Pennland* und die *Westernland* abwechselnd einmal pro Woche nach Amerika fuhren, drei Tage hin und drei zurück, und jedes Mal wunderte er sich, dass sich darauf so viele Menschen aufhielten wie in einer Stadt. Der erste Kontakt zu seinen Zellengenossen war über das Essen zustande gekommen, einem undefinierbaren, grauen Kleisterbrei, bei dem alle das Gesicht verzogen und ihren Ekel mit den anderen jeweils unbekannten Wörtern begleiteten, die nichts Schönes bedeuteten. Madis hatte mithilfe des Konsuls sein estnisch-deutsches Wörterbuch zurückbekommen, dazu ein deutsch-französisches Wörterbuch, das er nun sorgfältig las und an dem Zellengenossen, der sich als Bodika vorgestellt hatte, erprobte. Mit reichlich Mühe konnte er Silbe für Silbe und Wort für Wort in Erfahrung bringen, dass die vier dunkelhäutigen Herrschaften aus dem Kongo kamen, von wo sie ihr Chef oder Anführer mitgenommen hatte. Die örtlichen Zollbeamten ließen sich nicht davon überzeugen, dass sie hier waren, um einen befreundeten Händler aufzusuchen, zumal sie keine Dokumente besaßen und sich in einem Frachtraum versteckt hatten. Untereinander sprachen die Männer eine fremde Sprache. Die Jüngeren spielten ein sonderbares Spiel, bei dem sich jeweils zwei gegenüberhockten und der eine irgendwelche komplizierten Bewegungen vormachte, die der andere nachzuahmen versuchte, bis einer rausflog und nach Punkten verloren hatte, die der Alte zählte. Musa hatte seine Hand als Jugendlicher verloren, weil er nicht genug Gummiharz gesammelt hatte. Madis hatte keine besonders guten Einfälle, aber aus Langeweile versuchte er ihnen das dreistimmige Lied »Kungla rahvas«, das Volk von Kungla, beizubringen. Die Aussprache des Titels gelang ihnen problemlos, doch der Rest war ausbaufähig. In Anbetracht der großen Belustigung, für die das Wort »Kungla« sorgte, nahm Madis an, dass es in ihrer Sprache etwas Anzügliches bedeutete. Nach mehrstündigem Proben war die Melodie bereits gut zu erkennen, aber das spontane Sängerfest wurde von einem erzürnten Wächter beendet, der die Luke in der Zellentür aufriss und so laut »Zwijg!« brüllte, dass kein Zweifel bestand, was dies zu bedeuten hatte. Madis' Berechnungen zufolge hatte er noch gut zwei Wochen abzusitzen, doch zu ungewöhnlich früher Stunde war ein Klappern an der Tür zu hören und es trat ein kleiner grauer Mann im Anzug ein, hinter dem der Wächter die Tür offen stehen ließ. Er fragte, welche Sprachen hier gesprochen würden, und nickte bei Englisch und Französisch.

»Ich heiße Claes. Eure Zeit hier ist bald vorbei und ihr werdet außer Landes geschickt. Habt ihr Geld für die Fahrkarten?«

Alle schüttelten den Kopf.

»Dann habt ihr ein Problem. Zum Glück habe ich eine Lösung für dieses Problem – ich besitze mehrere Schiffe, die zwischen Amerika und Afrika verkehren. Wenn ihr auf einem meiner Schiffe arbeitet, könnt ihr euch das Geld für eure Heimreise verdienen. Ich zahle einen fairen Lohn und danach dürft ihr fahren, wohin ihr wollt. Klingt das interessant?«

Nicken.

»Sehr gut, das dachte ich mir. Bis heute Abend«, verkündete der überraschend aufgetauchte Mann und ging. Die Tür wurde wieder verschlossen. Alle wurden von einer unerwarteten Lebhaftigkeit erfasst, Madis sah eine Möglichkeit, endlich in die Ferne zu reisen, und die Afrikaner dachten an ihre Rückkehr in die Heimat. Nach jenem Abend sahen sie einander nie wieder.

Eine gefragte Ware

Belize City, 1929

Das Dampfschiff *Sint Maarten* lag am Kai, und die Männer ruhten vor der Hitze geschützt unter der aufgespannten Persenning. Drei Männer spielten Karten, ein jüngerer Bursche mit rotem Bart rauchte und erzählte einen Schwank von einer früheren Fahrt, den keiner hören wollte.

»Das da vor Marokko, im Jahr 1924, das war noch gar kein Sturm …«

»Marek, sei still, das interessiert keinen«, sagte einer der Kartenspieler. »Wir alle haben gesehen, was passiert, wenn die Kacke am Dampfen ist.«

»Mit Ausnahme von dem da«, der Bärtige deutete in Richtung von Madis, der sich nicht beirren ließ und weiter etwas auf Deutsch las. Während der acht Monate, die sie zwischen Häfen in Nordafrika, Holland und Frankreich hin- und hergependelt waren, hatte die Mannschaft sich nicht besonders liebgewonnen, obwohl von Anfang an klar war, dass alle außer dem Kapitän und dem Steuermann das gleiche Schicksal teilten – alles Leute, die der Reeder Claes irgendwo aufgesammelt hatte. Gleichermaßen hatte Claes ihre Dokumente einkassiert, sie dem Kapitän gegeben und versprochen, einen Lohn von zwanzig Francs pro Woche zu zahlen. Tatsächlich bekamen sie bei der Einfahrt in den Hafen meist nur die Hälfte davon, weshalb alle ununterbrochen meinten, dass man von hier verschwinden sollte.

Der Pole Marek hatte Madis aus irgendeinem Grund unter seine Fittiche genommen. Anfangs sprachen sie in einer Mischung aus gebrochenem Russisch und Deutsch miteinander, doch nach einem halben Jahr hatte sich die Sache gebessert, und Madis las Bücher, die er von Marek bekommen hatte. Marek war 26 Jahre alt und alles andere als ein geborener Seemann, denn er stammte aus Rzeszów, und es gab in Polen vermutlich keinen Ort, der weiter vom Meer entfernt war als dieser. Er hatte nach der Armee und seinem Aufstieg zum Unterporutschik bei einer Manufaktur in Łódź zu arbeiten begonnen und ein paar Jahre später unter Abwägung aller Vorteile (viele Frauen) und Nachteile (viele Frauen, beschissenes Gehalt) beschlossen, Reißaus zu nehmen, und seitdem mit wechselhaftem Erfolg auf verschiedenen Schiffen gearbeitet, wobei er zehnfach den Äquator überquerte, sich einmal Typhus einfing, einmal Hautpilz, einmal Denguefieber, zweimal Syphilis und einmal etwas vergleichsweise Unangenehmes, das er selbst für hämorrhagische Trypanosomiasis hielt, doch einem Hafenarzt aus Monrovia zufolge sollte ein Mensch einfach nicht alles essen, was irgendeine Kanaille ihm verkaufen will. Hätte man die Mannschaft gefragt, wäre die große Mehrheit der Meinung gewesen, dass ein Mensch mit einem derart schlechten Gesundheitszustand nicht zur See fahren sollte. Wenn Marek kein gesundheitliches Problem hatte, über das er sich auslassen konnte, so klagte er laut und ausführlich darüber, wie schlecht das Essen an Bord sei, weshalb der Schiffskoch bereits seit den Azoren nicht mehr mit ihm sprach.

»Was zum Teufel ist das?«, Marek wedelte mit einem trockenen Stück Brot umher. »Bei mir zu Hause würde ich euch zeigen, wie ein ordentliches Brot aussieht! Und als Imbiss Proziaki machen, nichts Kompliziertes. Man nimmt einfach ein halbes Kilo Mehl oder etwas weniger, ein Ei, ein Glas Kefir und einen Teelöffel Soda. Das lässt man backen und legt Marmelade, Wurst oder was auch immer darauf. Eigentlich gehen alle Speisen in Europa auf die polnische Küche zurück …«

Obwohl Madis nach der ersten Atlantiküberquerung erleichtert gewesen war, auch wenn es nicht nach Amerika, sondern nach Britisch-Honduras gegangen war, hatte ihn in der tropischen Hitze nun eine mehrtägige Schlappheit erfasst. Die Maschinen an Bord waren vor zwei Tagen gelöscht und das Schiff mit Mahagonibalken für England beladen worden, aber da es weniger als erhofft waren, wartete man noch auf eine andere Ware, die man in die Vereinigten Staaten bringen würde. Also endlich New York! Wenn nur diese unerträgliche Hitze aufhören würde.

»Kowalski!«, brüllte der Kapitän.

»Jawohl«, der Pole richtete sich auf.

»Nimm dir zwei Männer und hol die Ware mit dem Wagen ab, der Steuermann kommt mit.«

Eine halbe Stunde später fuhren Marek, Madis, ein deutscher Matrose und der ebenfalls deutsche Steuermann mit dem Lieferwagen aus der Stadt.

»Wie alt bist du eigentlich«, fragte der Steuermann Madis.

»Sechzehn«, stammelte Madis.

»Ist es das, was du dir erhofft hast?«

»Was denn?«

»Zur See zu fahren.«

»Ich weiß nicht«, Madis zuckte mit den Schultern.

»Weißt du, wie viele solche Leute wie du vergangenes Jahr im Hafen von New York festgenommen wurden? Fünfhundert! Letztes Jahr fand man einen Jungen aus Hamburg, der zwölf Tage in einer zugenagelten Kiste gehockt war. Als die Reporter davon hörten, haben sie angefangen, ihn als Sargjungen zu bezeichnen. Man hat ihm sogar angeboten, im Zirkus zu arbeiten und in New York zu bleiben! Ein tschechisches Mädel hat sich auf einem Schiff nach Kalifornien versteckt, und als in den Zeitungen darüber berichtet wurde, hat man ihr sogar eine Filmrolle angeboten. Und deshalb denken jetzt alle möglichen Knirpse, dass auch sie berühmt werden können, und machen es nach. Aber nein, verstehst du, das wird nicht mehr passieren. Keiner will sie mehr auf den Schiffen! Keiner will mehr ihre Geschichten lesen, und sie landen einfach in der Gosse oder werden zurückgeschickt – wenn alles gut geht. Erst im letzten Monat haben die Franzosen einen gekochten Jungen gefunden. Der Dummkopf hatte sich im Heizkessel versteckt! Und wie viele erst im Laderaum zerquetscht wurden. Deshalb werden sie jetzt eingesperrt, damit es nicht so weitergeht. Also schlag dir diese verdammte Romantik aus dem Kopf. Aufs Meer gehören Männer, keine Kinder.«

»Ich will kein Filmstar werden«, sagte Madis leise.

»Eins kann ich dir versprechen – viel Drecksarbeit«, beendete der Steuermann seine Litanei. Sie ließen die zweistöckigen Holzhäuser hinter sich, die die staubigen Straßen von Belize City säumten, die gelben Hunde, die in dem Staub herumlagen, schließlich auch den Flusshafen, und fuhren weiter in den Dschungel.

»Bringt mich lieber gleich um«, der Pole wischte sich mit der Hand den Schweiß von der Stirn. Bald erschien am Waldrand ein winkender Mann, der zwischen die Bäume deutete. Das Auto blieb auf einer großen Lichtung stehen, auf der ein Dutzend Leute zugange waren. Das einzige Gebäude war eine Art Schuppen oder Scheune mit einer Veranda, auf der ein kurzgewachsener Mann hinter einem kleinen Tisch saß. Rund um den Platz wuchsen über zwanzig Meter hohe Bäume, deren Stämme kreuz und quer eingeritzt waren. An zwei Bäumen hingen Männer mit Seilen, die in die gesamte Länge der Stämme Adern schlugen, aus denen sich etwas in ebenfalls an den Bäumen befestigte Taschen ergoss. Zu Füßen der Bäume standen über einem Feuer zwei große Metallkessel, in denen etwas Klebriges mit einem leicht bitteren Aroma brodelte. Der Kesselinhalt wurde in große quadratische Formen aus Holz gegossen, in denen er trocknete. Während sich die Männer auf der einen Seite die jungen Stämme vornahmen, waren viele Bäume auf der anderen Seite der Lichtung bereits vertrocknet. Es sah aus wie nach einem Waldbrand.

»*Chicle-chicle!*«, rief der Mann hinter dem Tisch, der sich erhoben hatte und die Männer aufforderte, ihm zu folgen. Unter einem kleinen Vordach waren große rotbraune Klötze in Ziegelsteinform aufeinandergestapelt.

»Das ist jedenfalls kein Zucker«, entgegnete der Pole auf Madis' fragenden Blick.

Der Steuermann nahm einen Brocken in die Hand, prüfte ihn und nickte.

»Einladen!« Ein paar Männer kamen zur Hilfe und Hunderte Klötze landeten auf der Ladefläche des Autos. Ein kleiner, dunkelhäutiger Mann rief den Steuermann zu sich.

»Hundert Teile, 12 Dollar pro Stück.«

»Nein, die Farbe ist zu dunkel, dafür zahle ich neun.«

»Zwölf! Derzeit kommen jede Woche Amerikaner, um sich zu erkundigen. Die Preise sind höher.«

»Dafür kriegt man nicht so viel, das weißt du selbst.« Der kleine Mann rief etwas und seine Kollegen hörten auf mit dem Beladen und guckten. »Guter Mann, ich finde einen anderen Käufer, gerade gibt es viele Interessenten. Zwölf!«

Der Steuermann schaute lange und schnaufte. »In Ordnung. Zwölf.« Er zog das mitgebrachte Geld hervor und Madis sah, wie 1200 Dollar abgezählt wurden. Der kleine Mann rollte das Geld zusammen und nickte. Das Beladen ging weiter.

»Hast du das gesehen?«, fragte Madis den Polen. »Hast du jemals so viel Geld auf einmal gesehen?«

»Nicht für uns«, antwortete Marek gallig. Für das Geld hätte man mindestens zwei Autos kaufen können. Der Steuermann verfolgte, wie die Klötze sich auf der Ladefläche türmten, und strich mit der Hand über einen davon, als würde er etwas suchen. An der Wand des Schuppens entdeckte der Steuermann eine Machete, nahm sie und zog einen Klotz hervor, was den Mann, der das Geld entgegengenommen hatte, leicht beunruhigte. Mit Wucht zerteilte der Steuermann den Klotz und inspizierte die beiden Teile.

»Da sind Rinden untergemischt!«

»Ein bisschen was kommt immer rein. Das ist von hoher Qualität!«, winkte der kleine Mann ab.

»Ich zahl doch nicht 12 Dollar für einen Klotz, in den Rinde gemischt wurde! Du gibst mir sofort 400 zurück!«

»Das ist höchste Qualität! Abmachung ist Abmachung!«, grinste der Mann mit ausgebreiteten Armen.

»400 zurück!«, der Steuermann trat näher.

»Du findest nirgends was Besseres!«, sagte der Mann, der noch immer grinste.

Der Steuermann stieß ihm gegen die Schulter. »Ich sage es kein drittes Mal!« Die Umstehenden begriffen, was vor sich ging, und näherten sich. Der Verkäufer trat ein paar Schritte zurück zum Schuppen.

»Nimm dein Chicle und geh«, sagte er, »dann ist alles gut.«

»400!«, wiederholte der Steuermann.

Ein anderer Mann beugte sich hinter den Tisch und nahm von dort eine Waffe, die er nicht auf den Steuermann richtete, sondern demonstrativ nach oben hielt.

»12 ist ein guter Preis, Gringo, sei so freundlich und geh nach Hause.«

Diese überflüssige Höflichkeit wurde dem Verkäufer zum Verhängnis. Der Steuermann brüllte und schlug ihm unerwartet die Faust ins Gesicht, sodass der Mann auf dem Hintern landete. Einer seiner Handlanger zog ein Messer aus dem Gürtel und rannte auf den Steuermann zu, wurde jedoch von Madis gestoppt, der ihm einen Klotz von der Ladefläche gegen den Schädel warf, woraufhin er rücklings zu Boden fiel. Nun kamen auch die anderen herbeigelaufen, aber alle blieben stehen, als zwei Schüsse fielen. Der Steuermann hatte dem am Boden liegenden Verkäufer die Waffe abgenommen und in die Luft geschossen.

»Wir machen jetzt Folgendes«, sagte der Steuermann, »ihr ladet das Chicle ein und du gibst mir 400. Dann fahren wir einfach weg und niemand wird verletzt.«

Der Verkäufer sah den Steuermann wütend an, nickte aber. Die Männer warfen hastig die letzten Klötze auf die Ladefläche, während der wütende Verkäufer die Geldrolle aus der Tasche zog und 400 Dollar abzählte.

»Es war nicht besonders angenehm, mit euch Geschäfte zu machen«, sagte der Steuermann.

»Du wirst hier keinen mehr finden, der dir was verkauft«, zischte der kleine Mann durch die Zähne.

»Was weiß ich. Aber ich glaube nicht, dass du zur Polizei gehen wirst.« Der Steuermann klopfte dem Erniedrigten auf die Schulter.

Die Ware war eingeladen und die Seemänner sprangen in den Lieferwagen.

»Benehmt euch!«, sagte der Steuermann mit der Waffe in der Hand und klopfte auf die Fahrerkabine. Während das Auto sich entfernte, konnte man erkennen, dass die Männer auf der Lichtung umherliefen und einer sich daran machte, ein Motorrad anzuwerfen.

»Steuermann! Was zur Hölle war das?«, fragte der Pole während der Fahrt.

»Die wollten uns übers Ohr hauen, kommt vor«, sagte der Steuermann scheinbar unbesorgt und zündete sich eine Zigarette an, wobei seine Hände leicht zitterten. Er gab erst Madis eine Zigarette und dann den anderen.

»Was für ein Zeug ist das?«

»Chicle.«

»Und warum ist das so teuer?«

»Daraus wird Kaugummi gemacht. Die Amerikaner vermischen es mit Zucker und Sirup und dann wird es als Süßigkeit verkauft.«

»Das alles wegen einer Süßigkeit? Über tausend Dollar.« Madis konnte es nicht fassen.

»Das ist gerade so teuer wie Mahagoni. Diese Bäume sind sehr selten geworden und das hier ist einer der wenigen Orte, wo man noch was kriegt. Große Firmen haben in Mexiko alle Wälder aufgekauft, da kommen andere nicht mehr ran.«

»Wegen einer Süßigkeit!«

Eine knappe Stunde später erreichten sie den Hafen. Obwohl ihnen offenbar niemand gefolgt war, schafften sie die Ware sicherheitshalber gleich an Bord und machten sich aus dem Staub, damit es in der Nacht keine unangenehme Überraschung geben würde. Am Abend waren sie bereits auf dem Karibischen Meer, als der Steuermann zu Madis kam und ihm wortlos fünf Dollar zusteckte. Die Pläne hatten sich geändert, das Chicle war für New York gedacht gewesen, aber weil die Ware für so eine lange Reise zu wenig war, steuerten sie stattdessen Havanna an, um es dort weiterzuverkaufen und danach mit Zucker und Mahagoni zurück über den Atlantik zu fahren. Was für eine Enttäuschung.

Madis legte den Fünfer in sein Buch, in dem sich bereits eine Postkarte für seine Mutter befand, die er aufgrund des überstürzten Aufbruchs nicht hatte abschicken können. »Wir sind in Belize City angekommen, das Wetter ist schön«, stand darauf.

Zwischenstopp

Ranna, 1931

»Und, Madis, bist du jetzt zurück?« Wachtmeister Hamburg kam mit zwei Tassen Tee zum Küchentisch. »Falls du dir angewöhnt hast, Tee mit Rum zu trinken, muss ich dich leider enttäuschen.«

»Habe ich nicht. Zigaretten?«, fragte Madis.

»Dann hast du in den Jahren doch etwas gelernt.« Der Wachtmeister reichte ihm die Schachtel. »Die Frage ist nur, ob du auch etwas Praktisches gelernt hast.«

»Ich weiß nicht. Vielleicht.« Madis bekam von Hamburg Feuer. »Sprachen. Deutsch, Englisch … Auf einem Schiff kann ich fast alle Arbeiten übernehmen, Tischlern, Metallarbeiten. Ich habe sogar ein Lehrbuch für Physik und Chemie.«

»Wunderbar … Du bist auch schon alt genug, dass ich dich nicht mehr irgendwo abholen muss. Warum bist du überhaupt hier?«

»Aus mehreren Gründen. Wehrdienst. Und ich war lange nicht da.«

»Aha, weißt du schon, wohin man dich schickt?«

»Zur Marine. Vielleicht nach Aegna.«

»Eineinhalb Jahre? Wolltest du das selbst?«

»Lieber eineinhalb Jahre auf See verbringen, als ein Jahr durch den Wald zu marschieren.«

»Versprichst du mir, dass du nicht ausbüxt? Das sorgt für mehr Ärger als irgendein Abstecher nach Stockholm. Das würde es auch schwieriger machen, danach bestimmte Stellen zu bekommen.«

»Welche Stellen? Wo soll ich denn bitte arbeiten?«

»Wie wäre es, wenn du bei deiner Familie in Avipalu anfängst? Deine Mutter hat es nicht leicht.«

»Das wollte ich auch ansprechen. Schau doch mal vorbei, wenn du in der Nähe bist … Ich schreibe dir auf, wie man mich erreichen kann. Meine Mutter und meine Schwester schreiben nicht, wenn es ein Problem gibt.«

»Ich verspreche es, wenn du mir versprichst, dass du nicht ausbüxt.«

»Dann bleibt mir ja nichts anderes übrig.«

»Dich zieht es also immer noch in die Ferne? Willst du nicht zu Hause aushelfen oder dir in Haapsalu, Paldiski oder Tallinn Arbeit suchen?«

»Ich habe dir schon vor Jahren gesagt, dass aus mir kein Fischer wird … Ich kann nicht an einem Ort bleiben und ständig dasselbe tun. Aksel ist in Tallinn, nur Leenu ist bei Mutter. Die anderen liegen alle unter der Erde.«

»Jaja«, der Wachtmeister verschränkte die Arme vor der Brust, »du hast dich nicht verändert«.

»Du aber. Was soll der Schnauzer?«

»Ich habe gehört, dass ich sonst kindisch aussehen würde, ohne Autorität.«

»Nochmal von vorn, ich verstehe nicht ganz, auf wen du damit anspielst. Chaplin, Hitler, Stalin?«

»Geh zu deiner Mutter, bevor du wieder irgendwo verschwindest«, beendete Hamburg das Gespräch.

Wenige Tage später saß Madis am Meer und sah dem Rauch eines Dampfers nach, der über die Bucht nach Paldiski fuhr, als er am Tor den Postboten erblickte. Ein Umschlag mit zig Stempeln, von Marek!

Panie Madiszu!

Ich schreibe dir aus dem Hafen von Nantes nach einem zweimonatigen Aufenthalt in Afrika. Wir sind von Kapstadt nach Liberia gefahren, in einen Sturm sind wir nicht geraten, aber fast hätte mich das Fieber umgebracht. Ich war mir mehrmals sicher, dass es jetzt Malaria ist oder Gelbfieber, und habe schon alle Briefe für meine Mutter vorbereitet, aber der heilige Adalbert und der heilige Stanislaus haben mich gehalten, und als wir kühlere Gefilde erreichten, wurde ich wie durch ein Wunder gesund. Aber das ist gar nicht die größte Neuigkeit – ich arbeite nicht mehr auf der Sint Maarten! Als du in Kopenhagen plötzlich von Bord gegangen bist, hat der Kapitän nur gesagt, dass sie schon einen Neuen finden würden, aber ich hatte den Eindruck, dass der Steuermann ein wenig bedauerte, dass jetzt ein ordentlicher Mann fehlte. Auf der gleichen Reise haben wir einen griechischen Matrosen aufgenommen, der anfangs sehr still war, aber als wir nach Marokko unterwegs waren, fing er an, auf einer Art Gitarre zu spielen und mit seiner grauenhaften Stimme zu singen. Der Steuermann ist zweimal zu ihm gegangen und hat ihm gesagt, dass er still sein soll, und hat am Ende Kleinholz aus seinem Instrument gemacht. Daraufhin stellte sich heraus, dass der Grieche gar nicht so still war, denn er fiel über den Steuermann her und beide rauften eine Weile, bis sie völlig erschöpft waren, weil es draußen so heiß war. In Marrakesch ist der Grieche vom Hafen zum Markt, um ein neues Instrument zu kaufen, weil er gehört hatte, dass man dort alles kaufen könne, aber zur Erleichterung aller stellte sich das als Übertreibung heraus. Als wir schließlich nach Antwerpen zurückkamen, sollte der Lohn ausbezahlt werden, doch der Kapitän erklärte, dass die Warenpreise zwischenzeitlich so stark gesunken seien, dass wir nur die Hälfte des Geldes bekommen! Dann telefonierte der Kapitän, und die Polizei rückte mit einem wichtig aussehenden Bekannten des Kapitäns an, der sagte, dass wir keine Gewerkschaftsmitglieder seien und einfach weggeschafft würden, wenn wir uns nicht beruhigten. Nach diesem Abend habe ich die Sint Maarten nicht mehr gesehen und eine Woche später habe ich auf einem französischen Zuckerschiff angeheuert, mit dem wir zuletzt auf Kuba waren. Wie geht es dir? Bist du schon fertig mit dem Wehrdienst? Willst du nicht zurückkommen? Die Victoire ist besser als die Sint Maarten. Hier sind alle Mitglied in der Gewerkschaft und der Lohn wird regelmäßig ausgezahlt (aber fast genauso wenig). Ich vermute, du denkst selbst darüber nach, also schick mir einfach einen Brief auf die Victoire ins Hafenkontor von Nantes. Wir könnten miteinander reden und es gibt noch viel zu sehen.

Marek

Eine Woche später ging Madis zur Marine und hielt gewissermaßen das Versprechen, das er Wachtmeister Hamburg gegeben hatte. Er saß nur ein einziges Mal im Karzer, weil er stiften gegangen war. In dem Rechenschaftsbericht gab Madis der Einfachheit halber an, dass er seine Tochter sehen wollte, doch in Wirklichkeit sah er Flugzeugen dabei zu, wie sie landeten und starteten.

Meeresfrüchte

Marseille, 1932

Die Austern waren außen wie Steine und innen wie Sülze, die an einem warmen Sommertag zur Hälfte geschmolzen war. Sie saßen am Strand, mit einem kleinen Blecheimer vor sich auf dem Steinpflaster, und stierten aufs Meer.

»Probier mal, die schmecken gar nicht schlecht.« Marek hielt Madis eine Auster unter die Nase.

»Bloß weg damit!«

»Das ist Fleisch, hab dich nicht so. Wo ist auf einmal deine Abenteuerlust geblieben?«

»Ich bin mir nicht sicher, ob ich deinen Vorschlägen noch vertrauen soll«, stellte Madis fest.

»Woher kann ich denn bitte wissen, dass die bankrottgehen«, verteidigte sich Marek. Nach der letzten Fahrt nach Marokko wurde die Mannschaft darüber informiert, dass der Besitzer das Schiff verkauft hatte, um seine Schulden zu bezahlen, und anstatt der versprochenen 300 Francs bekamen sie nur 150.

»Es gibt zwei Möglichkeiten – entweder wir gehen hier alle Schiffe durch oder wir fahren in den Norden und versuchen dort unser Glück«, schlug Madis vor.

»Geld kommt, Geld geht. Außerdem: Wusstest du, wie schmutzig Geld ist? Wissenschaftler haben herausgefunden, dass es auf jedem normalen Schein Spuren von Pest, Tuberkulose, Windpocken und allen anderen Krankheiten gibt. So etwas darf man nicht zu lange in der Hand halten.«

»Wir fangen bei dem großen da an … Halifax … ist das

nicht irgendwo in Amerika?«

»Nicht so schnell. Nur unter einer Bedingung: Du musst eine Auster essen.«

»Das ist alles? Gib her«, stimmte Madis zu.

Marek reichte ihm eine Auster, die er mit seinem Messer geknackt hatte.

»Du weißt aber, dass sie lebt?«, fragte Marek, als Madis die Schale bereits in der Hand hatte. »Sie heißt Luisa, das hier ist ihre Großmutter, Isabella. Schau, sie bewegt sich noch.« Marek drückte mit dem Finger auf die Muschel. Madis ließ sich nicht provozieren, schluckte das Tier runter, verzog das Gesicht und sagte nur: »Los!«

Die Halifax schickte sie weg. Ebenso die Sissi, die Duchess of Cornwall, die Reunion und die Polaris. Momentan brauchte niemand neue Männer, nur auf der Bellagio wurden Heizer gesucht, aber da die beiden noch nicht lange arbeitslos waren, wagten sie es, sich für überqualifiziert zu halten. Bald wurde es Abend und die beiden saßen wieder an derselben Stelle, an der sie die am Strand aufgesammelten Meeresfrüchte gekostet hatten. Marek hatte eine billige Flasche Wein gekauft.

»Morgen versuchen wir es weiter«, sagte Madis mit etwas weniger Überzeugung als zuvor.

»Oder übermorgen«, entgegnete Marek und zog eine Münze hervor. »Kopf bedeutet Park, Zahl bedeutet Seemannsheim. Oder schauen wir in einer Kneipe vorbei?«

»Dann haben wir morgen kein Geld mehr.«

Auf dem Kai näherte sich ihnen langsam ein Mann mit Schirmmütze und Golfhosen. Madis und Marek betrachteten ihn etwas ungläubig.

»Wenn Sie ein Stricher sind, Geld oder eine Zigarette wollen, kommt gerade nichts davon für uns in Frage. Vor allem Ersteres nicht«, erklärte Marek dem Unbekannten auf

Deutsch, als dieser nah genug war, den Mund aber noch nicht aufgemacht hatte.

»Entschuldigen Sie, meine Herren«, sprach der Mann mit einem sonderbaren Akzent. »Vielleicht kann ich Ihnen helfen. Mein Name ist Yves. Ich habe mitbekommen, dass Sie auf den Schiffen nach Arbeit gefragt haben?«

»Das haben wir … Von welchem Schiff sind Sie?«

»Ich bin von keinem Schiff, ich bin von dort.« Der Mann deutete auf eine historisch anmutende Festung, die sich jenseits der Kais erhob.

»Was ist das, ein Gefängnis?«, fragte Marek verwirrt.

»Meine Herren, haben Sie jemals darüber nachgedacht, sich der Fremdenlegion anzuschließen?« Die vorübergehend arbeitslosen Männer brachen in Gelächter aus, doch der Mann mit der Schirmmütze blieb ernst.

»Nein, nein, wir sind keine Soldaten, wir sind Seeleute … Wir bringen nicht irgendwelche Einheimischen im Namen Frankreichs um!«, erklärte Marek.

»So ein Unsinn! Die Fremdenlegion ist nichts dergleichen! Sie bekommen Essen, Kleidung und Freizeit. Sie können nach Marokko, nach Syrien, Guyana, Indochina! Gerade herrscht Frieden, das Gehalt fließt einfach weiter und Sie müssen selbst nichts ausgeben!«, glühte der Mann vor Begeisterung. Besonders einfach sei es für jene, die in ihrer Heimat Wehrdienst geleistet hätten.

Nach einer hohlen, rund zehnminütigen Diskussion ließen sich die beiden überreden, ihren neuen Bekannten auf seine Kosten in eine Kneipe zu begleiten, um sich unverbindlich genauer anzuhören, woraus das Leben und die Arbeit in der Fremdenlegion bestanden.

Am nächsten Tag um zehn Uhr erschienen bei der Anwerbestelle des Fort Saint-Jean zwei Männer mit starken olfaktorischen Indizien eines Katers, die ihr Interesse bekundeten, sich der Fremdenlegion anzuschließen. Sie wurden von einem Sergent empfangen, der Yves' Verheißungen vom Vorabend bestätigte und schließlich einen mehrseitigen Vertrag auf Französisch hervorholte, welcher sich »größtenteils aus juristischem Unfug« zusammensetzte, aber die wichtigste Information sei, dass sie hundert Francs pro Monat erhalten würden sowie fünf Jahre lang gratis Essen und Ausrüstung.

»Name?«

»Jefferson.«

»Jefferson? Richtiger Name oder nicht ganz so richtig?«

»Richtiger Name.«

»Wenn Sie das sagen. Wir haben hier … äh … verschiedenste Fälle. Manche wollen nicht, dass ihre Vergangenheit sie begleitet, oder sind in einer Situation, die in ihrer Heimat nicht ganz so positiv beurteilt wird.« Das war eine höfliche Art zu sagen, dass man ein Auge zudrückte und auch Männer aufnahm, die in ihrer Heimat gesucht wurden, vor ihren Schulden geflüchtet waren oder noch Schlimmeres.

»Marek, ich denke, das ist eine gute Idee … Tauschen wir Namen«, sagte Madis leise zu seinem Freund.

»Ernsthaft?«

»Ernsthaft.«

»Verzeihung, ich habe für ihn geantwortet – er heißt Jefferson, Marek Jefferson«, erklärte Madis entschuldigend.

Der Sergent blickte Madis lange in die Augen, sagte nichts und vermerkte nach einer bedeutungsvollen Pause: »Verstanden, Marek Jefferson … Und Sie?«

»Kowalski, Madis Kowalski.« Marek wurde unruhig und beugte sich zu Madis.

»Ich heiße eigentlich nicht Kowalski.«

»Wie, du heißt nicht Kowalski?«

»Ich heiße eigentlich Zajaczkowski-Wyszynski, aber das kann niemand aussprechen.«

»Bitte was???«

»Na, Zajaczkowski kommt von meinem Großvater mütterlicherseits, aber als die Großmutter meines Vaters aus der Woiwodschaft Podlachien wegzog, hat sie gesagt …«

»Ich kann das nicht schreiben!«

»Ich schreib es selbst«, sagte Marek, bat den Sergent, der Augen und Mund zugekniffen hatte, um einen Stift und schrieb in einer überraschend schnörkeligen Schönschrift »Madis Zajaczkowski-Wyszynski«. An einem anderen Tag hätte der Sergent solche Clowns vor die Tür gesetzt, aber momentan gab es bei den Anwerbungen eine kleine Flaute und von oben war die Ansage gekommen, dass mehr Frischfleisch nötig sei.

»Sind nun auch alle Namen ganz korrekt?«, presste der Sergent hervor.

»Absolut«, bestätigte Marek gelassen.

»Wunderbar. Jefferson und Zaja … Zaja … Sie werden jetzt zum Sammelpunkt gebracht und fahren bereits in wenigen Tagen mit dem Schiff zum Ausbildungslager. Willkommen bei der Fremdenlegion!«

»Ich hoffe, dass es dort nicht zu heiß ist«, sagte Madis, nachdem er unterschrieben hatte.

Im eigenen Saft mariniert

Sidi bel Abbès, 1932

Jean Danjou hatte vermutlich keinerlei Vorstellung davon gehabt, dass seine Körperteile postum zur Schau gestellt werden würden. Er war bereits vor siebzig Jahren gestorben, zur Zeit Napoleons III., als die Franzosen in Mexiko dem aus Österreich importierten Kaiser Maximilian an die Macht verhelfen wollten. An einem Morgen im April des Jahres 1863 erwarteten 62 Legionäre sowie zwei Offiziere unter Führung von Kapitän Danjou eine Waffen- und Geldlieferung. Während ihres morgendlichen Kaffees wurden sie von einer aus 3000 Mann bestehenden Einheit der mexikanischen Armee überrascht, aber Danjou flüchtete nicht, sondern beschloss, wie es sich für einen ordentlichen Mythos gehört, ins Gefecht zu ziehen. Von den zu einer defensiven Karree-Formation angeordneten Legionären wurden bei der ersten Welle 16 gefangen genommen, aber der Angriff konnte abgewehrt werden. Danjous Einheit verschanzte sich in einem Landhaus und wurde von allen Seiten umstellt. Der Kapitän, der bei Kämpfen in Algerien seine Hand verloren hatte, als seine Muskete explodiert war, und der seitdem eine selbstgebastelte Prothese trug, gab eine Weinflasche herum und ließ die Männer schwören, dass sie bis zum Tod kämpfen und sich nicht ergeben würden. Die Mexikaner teilten mit, dass sie in so großer Überzahl seien, dass eine Schlacht bloß ein sinnloses Blutvergießen wäre, und sie sich besser ergeben sollten. Danjou widersprach und sagte, dass sie ausreichend Munition hätten. Tatsächlich traf ihn bereits beim nächsten Angriff eine Kugel in die Brust und er starb. Vier Stunden später lebten noch zwanzig kampffähige Männer, sechs Stunden später waren es noch zwölf, sieben Stunden später nur noch fünf, die von dem Landhaus aus zu einem Bajonettangriff übergingen. Von ihnen fielen zwei, die übrigen drei waren umzingelt und ergaben sich erst, als man ihnen versprach, dass sie ihre Waffen behalten und sich um die Verwundeten kümmern dürften. Das Gefecht von Camerone ist seither der größte Mythos der Fremdenlegion, und die Handprothese Danjous eine Reliquie, die mit Stolz präsentiert wird. Vier Jahre später nahmen die von den Amerikanern unterstützten Mexikaner Maximilian fest. Vor seiner Hinrichtung drückte der gestürzte Kaiser jedem Schützen eine Goldmünze in die Hand, damit sie ihm nicht ins Gesicht schossen – das wäre für seine Mutter unerträglich anzusehen.

»Wie kann es nur so heiß sein? Eine verfluchte Scheiße, wie heiß es hier ist«, stöhnte Madis und lehnte sich an die Glasvitrine, die auf einem kleinen Podest im Haupthaus stand. Hinter dem Glas des zusammengeschusterten Kastens befand sich eine hölzerne Hand mit gelb lackierten Fingern und einem schwarzen Ärmel. Auf dem Schild darunter stand: »Die Hand des Kapitän Danjou«.

»Was meinst du, ist die echt?«, fragte Madis.

»Angeblich schon. Sie wurde für das Jubiläum aus Frankreich hergebracht, am Jahrestag marschieren sie damit sogar durch die Stadt.«

»Immerhin ist es die linke Hand. Er war doch kein Linkshänder? Schießen ist auch so recht schwer.«

»Und aufs Klo gehen.«

»Gut, deswegen sind wir nicht hier. Es muss irgendwo da hinten sein.« Madis ging weiter zu einem Raum, an dessen Tür tatsächlich das Wort »Bibliothek« geschrieben stand.

Das Leben im Ausbildungslager von Sidi bel Abbès war in Wirklichkeit nicht ganz so lustig, wie die Anwerber es beschrieben hatten. Aus Marseille waren Madis und Marek zusammen mit sechzig anderen Männern über das Meer ins algerische Oran und von dort in das ein paar Stunden entfernte Ausbildungslager von Sidi bel Abbès gebracht worden, welches bereits im vorangegangenen Jahrhundert errichtet worden war. Es war vierzig Hektar groß und von einer fünf Meter hohen Mauer umgeben. Die Stadt war bis an die Grenzen des Lagers herangewachsen und dort gab es große Höfe, die für mehrere Tausend Menschen Nahrung lieferten. Auch wenn viele Außenstehende die Legionäre in erster Linie mit ihrer Kappe in Verbindung brachten, bekamen die neu Angeworbenen fast fünfzig Kilo Ausrüstung, und zu den Dutzenden von Dingen gehörte beispielsweise auch eine Bürste zum Reinigen der Knöpfe, worauf andere Armeen offenbar schlichtweg nicht gekommen waren.

Da es untertags oft unerträglich heiß wurde, war die offizielle Weckzeit im Lager morgens um vier, woraufhin bis zum Mittag exerziert und in der Küche geholfen wurde. Wegen der Hitze ruhte man sich bis dahin aus und zwischen drei und vier Uhr wurde wieder gearbeitet. Dabei beschäftigten sich Madis und Marek meist gar nicht mit ihrer militärischen Ausbildung, sondern halfen am Bau oder in der Metallwerkstatt. Marek hatte wiederholt gesagt, dass er eine Stunde extra an der Mauer bauen würde, solange ihn das vom Kartoffelschälen befreite – hätte er das vorgehabt, hätte er gleich zu Hause bleiben können.

Anders als auf den Schiffen wurde das Geld tatsächlich wie vereinbart bezahlt. Alle zwei Wochen konnte man bei der Kasse vorbeischauen, wo die Legionäre im ersten Jahr 40 Francs bekamen. Und obwohl man vor Ort kein Geld für Essen oder Kleidung ausgeben musste, bestand das Problem darin, dass das Leben im Lager so unfassbar langweilig war, dass die meisten Männer nach dem Abendessen zu den Kneipen und Bordellen der Stadt strömten, weshalb sie bald pleite waren. Bugeaud war ein Stadtteil, in dem es nebst Cafés, Kneipen, Pfeifenlokalen und Kebabständen haufenweise Bordelle gab, deren Klienten Abend für Abend geradewegs aus dem Legionslager kamen. Die meisten der Prostituierten stammten aus Europa, doch es gab auch Einheimische und Jüdinnen. Marek hatte sich an seinem ersten abenteuerlichen Ausflug in die sündigen Viertel von Sidi bel Abbès einen sehr verdächtigen Ausschlag eingefangen, den er rasch dem Truppenarzt zeigte. Dieser reichte ihm nach einem einzigen Blick eine stinkende Salbe.

»Bugeaud?«, fragte der Doktor lakonisch. Marek nickte.

»Das nächste Mal fragst du nach den Papieren. Die Mädchen, die registriert sind, gehen zweimal pro Monat zur Kontrolle, bei den anderen kann es einem ziemlich schlecht ergehen.«

Seitdem hatte sich Marek von den Mädchen ferngehalten, obwohl es in Bugeaud Hunderte von ihnen gab und das größte Bordell der Stadt sage und schreibe fünf Stockwerke hatte.

»Heute gehen wir in die Bibliothek«, hatte Marek säuerlich verkündet.

Die Bibliothek war ein überraschend großer Raum mit einem Tisch, hinter dem ein uniformierter Mann mit einem schmalen Gesicht saß und etwas in einem Heft nachschlug. Als er die Besucher bemerkte, unterbrach er das Blättern und begrüßte sie leise.

»Kann ich Ihnen helfen?«, fragte er auf Französisch mit einem äußerst verdächtigen Akzent.

»Este?«, fragte Madis direkt.

»Oh, hallo!« Die Augen des jungen Mannes strahlten. »Aksel Järviste, zweites Jahr! Hier freilich Axel Schmidt!«

Marek, der überrascht festgestellt hatte, dass die Bücher in den Regalen nach Sprachen sortiert waren, erblickte die Aufschrift »Polonais« und tauchte zwischen Regalen ab.

»Gibt es hier noch mehr Esten?«, fragte Madis interessiert.

»Zurzeit mindestens drei … In der zweiten Kompanie ist jemand aus Pärnu und einer der Köche kommt irgendwo aus der Nähe von Viljandi. Einige sind vergangene Woche weiter nach Syrien gezogen. Aber es gibt bestimmt noch mehr, die es nicht sagen …«

»Warum nicht?«

»Hier gibt es viele, die nicht wollen, dass andere wissen, wo sie sind … Stell lieber nicht zu viele Fragen.«

»Und selbst?«

»Ehrlich gesagt … das Geld war aus«, konstatierte der junge Mann.

»Aber wie ist es jetzt?«

»Ich wollte nach Indochina, dort bezahlen sie um die Hälfte mehr … Im Winter hab ich mir auf dem Bau das Bein gebrochen, seitdem sitze ich hier fest. Mal sehen. Du?«

»Zwischenstopp.«

»Komm morgen Abend vorbei. Wir gehen in die Stadt und reden. Weißt du, hier gibt es auch estnische Bücher, schau unter ›E‹ nach!«

Madis nickte und sah nach. Tatsächlich, in einem Regal fanden sich das vergleichsweise neue Buch »Die jüngste Geschichte Estlands« sowie das besonders abgenutzte »Genovefa: Eine der schönsten und rührendsten Geschichten des Alterthums, neuerzählt für alle guten Menschen, besonders für Mütter und Kinder«. Madis brummte und ging sich die anderen Regale ansehen. Marek hatte dem als Bibliothekar eingesetzten Schmidt-Järviste einen soliden Stapel Bücher auf den Tisch gestellt, ganz obenauf Robert Goddards »Methoden zum Erreichen extremer Höhen«, außerdem »Schacheröffnungen«, »Der Wohlstand der Nationen« sowie ein beeindruckend umfangreiches Buch mit dem Titel »Tropische Krankheiten«.

Der Bibliothekar betrachtete die Bücher etwas verwundert, notierte alles und fragte: »Und ›Tarzan‹ etwa nicht?«

Die zersprungene Tajine

Bougafer, 1933

Zwischen den Hügeln, auf denen vereinzelt grüne Flecken und Sträucher zu sehen waren, erstreckte sich ein rotbräunliches, mit Geröll und Felsen bedecktes Tal, über dem sich deutlich zwei säulenförmige Bergspitzen abzeichneten. Wenige Kilometer vom Tal entfernt hatte man ein Lager eingerichtet, das so groß war wie eine mittlere Stadt.

»Madis, sieh mir bitte in die Augen«, flehte Marek, der mit ihm ein Zelt teilte.

»Was ist jetzt schon wieder?«

»Sieh mir bitte in die Augen und sag mir, ob du etwas Ungewöhnliches siehst«, versuchte Marek überzeugend zu klingen.

»Ernsthaft?«

»Bitte!«

Madis stöhnte und guckte.

»Da ist überhaupt nichts.«

»Überhaupt nichts?«

»Sieh nochmal nach. Sind da vielleicht ganz kleine Schleier?«

»Schleier?? Marek, verdammt nochmal …«

»Hier steht, dass sich in Afrika in stehenden Gewässern bei großer Hitze Pärchenegel verbreiten können. Die dringen in die Haut ein und leben manchmal in den Augen.« Marek deutete auf das Buch »Tropische Krankheiten«, das er sich in der Bibliothek ausgeliehen hatte. »Ich war doch vor ein paar Wochen in diesem See schwimmen …«

»Was zum Teufel, hör auf!« Madis nahm das Buch. »Die Parasiten dringen in die Haut ein …«, las Madis. »In Ordnung, warum in aller Welt solltest du so etwas haben? Du hast jede Woche ein neues Problem.«

»Weil so vieles passt. Schau, ›permanente Müdigkeit‹, ›Kopfschmerzen‹, ›Durchfall‹.«

»Hier in den Bergen haben viele Kopfschmerzen, hör schon auf, mach was Sinnvolles! Sieh her, hier steht ›hauptsächlich im saharischen Afrika‹. Wir waren gar nicht in der Sahara.«

»Wo?«, fragte Marek nach. »Ach so … Na ja … Aber da steht ›hauptsächlich‹.«

Draußen brach Unruhe aus und ein Mann aus der Kompanie trat ein: »Sie kommen. Es geht los!« Marek und Madis standen überstürzt auf und gingen nach draußen, wo sich auf das Getöse hin ein großer Haufen Neugieriger versammelte. Von Westen näherten sich drei Amiot-Doppeldecker-Geschwader, die über das Lager hinweg in Richtung Berge flogen. Kurze Zeit später sahen alle, wie sie ein Manöver begannen und ihre Bomben zur gleichen Zeit über den Berghängen abwarfen, an denen eine Reihe von Explosionen folgte. Hier und da wurde gejubelt, woraufhin die Offiziere Befehle erteilten.

»Bereit machen, in einer Stunde kommt die zweite Welle und dann ist Aufbruch!«, verkündete der Kapitän. Madis stöhnte und holte so wie die anderen seine Ausrüstung aus dem Zelt. Sie hatten bereits über einen Monat, seit Februar, hier zwischen den Steinen herumgesessen und sich Schusswechsel mit den Berbern geliefert. Die Truppen der Franzosen und des marokkanischen Königs hatten den Aufstand der Berber in Marokko größtenteils niedergeschlagen, weshalb die letzten Aufständischen sich in Bougafer verschanzt hatten, das hoch im Atlasgebirge lag. Den wenigen Tausend

Männern des Stammes der Aït Atta standen mehr als 50 000, manchen Aussagen zufolge sogar 80 000 deutlich besser ausgestattete Kämpfer unter französischer Führung gegenüber. Anfang Februar drangen die Einheiten der Franzosen und der Legion in das Tal ein, doch die gut versteckten Scharfschützen der Berber erschwerten das Vorankommen und es gab zahlreiche Opfer. Nach einem verlustreichen, fast einen Monat andauernden Patt, bei dem man in die Berge feuerte, von Zeit zu Zeit Angriffe durchführte, und mehrere Aufforderungen zur Kapitulation ausgeschlagen wurden, forderten die französischen Generäle Bomber an.

Unmittelbar nach dem nächsten Bombenhagel setzte sich auch die Kompanie von Madis und Marek in Bewegung. Nach einem zweistündigen Marsch durch das Geröll erreichten sie die ersten Stellungen der Berber. Die verhaltene Freude über die spärlichen und nur vorübergehend zu hörenden Schusswechsel verging ihnen mit der Zeit, als auf dem Weg die Verwundeten und Gefallenen des Feindes zu sehen waren. Von weiter vorne kam der Befehl, stehen zu bleiben, und es kursierte das Gerücht, dass Assou Oubasslam, der Anführer der Berber, zu Verhandlungen bereit sei, unter der Voraussetzung, dass man ihnen gewisse Rechte zugestehen würde. Die Legionäre erkundeten die Situation, die Verteidigungslinie bestand aus einer niedrigen steinernen Mauer, die vom Rest der Umgebung kaum zu unterscheiden war. Als Marek und Madis dort ankamen, waren einige ihrer Kameraden bereits weitergegangen. Rund um einen Bombenkrater erblickten sie ein Dutzend Leichen, darunter lediglich vier in weiß gestreifte Umhänge gekleidete Männer, neben denen einfache Gewehre lagen. Beim Rest handelte es sich um Frauen und der kleine entstellte Körper neben der Feuerstelle konnte nur ein Kind gewesen sein. Der ehemalige Bibliothekar Järviste wühlte sich durch die Gegenstände bei der Feuerstelle und steckte einen seltsamen kegelförmigen Topf in seine Tasche.

Madis blickte Marek an. Keiner von beiden sagte etwas, aber die Botschaft war auch so klar. »Was zur Hölle machen wir hier?«

Chattanooga Choo Choo

Harlem, 1936

Dies war nicht das New York, das Madis im Kino von Haapsalu gesehen hatte. Die Häuser waren zum Großteil zweistöckig und grau, dicht mit Reklametafeln bestückt, von denen die meisten nicht einmal beleuchtet waren. Fast alle Passanten auf der Straße waren schwarz. Nur an manchen Stellen konnte man von der Lexington Avenue aus die Wolkenkratzer im Herzen Manhattans sehen. Die Hausnummern waren komplett unverständlich … 2056 … 2061 … Winzige Schilder, »Prof. Kallberg, Augenarzt«, »Maag Rondo«, und da: »Estnischer Arbeiterverband«. Madis stieg über eine Holztreppe in den ersten Stock und trat ein. Die Versammlung lief bereits, im Saal waren etwa 25 Menschen.

»Kommen Sie rein, kommen Sie rein!« Ein Mann mit Schnurrbart winkte bei der Tür den Neuankömmling hinein und alle Blicke richteten sich auf Madis.

»Kurzum«, fuhr ein dicker Mann im Anzug vorne im Saal fort, »im zweiten Quartal hat ›Neue Welt‹ 22 Abonnenten dazubekommen, davon 14 in New York, zwei in Wisconsin, drei in Chicago, zwei in Kalifornien und einen in Alaska.«

»Alaska? Oh …«, brummte ein Mann neben dem Fenster anerkennend.

»Aber die Situation ist trotzdem nicht besonders rosig, denn die Auflage geht tatsächlich zurück. Es wird Aufgabe der Redaktion sein, die Abonnements stärker zu propagieren, dieses Jahr müssen wir 100 neue Abonnenten finden! Ebenso müssen wir neue Kanäle finden, über die wir die Zeitung den in Estland lebenden Arbeitern zukommen lassen können«, erklärte der füllige Mann.

»Wir brauchen neue Rubriken – Korrespondenten in ganz Amerika und anderen Ländern … Und eine Frauenseite«, merkte eine dunkelhaarige Frau mit Dutt an, die in der ersten Reihe neben einer anderen, jüngeren Frau saß.

»Eine Frauenseite? Sollen wir den Arbeiterinnen etwa Schnittmuster für Ballettkleider verkaufen, oder was?«, entgegnete der Redner gallig.

»Warum müssen Sie gleich so … Arbeitende Frauen wollen auch über ihre Erfahrungen sprechen und von ihrem Leben lesen«, verteidigte sich die junge Frau.

»In Ordnung, in Ordnung, wir ziehen es in Erwägung …«

»Nun zur nächsten Sache: Bei den Feierlichkeiten anlässlich des Geburtstags von Wladimir Iljitsch Lenin ist etwas Geld übriggeblieben, da Schurawlew, der Attaché der sowjetischen Botschaft, uns 80 Dollar zur Verfügung gestellt hat und insgesamt noch 37 Dollar gespendet wurden. Es gab den Vorschlag, bei schönem Wetter ein Picknick auf Long Island zu veranstalten. Hat jemand Ideen hinsichtlich der Planung?«

Im hinteren Teil des Saals meldete sich ein älterer Mann mit grauen Haaren, der sich kurz räusperte.

»Ich wollte auch noch ein paar Worte sagen … Sehen Sie, wie lange haben wir, das arbeitende Proletariat, auf die Gelegenheit gewartet, in einen offenen Kampf gegen unsere Unterdrücker zu treten und sie zu zerquetschen. Den Russen ist das gelungen und unsere Idee ist im Wesentlichen, dass wir unsere Kräfte vereinen und dasselbe tun, nicht wahr? Wir haben nur ein Leben und wir sollten es so nutzen, dass davon etwas Wertvolles zurückbleibt. Ich würde also gerne mehr darüber hören, wie wir unsere Kräfte vereinen und die Arbeiter, Seeleute, Bediensteten und alle anderen zusammentrommeln und auf die Straße gehen können. Aber ich sehe schon, in welche Richtung es hier geht, gleich sprechen wir wieder über den Basar und Halloween … und den Ball …«

»Genosse Thalmann«, unterbrach der Vorsitzende der Versammlung, »Genosse Thalmann, bitte. Wir haben bereits darüber gesprochen. Es gibt keinen Grund, an unseren Motiven und gemeinsamen Zielen zu zweifeln, wo gerade das Gefühl von Gemeinschaft, das bei gemeinsamen Veranstaltungen entsteht, alles wie Leim zusammenhält. Also, hat jemand etwas Inhaltliches beizutragen …?« Der ältere Herr wollte noch etwas sagen, winkte jedoch ab und setzte sich murrend hin.

»Ich kenne eine ganz tolle, schwarze Jazzband, die für uns spielen könnte«, ergriff die Frau mit dem Dutt erneut das Wort. »Sie spielen Swing und dergleichen.«

»Wissen Sie, wie viel die verlangen? Bringen Sie das in Erfahrung, Genossin Oja«, nickte der Redner.

»Gut, dann noch eine Sache. Es wurde wiederholt danach gefragt, ob es möglich wäre, bei der Klubnacht Bier anzubieten.«

Ein wohlwollendes Raunen ging durch den Saal.

»Derzeit haben wir keine Genehmigung, Bier auszuschenken, und die Stadt verlangt 200 Dollar für die Genehmigung. Die Frage ist, ob wir dafür einen Kredit aufnehmen.«

»Und ob wir das machen«, bekräftigte ein mausgesichtiger Mann mit Schirmmütze, der an der Wand lehnte. »Dann kommen auch mehr Leute.«

»Ich bin mir nicht sicher, ob das so sinnvoll ist. Es stehen noch Rückzahlungen in Höhe von 200 Dollar für den Lieferwagen der Druckerei an.«

Der Mann mit dem Mausgesicht legte seinen Trumpf auf den Tisch: »Die Estnische Bildungsgesellschaft hat eine Ausschankgenehmigung.« Dies sorgte im Publikum für

Seufzer und brachte auch den Vorsitzenden in eine unangenehme Situation.

»Ja … wir werden im Vorstand darüber nachdenken. Aber damit wären wir dann mit der Tagesordnung durch, machen wir weiter in lockerer Runde«, fasste der Vorsitzende den Vortrag zusammen und ging zum hinteren Teil des Saals, wo sich ein Teil der Männer beim Fenster versammelte, um zu rauchen, und ein anderer Teil sich Tee eingoss. Der Vorsitzende trat an Madis heran.

»Ich grüße Sie! August Mäemees, *Managing Director* des Estnischen Arbeiterverbands. Ich habe den Genossen bisher noch nicht gesehen, sind Sie neu?«

»Madis Jefferson, das ist mein erstes Mal, ja.«

»Was hat es mit Ihrem Namen auf sich? Ihr Estnisch klingt recht normal«, erkundigte sich der Vorsitzende.

»Ja, so heiße ich eben. Ich komme aus Lääne. Bin mehrere Jahre zur See gefahren und jetzt zum ersten Mal hier.«

»Aha, ein Seemann! Ich war auch Seemann, bis ich nach Amerika kam. Ich bin vor der Schufterei in Virginia geflohen … In letzter Zeit trifft man hier nicht mehr so oft auf Seeleute, das ist ein hartes Brot … Und was hat Sie hergebracht?«, fragte der Vorsitzende neugierig.

»Eines Abends bin ich im Hafen auf andere Esten gestoßen. Sie sagten mir, dass es hier noch mehr gebe.«

»Sehr richtig, sehr richtig! Wir haben immer Bedarf an neuen Genossen. Jeden Mittwoch gibt es hier ein Treffen und am Samstagabend wird Schach und Bridge gespielt. Wissen Sie was, kommen Sie am 10. unbedingt mit zu unserem Picknick. Es kostet nur zwei Dollar und es werden viele Leute kommen! Fein, dann machen Sie sich mit den anderen bekannt und vielleicht wollen Sie ja auch ›Neue Welt‹ abonnieren?« Der Vorsitzende klopfte Madis auf die Schulter und wandte sich jemand anderem zu.

Madis bemerkte die Blicke der jungen Frau mit Dutt, die vorhin das Wort ergriffen hatte. Sie trug ein zurückhaltendes braunes Kleid und ging auf ihn zu.

»Irmeli Oja, sehr erfreut. Woher kommt der Genosse?«

»Madis Jefferson. Aus Estland, Afrika, Südamerika, vom Schiff. Von vielen Orten.«

»Ein Seemann? Wann waren Sie zuletzt in Estland?«

»Vor etwa vier Jahren.«

»Ich vor fünf. Sehnen Sie sich nicht zurück in die Heimat?«

»Ich weiß nicht, was ich darauf sagen soll.«

»Haben Sie zu Hause denn niemanden?«

»Zu Hause? Doch. Da ist meine Mutter, und meine Schwester.«

»Schreiben Sie ihnen?«

»Das tue ich.« Das entsprach mehr oder weniger der Wahrheit. Als er vor über einem Jahr in New York angekommen war, hatte er eine Postkarte nach Hause geschickt: »Wir sind in New York angekommen. Das Wetter ist schön.«

»Wie nett. Ich würde auch schreiben, wenn ich noch jemanden hätte. Im Geiste habe ich natürlich jemanden, all unsere Genossinnen und Genossen.«

»Sind Sie Kommunistin?«

»Ich würde sagen, dass ich Sozialistin bin, aber sehr viele meiner geschätzten Genossen sind auch Kommunisten. Sind Sie Kommunist?«

»Ich gehöre keinem Verein an.«

»Ach so, halten Sie sich etwa für freier als andere? Interessieren Sie sich nicht für das Leid der anderen?«

»Ich habe auf allen Kontinenten genug Leid gesehen.«

»Wirklich? Darüber würde ich gerne mehr erfahren. Hören Sie, gefällt Ihnen Musik?«

»Welche Musik?«

»Nun … Vertrauen Sie mir. Gleich ist es acht Uhr, die beste

Zeit, um aufzubrechen. Gehen wir!«, verkündete Genossin Oja, nickte ein paar Leuten im Saal zu und gab Madis ein Zeichen, ihr zu folgen. Die Mainacht war warm und sie spazierten ein halbes Stündchen den Harlem River entlang, überquerten die aus Stahlfachwerk konstruierte Madison Avenue Bridge und kamen in ein Ausgehviertel. Irmeli erzählte, dass sie wenige Meilen entfernt wohnte, und erklärte ihm alles ausführlich.

»Da, auf der Lenox Avenue, gab es letztes Jahr große Unruhen. Die Schwarzen hatten erfahren, dass ein weißer Ladenbesitzer einen von ihnen getötet hatte, wofür sie sich rächten. Viele Häuser wurden angezündet und es gab mehrere Tote«, erklärte Irmeli, während sie Richtung Westen zeigte. Sie bewegten sich zwischen Lenox und Seventh Avenue, und fast in jedem zweiten Haus gab es einen Klub. Zum Beispiel den Calloway Cotton Club, in den man nicht einmal für drei Dollar reinkam, das für *Lindy Hop* bekannte Savoy, das Smalls Paradise mit seinen tanzenden Kellnern und das Hot-Cha, in dem manche Partys erst um zwei Uhr nachts begannen. Über allem lag wallender Essensgeruch, in dem sich die Hähnchen von Tillie's, die Rippchen der Log Cabin, Gladys' Krabbeneintöpfe und vieles mehr vermischten. Irmeli lotste den leicht verwirrten Madis an allem vorbei, bis sie eine gestreifte Markise erreichten, auf der *Connie's Inn* stand. Der Eintritt kostete gesalzene zweieinhalb Dollar, die die Genossin standesgemäß für sich selbst zahlte, und sie hatten das Glück, einen freien Tisch zu finden. Auf der Bühne spielte ein Schwarzer Trompete und sang von Zeit zu Zeit mit klagender Stimme.

»Was denkst du?«, fragte Irmeli.

»Mir fällt auf, dass alle Musiker Schwarze sind, aber alle Gäste Weiße«, antwortete Madis.

»Gute Beobachtung, Genosse … Aber die Musiker sind sehr gut und beim ersten Mal schleife ich dich nicht gleich an einen Ort, den nur Schwarze besuchen«, sagte Irmeli anerkennend.

Das Set des Trompetenspielers war vorbei und es gab eine kleine Pause, während der die Kellner Reihe für Reihe durchgingen und die Bestellungen entgegennahmen.

»Der Ort hier wurde von lettischen Juden gegründet«, erklärte Irmeli. »Warst du schon mal in so einem Klub?«

»Na ja, weder zu Hause noch auf dem Schiff oder in Afrika gab es so was«, scherzte Madis.

»Warst du in Afrika also nicht nur als Seemann?«

»Lange Geschichte.«

»Für eine kurze Geschichte muss man ja nicht auf die andere Seite der Stadt gehen, oder?«

Die nächsten drei Stunden redete Madis und Irmeli hörte vor allem ihm zu, obwohl so mancher Musiker auf die Bühne trat, der vom ganzen Saal gefeiert wurde. Madis erzählte, wie er sich der Fremdenlegion angeschlossen hatte und im dritten Jahr über den Hafen von Tanger nach Spanien geflüchtet war, wo er auf ein Schiff nach Jamaika stieg. Er erzählte von Marek, vom Schach, von seinem Vater und vom Butteressen. Irmeli erzählte vom Waisenhaus, vom Geld, das sie mit Näharbeiten verdiente, von ihrem kleinen Erbe und der Fahrt nach Amerika. Momentan arbeitete sie als Haushaltshilfe für eine Dame, bei der sie kostenlos wohnen durfte. Als sie schließlich aufbrachen, fuhr die Subway schon nicht mehr. Madis bot Irmeli an, sie über die Brücke zu ihrer Bleibe in der Bronx zu begleiten, aber die selbstständige junge Frau lehnte ab, bedankte sich für den netten Abend und versprach, am Samstag wieder beim Treffen des Klubs dabei zu sein. Madis spazierte drei Stunden nach Greenpoint, Brooklyn, wo Marek bei einem Verwandten eine Unterkunft für sie beide gefunden hatte. Auf dem Weg dorthin wurden die Häuser immer höher und verdeckten den Mond.

Als Madis das Zimmer betrat, wurde Marek von seinem Rumpeln wach.

»Drei Uhr morgens? Wollt ihr die Regierung stürzen? Das heißt also ›ein wenig Estnisch sprechen‹?«

»Danach gab es ein … Konzert. Erzähl ich morgen.«

»Konzert?«

»In einem Jazzklub.«

»Was?« Marek setzte sich auf und machte die Nachttischlampe an. »Mit einer Frau, oder was? Madis? Hast du dir eine Kommunistin angelacht?«

»Sie ist Sozialistin.« Madis zog sich die Decke über den Kopf.

»Er hat sich eine Kommunistin angelacht!« Marek grinste, als Madis das Licht ausmachte. »Hat sie eine Waffe? Baut sie eine Bombe?«

Madis hörte nicht hin. Dies war das New York, von dem er geträumt hatte.

Die Feste feiern, wie sie fallen

Long Beach, 1936

Während die Frauen große, karierte Tücher auf dem Sand ausbreiteten, hievten die Männer Bierkästen und Weinflaschen von der Ladefläche des Autos. Genosse Mäemees hatte sich in einer Umkleidekabine bereits seinen gestreiften Badeanzug übergezogen und unterhielt sich mit den Frauen. »Sinnvoller ist es, vor dem Feiern schwimmen zu gehen«, verkündete er lebensklug und paffte dabei eine Zigarette. Unter den Bäumen baute die vierköpfige Band, die mit einem anderen Auto gekommen war, ihr Equipment auf. Madis sah neugierig zu, wie einer der Schwarzen auf einem runden Fass Kohle für das Grillfleisch vorbereitete.

»Genosse Jefferson, schön, Sie zu sehen«, sagte Mäemees, als er auf Madis zuging.

»Danke für die Einladung!«

»In letzter Zeit waren Sie regelmäßig bei unseren Treffen. Wir freuen uns über frisches Blut und tatkräftige Unterstützung in unserer Gruppe«, äußerte Mäemees, wobei er in Irmelis Richtung nickte, die zusammen mit den anderen Frauen zugange war. Madis sagte nichts dazu.

»Ich hoffe, Sie teilen unsere Ansichten. Sagen Sie, wer sind Ihre Eltern?«

»Mein Vater ist lange tot. Er erledigte Schmiedearbeiten und war außerdem Fischer. Meine Mutter ist mit meiner jüngeren Schwester zu Hause, in Lääne.«

»Na, dann haben Sie ja einen proletarischen Hintergrund. Sagen Sie, tut es Ihnen nicht leid um die Arbeiter?

Sie haben gesehen, wie das bürgerliche Estland sein arbeitendes Volk auffrisst, und Sie waren an vielen Orten dieser Welt. Haben Sie nicht das Gefühl, dass überall etwas falschläuft?«

»Das habe ich …«

»Sehr richtig. Ich meine, es ist an der Zeit, dass Sie sich unseren Reihen anschließen.«

»Ich werde auf jeden Fall darüber nachdenken.«

»Tun Sie das, tun Sie das. Wann brechen Sie wieder auf?«

»In einem Monat. In die Karibik.«

»Wissen Sie, Sie sollten darüber für unsere Zeitung berichten! Wir freuen uns ungemein über neue Autoren. Haben Sie schon mal etwas geschrieben?«

»Nein … nichts für die Zeitung. Aber ich interessiere mich sehr für Wirtschaft und habe in einem Notizbuch Überlegungen festgehalten, wie man das Geld in der Gesellschaft gerechter verteilen könnte.«

»Oh, hervorragend! Keine Reiseberichte, sondern richtig intellektuelle Texte, die müssen Sie mir zeigen! Wissen Sie, in letzter Zeit sind so wenige neue Männer dazugekommen. Die Quoten für Aufenthaltsgenehmigungen sind so niedrig, ein paar Dutzend Leute pro Jahr, und die meisten, die kommen, sind junge Frauen. Viele verschwinden einfach und können unsere Traditionen nicht pflegen. Solange zu Hause der Klüngel an der Macht ist, müssen gerade wir uns um die Traditionen kümmern!«

»Wann waren Sie das letzte Mal in Estland?«, erkundigte sich Madis.

»Pff, vor gut zehn Jahren. Man würde mich sofort festnehmen, sobald ich ankomme! Von Zeit zu Zeit schicken die Blutsauger vom Tallinner Domberg Briefe an das State Department, dass man mich und andere Leute aus der Redaktion deportieren oder verhaften sollte, aber machen können die nichts, das meiste läuft hier vollkommen nach Gesetz, aber natürlich versuchen sie, die Amerikaner zu überzeugen. Aber das alles zeigt bloß, dass wir recht haben, die fürchten sich und bibbern! Seinerzeit sind viele gute Leute hierher geflohen, zum Beispiel hat Vilde bei uns gearbeitet, und mit Genosse Pöögelmann habe ich viele Jahre zusammengearbeitet. Der bringt unsere Angelegenheit jetzt im sowjetischen Russland voran, bis die Ordnung hergestellt ist, auf die wir alle warten. Ich glaube, sie ist näher als je zuvor, man sieht hier jeden Tag, dass der Kapitalismus kurz vor dem Zusammenbruch steht.« Mäemees schnappte sich zwei Flaschen aus dem Bierkasten, von denen er eine scheinbar spielerisch unter Zuhilfenahme der anderen öffnete, und nahm einen großen Schluck. »Ich sage Ihnen – vor dem Zusammenbruch!« Der Saxofonist der Band, die Irmeli gefunden hatte, gab bekannt, dass er Lou hieß und das erste Stück den Titel »Stormy Weather« trug.

Die Männer lauschten eine Weile, woraufhin Mäemees schließlich verkündete: »Die Schwarzen sind unsere Brüder im Kampf, aber an Chorgesang kommen sie nicht ran.«

»Schauen Sie Montag vorbei«, sagte er zu Madis und ging zu den anderen. Madis wollte sich in Richtung von Irmeli davonstehlen, die das Essen fertig hergerichtet hatte und nun mit den anderen plauderte, doch da legte ihm der alte Thalmann eine Hand auf die Schulter.

»Wie gefällt Ihnen der faule Kapitalismus?«, fragte Thalmann gallig.

»Äh … alles hier ist … anders«, suchte Madis nach einer passenden Antwort. Es war heiß geworden und Madis knöpfte sein Hemd auf, unter dem er ein Unterhemd trug. Durch dieses hindurch war auf dem Rücken eine sehr große Tätowierung zu sehen, die Thalmanns Aufmerksamkeit weckte.

»Was haben Sie da?«

»Ah, das habe ich auf See bekommen«, antwortete Madis schmallippig.

»Ach so. Nicht im Gefängnis?«

»War ich nicht.«

»Schwein gehabt. Nach dem Aufstand 1924 kam hier ein Haufen Genossen an, die alles gesehen haben. Weißt du, wenn du Geld hast, ist alles in Butter. Aber welcher Arbeiter hat schon Geld? Schau, hier gibt's kaltes Bier, die Schwarzen singen, tipptopp! Aber sag mir, wurde dergleichen 1905 oder 1917 erreicht? Das erreicht man nur, wenn man auf die Straßen geht oder zu den Waffen greift!«

»Wollen Sie zu Gewalt aufrufen?«

»Was weiß ich, aber wie lange geht dieses Trauerspiel in Estland jetzt schon? Unsere Genossen werden bis zum heutigen Tag eingesperrt, wie es den Herrschaften gefällt.«

»Ich hole noch ein Bier, soll ich Ihnen eins mitbringen?«, bot Madis an.

»Ich trinke kein Bier, aber warum nicht ein bisschen Wein. Halbtrocken«, bat Thalmann.

Madis ging zu den Getränken, nahm sich das Gewünschte und schaute kurz bei Irmeli vorbei.

»Irgendwie … hat Genosse Thalmann eine recht scharfe Einstellung.«

»Hat er wieder davon gesprochen, dass wir zu den Waffen greifen sollen?«

»Etwas in die Richtung.«

»Mach dir nichts draus. Weißt du, er ist schon seit 1905 hier … Er hat alles Mögliche gesehen, irgendwann hat man ihnen die Druckerei angezündet und auf der Straße konnte man einfach so verprügelt werden.«

»Reden Sie über mich?«, erklang Thalmanns Stimme von hinten. »Ich wollte nachsehen, wo mein Wein bleibt.«

»Äh … Ja, Irmeli sagte gerade, dass Sie schon seit 1905

hier sind?«, suchte Madis nach einer Ausflucht.

»Richtig … richtig … Hören Sie, man hat Sie bestimmt befragt, als Sie mit dem Schiff kamen?«

»Ja, die Immigrationsbehörde ist an Bord gekommen.«

»Na dann, aber Ellis Island kennen Sie nicht, gleich bei der Freiheitsstatue. Die kleineren Schiffe legten direkt dort an, während man die Passagiere der großen Schiffe von Bord trieb und auf Booten zur Insel brachte. Wir kamen über Hamburg, fünfzehn Esten, von den Finnen waren es bestimmt über hundert und Polen vielleicht tausend. Sobald wir auf dem Kai waren, sind irgendwelche Mitarbeiter gekommen, die streng schauten, und plötzlich sah ich, wie sie mit so einer Art Schneiderkreide den Leuten Buchstaben auf den Rücken schrieben, also ›X‹ und ›F‹ und ›S‹ und so weiter. Dort gab es einen großen Warteraum, von dem man über eine lange Treppe in den ersten Stock kam. Und wenn jemand auf der Treppe stehenblieb oder erschöpft war, bekam er oder sie ein neues Zeichen und wurde einfach in einen anderen Raum gebracht. Diejenigen, die das kapiert hatten, wischten sich gegenseitig die Kreidezeichen vom Rücken, aber wenn sie ertappt wurden, brachte man sie auch weg. Kurzum, wenn die der Meinung waren, dass du krank, alt oder gebrechlich bist oder dass dein Rücken nicht mitmacht, wurdest du ausgesondert. Die Kapitalisten wollen sich ja nicht mit kranken Menschen rumschlagen, die brauchen nur gesunde Arbeitstiere. Und dort waren unzählige Menschen, deren Verwandte wussten, mit welchem Schiff sie kommen würden, und daher auf der anderen Seite auf sie warteten, aber sie wurden trotzdem einfach zurückgeschickt, weil sie ihrer Meinung nach zu alt oder krank waren. Das gleiche Schicksal ereilte auch Verrückte, Päderasten und Zigeuner, zu Recht. Tränen und Überzeugungsversuche gehörten zur Tagesordnung. Irgendwelche Männer in Kitteln ließen uns Rätsel lösen, aus Klötzen musste man Figuren bauen, Zähne und Augen wurden wie auf dem Pferdemarkt untersucht. Danach wollten sie noch wissen, wie viel Geld man hatte, wohin man unterwegs war, und dann hing es immer noch von der Gnade der Beamten ab, ob man reinkam oder nicht. Es war schrecklich! Aber die *Depression* war ein Segen, denn jetzt kommen auch nicht mehr so viele Menschen. Es ist nicht mehr so wie nach 1924, als jeder halbwegs vernünftige Este herkam.«

»Aber ist es mittlerweile nicht besser? So wie ich es verstehe, ist es nicht mehr so wild, es soll mehr Arbeit geben als noch vor ein paar Jahren.«

»Was soll daran besser sein? 20 Dollar pro Woche in der Fabrik? Die Hälfte geht gleich für die Miete drauf, sonst steht man am nächsten Morgen auf der Straße! Und so leben die zigtausend Esten in New York. Die Arbeiter versklaven sich. Nichts wird hier besser, solange die Arbeiter sich nicht erheben. Hör mal, gieß mir noch ein bisschen von dem Halbtrockenen ein«, echauffierte sich Thalmann erneut.

Irmeli zog Madis beiseite und versuchte, ihm Swing-Schritte beizubringen, doch viel wurde daraus nicht. Als der Abend voranschritt, war ein Teil der Gesellschaft angenehm angeheitert, während ein anderer Teil Streit suchte. Zunächst klapperte Mäemees alle Frauen ab und erklärte ihnen, dass er mit ihnen noch gar nicht auf das Du angestoßen hätte, wobei er ihnen innig einen Kuss auf die Wange drückte. Er gab lauthals bekannt, dass nun alle schwimmen müssten, machte selbst einen Kopfsprung vom Bootssteg, und nachdem die Männer ihn aus dem Wasser gezogen hatten, saß er rauchend auf einem Stein und sang »Hinter der Sauna am Teich«. Daraufhin verkündete die Band, dass ihr Set nun zu Ende sei, sie würden gerne zurück in die Stadt fahren und ihre verdienten zehn Dollar bekommen. Mäemees entgegnete, dass die Schwarzen Brüder im Geiste seien, aber mehr als sieben

Dollar würde er nicht zahlen, und steckte dem Trompeter das Geld demonstrativ in die Tasche. Um einen Konflikt zu vermeiden, kratzten die Frauen die restlichen drei Dollar zusammen und lauter als der wiederaufgenommene Gesang von Mäemees war nur die Stimme Thalmanns, der verkündete, er würde »eine richtig große Bombe bauen und sie auf dem verdammten Domberg zünden, sodass den Politikern ihre eigene Scheiße um die Ohren fliegt«.

Am Montag unterzeichnete Madis einen Mitgliedschaftsantrag und wurde zum Vorsitzenden der Kulturabteilung der Vereinigung gewählt.

Sting like a bee

Yankee Stadium, 1938

Die Menge war zum Teil schon vor acht Uhr auf den Tribünen, aber die Menschenströme bei den Toren schienen kein Ende zu nehmen. Neben den normalen Tribünen waren auf dem Feld rund um den Boxring unzählige Stuhlreihen aufgestellt worden, in denen die besten Plätze offiziell 40 Dollar kosteten, aber da sie schnell ausverkauft waren, wurden sie unter der Hand für ein Vielfaches gehandelt.

Madis und Irmeli saßen auf billigeren Plätzen, auf dem zweiten Rang der Tribüne, aber Madis wollte lieber nicht mit den Karten herumwedeln, denn darauf stand, dass auch diese über sechs Dollar gekostet hatten.

»Mäemees sagte, dass er meine ökonomischen Texte sehen will. Kannst du dieses Heft mitnehmen und ihm geben? Er sprach davon, dass er sie vielleicht in der Zeitung veröffentlichen will.«

»Im Ernst? Das ist toll, natürlich gebe ich ihm das Heft … Du bist super.«

»Aber Marek hat mir gestern Abend gesagt, dass er zurück nach Polen fährt.«

»Wirklich?«

»Er hat gesagt, dass ohnehin die Mobilisierung kommt. Österreich wird nicht das letzte Land sein.«

»Die Zeitungen schreiben über nichts anderes. Vielleicht können sie etwas dagegen ausrichten … Schau mal, da kommen noch mehr … Das letzte Mal habe ich so viele Leute an Silvester gesehen.«

»In den Zeitungen stand, dass über eine Million Dollar eingenommen wurden und 70 000 Menschen erwartet werden. Ich wette, der Promoter behält ein paar Hunderttausend für sich«, sagte Madis.

»Da ist dieser Nazi, der nach einem Kampf in Deutschland Hitler salutiert hat. Ich hoffe, dass er heute Abend verliert.«

»Ich habe mich schon gewundert, dass du einverstanden warst, mitzukommen«, gestand Madis.

»Ich auch. Aber wenn du in einem halben Jahr wieder unterwegs bist, wann sehen wir uns dann überhaupt wieder? Und in der Stadt wird ja gerade über nichts anderes gesprochen …«

Das entsprach der Wahrheit. Das Aufeinandertreffen von Joe Louis und Max Schmeling war seit Wochen in den Zeitungen zum »Krieg im Ring« und »Kampf der Kämpfe« aufgebläht und mit allerlei anderen abgegriffenen und lächerlichen Äußerungen und Adjektiven versehen worden, die die Sportreporter aus ihren Schubladen kramten. Obwohl beide sehr gute Boxer waren und offiziell um die Weltmeisterschaft im Schwergewicht gekämpft wurde, ging es kurz gesagt darum, dass Louis Amerikaner war und Schmeling Deutscher. Hinzu kam, dass Louis dunkelhäutig war, was dem Ereignis eine politische Note gab, sodass sich viele gar nicht für die sportliche Seite interessierten. Die Männer waren zum ersten Mal zwei Jahre zuvor am gleichen Ort aufeinandergetroffen, und alle hatten damit gerechnet, dass der neun Jahre jüngere Shootingstar den alten und erfahrenen Kämpfer zermalmen würde. In den Wettbüros waren die Einsätze für Louis um ein Zehnfaches höher. Doch in der zwölften Runde schlug Schmeling Louis k.o. und im Publikum weinten sogar einige gestandene Männer. In Deutschland jubelten Presse und Regierung: Sie erwarteten einen Kampf Schmeling gegen den amtierenden Weltmeister James Braddock, doch es kam zu finanziellen Streitigkeiten und der Kampf wurde abgesagt, weil eine Niederlage zu peinlich gewesen wäre. Als Louis allerdings Braddock bezwang, war der Weg wieder frei für eine Wiederholung des Kampfes um den Siegertitel.

Offizieller Beginn war um acht, doch es wurde immer später, und so zogen Bauchladenverkäufer mit Nüssen und Hotdogs durch das Publikum und es gab einige Amateurkämpfe zur Einstimmung.

»Von hier aus sieht man nicht besonders viel ...«, merkte Irmeli an.

»Weißt du, ich habe gestern einen Brief bekommen«, griff Madis ein Thema auf, das er vor sich hergeschoben hatte.

»Was für einen Brief? Aus Estland?«

»Meine Schwester hat geschrieben ... Mutter ist krank«, Madis blickte zu Boden.

»Wie krank?«

»Ich weiß nicht genau. Sie kommen gerade nicht mehr gut zurecht. Ich muss weg.«

»Wann?«

»Ich muss erst auf dem nächsten Schiff anheuern, vielleicht danach.«

»Aber ... für wie lange?«, stellte Irmeli die Frage, die eigentlich im Raum stand.

»Wie lange ... ich weiß es nicht. Aber wir haben doch darüber gesprochen, dass wir irgendwann zurückgehen.«

Irmeli guckte Madis verlegen an, beide erkannten schmerzhaft den Moment, in dem man seine Worte mit Bedacht zu wählen hatte. Der Sprecher erlöste sie, der Kampf konnte endlich beginnen. Sie taten so, als würden sie mitfiebern, aber in Wirklichkeit wurden sie innerlich von etwas anderem zerrissen.

Die Boxer traten unter ohrenbetäubendem Lärm in den Ring und wurden nacheinander aufgerufen. Schmeling trug einen bunten Umhang, der an den Morgenmantel einer alten, kaffeetrinkenden Frau erinnerte, es fehlten nur die Lockenwickler. Louis legte seinen blauen Kittel ab, die fünf Assistenten in weißen Hemden und der Ringrichter gingen vorab die Regeln durch. Die Glocke ertönte und das Publikum jubelte in Erwartung einer gepflegten Prügelei. Schmeling suchte gleich zu Beginn nach Möglichkeiten, seinem Gegner eine harte Linke zu verpassen, und tänzelte vor ihm her, aber Louis ließ nichts anbrennen. Er verpasste Schmeling eine Reihe von Treffern auf den Kopf und mehrere harte Schläge gegen den Körper, sodass dieser bald auf dem Boden lag, der Ringrichter bis acht zählte und das am lautesten beworbene Spektakel der letzten Jahre nach weniger als zwei Minuten vorbei war. Aus dem Tosen und Jubeln des Publikums waren unsagbare Freude und Enttäuschung herauszuhören. Zwei Minuten, das soll es gewesen sein?

Als Irmeli und Madis langsam das sich leerende Stadion verließen, jubelte die Menschenmenge auf dem Weg nach Harlem. Das junge Paar wechselte ein paar inhaltsleere Sätze und schob das schmerzvolle Thema auf. Als sie mit der Subway die Nassau Avenue erreichten und endlich in einer ruhigeren Gegend waren, nahm Madis all seinen Mut zusammen.

»Willst du nicht zurück nach Estland?«

»Ich weiß nicht … Es ist so eine schlechte Zeit. Was, wenn der Krieg kommt?«

»Mit wem soll Estland denn Krieg führen?«

»Aber ist das der Ort, an den man gerade zurückkehren sollte? Sieh doch, wofür wir uns in der Vereinigung die ganze Zeit einsetzen.«

»Aber dann könnten wir stattdessen selbst etwas unternehmen! Etwas verändern!« Madis machte eine ausholende Geste.

»Ich weiß nicht … was du dort allein verändern willst …

Wer wartet auf uns?«

Madis blieb stehen. »Was ist los? So hast du noch nie geredet. Wer soll dann etwas verändern, wenn wir es nicht versuchen?«

»Madis, hier gibt es so viel … Alle reden die ganze Zeit davon, dass in Europa der Krieg kommt. Vielleicht warten wir ab und schauen, was passiert … Hier gibt es so viel.«

»Du machst dir mehr Sorgen als nötig.«

»Ich weiß nicht … Ich habe irgendwann die alte Ethel Palumets gesehen und sie hat mir Angst gemacht. Du kennst sie wahrscheinlich nicht, sie ist früher auch zu den Treffen gekommen, aber lange nicht mehr da gewesen.«

»Was hat das mit uns zu tun?«

»Palumets hat sich mit einigen zerstritten und ist jetzt bei der Estnischen Bildungsgesellschaft.«

»Seit wann treibst du dich mit denen von der Bildungsgesellschaft herum? Die stehen doch alle unter der Fuchtel der Regierung.«

»Warte … Palumets' Sohn und ihre Schwiegertochter sind aus New York nach Russland, um eine Kommune zu gründen. Für den Kauf von Traktoren und Mähdreschern gab es eine große Spendensammlung. Das haben sie alles mitgenommen und sind aufgebrochen. Sie haben Häuser gebaut und zusammen gegessen und auch Briefe geschrieben, wie alles läuft.«

»Na, aber das kann doch auch in Estland so sein, nicht Russland.«

»Palumets hat gesagt, dass sie seit vielen Jahren keine Briefe oder Karten mehr geschickt haben. Niemand weiß von etwas. Verstehst du, sie glaubt, dass alle getötet wurden!«

»Wieso getötet? Irmeli, das ist irgendein Hirngespinst dieser Bildungsgesellschaft. Warum sollten arbeitende Menschen getötet werden, wenn sie für das Wohl aller arbeiten? Unsinn«, Madis klatschte in die Hände.

»Jahrelang keine einzige Zeile? An niemanden?«

»Das hat nichts zu bedeuten … Wer weiß, wie viel dort zu tun ist, um alles von Grund auf neu zu bauen … Das ist genau, was die erreichen wollen: Zweifel schüren!«

»Ich weiß nicht. Das hört sich irgendwie schlecht an.« Irmeli war nicht überzeugt.

»Bitte, denk darüber nach. Ich erledige alles und dann gehen wir zusammen nach Estland! Wir schauen uns genau um und lassen uns nieder. Was denkst du?«

»Ich weiß nicht. Eines noch …«, warf Irmeli beschämt ein. »Ich weiß nicht, wie ich es sagen soll …«

Madis zuckte zusammen und nahm Irmelis Hand: »Was willst du denn sagen?«

»Nein … Nicht das. Ich habe neulich mit Miss Whitaker gesprochen.«

»Will sie dich rauswerfen? Hör zu, wir lassen uns etwas einfallen …«

»Miss Whitaker hat gesagt, dass ich immer so nett zu ihr gewesen bin, und weil sie hier niemanden hat, hat sie sich überlegt, mir ihre Wohnung zu vermachen.«

Stille.

»Heißt das, du hast dich bereits entschieden?«

»Ich weiß nicht, Madis. Aber ich habe hier einfach mehr als in Estland. Ich denke, du solltest auch überlegen, wo du mehr hast.«

In der Ferne war die Sirene eines Krankenwagens zu hören. Vielleicht war es der gleiche Wagen, mit dem Max Schmeling in das Krankenhaus gebracht wurde, in dem er sich zehn Tage erholen musste.

Die Kinder der Revolution

Ranna, 1940

Der Saal im Kulturhaus war sonderbar feierlich geschmückt. Über der kleinen Bühne hing zwischen zwei Girlanden ein Porträt Stalins, ein Mitbringsel von dem aus Tallinn gesandten Genossen Kaev, den allerdings zumindest hier keiner kannte. Deutlich weniger feierlich war die Stimmung im Publikum, von dem ein Großteil versuchte, eine unbeteiligte Miene zu machen, doch tatsächlich gelang es den wenigsten, ihre Sorgen zu verbergen. Zur Erleichterung einiger Gäste war nur ein einziger russischer Armeeangehöriger von der Basis in Paldiski gekommen, der nach der Eröffnung durch den Vorsitzenden des Exekutivkomitees Klaas, wie in der Begrüßung üblich, die Völkerfreundschaft und die Macht der Arbeiterklasse beschwor. Das Gleiche wiederholten die neuen Machthaber während der nächsten vier Auftritte, bei denen versprochen wurde, dass es nun endlich bergauf gehe. Für sporadisches Kopfdrehen, stumme Blickwechsel und verhaltenen Applaus sorgte der fünfte Redner, ein gewisser Genosse Raum, der Estnisch sprach, allerdings mit einem erkennbaren Akzent. Offenbar war Genosse Raum als Vertreter der Arbeiter-und-Bauern-Miliz nun anstelle der zerschlagenen Polizei zuständig für Ranna. Sollte jemand Sorgen haben oder von möglichen feindlichen Handlungen gegen die Macht der Arbeiterklasse wissen, möge er dies jederzeit Genossen Raum mitteilen, der zur Bekräftigung ermutigend lächelte. Als Nächstes verkündete Klaas, der Vorsitzende des Exekutivkomitees, dass das arbeitende Volk sich auch angemessen erholen müsse und fortan der Vorsitzende der neu geschaffenen Kulturkommission für die geistige und körperliche Ertüchtigung zuständig sei, woraufhin sich ein großgewachsener junger Mann in der ersten Reihe erhob. Das ungläubige Raunen im Saal bestätigte, dass er erkannt wurde; Madis Jefferson war nach Hause gekommen.

»Werte Genossen! Eine neue Zeit ist in unserem Vaterland angebrochen, als gleichberechtigtes Mitglied in der Familie der sowjetischen Völker! Ich glaube, dass manch einer im Saal mich von früher kennt. Ich habe einen großen Teil meines Lebens im Ausland verbracht und musste schon im bürgerlichen Zeitalter in kapitalistischen Staaten arbeiten. Überall habe ich gesehen, dass das Leben des arbeitenden Volkes kein leichtes ist, doch unter den neuen Umständen dieser neuen Zeit haben wir alle die Möglichkeit, uns unter Führung der Partei neue, angemessene Lebensbedingungen zu schaffen. Ich bin Anfang des Jahres in die Heimat zurückgekehrt, um mich an diesem Unterfangen zu beteiligen. Eine Herzensangelegenheit wird mir die Jugend sein und die Möglichkeit, dem arbeitenden Volk nach der Anstrengung kulturelle Aktivitäten anbieten zu können. Mit Ideen und Vorschlägen dürfen Sie sich jederzeit an mich wenden. Unsere erste große Veranstaltung sind die Feierlichkeiten zum Jahrestag der Oktoberrevolution, in deren Rahmen auch ein kleines Sängerfest stattfinden wird. Unser Frauenchor und unser gemischter Chor haben kürzlich erst Liederbücher zusammengestellt, die Sie auf dem Tisch neben der Tür finden. Danke für Ihre Aufmerksamkeit!«

Damit war der offizielle Teil des Treffens beendet, doch ein Mann mittleren Alters hob die Hand und fragte, ob er dem Vorsitzenden eine Frage stellen dürfe. Genosse Klaas entgegnete, dass es sich heute nicht um solch ein Treffen handle, doch er würde sich die Frage anhören.

»Wann erfahren wir etwas zum Fischfang? Von uns ist seit Monaten fast niemand aufs Meer gekommen …«, holte der Mann aus, aber Genosse Klaas gab mit einem Handzeichen zu verstehen, dass ihm dieses Thema heute nicht passte.

»Das ist eine administrative Frage, die fortlaufend geklärt wird, je nachdem, wie sicher es auf dem Meer gerade ist. Derzeit verkehren große Schiffe zwischen Paldiski und Tallinn, und niemand will dafür verantwortlich sein, wenn jemandem auf See etwas zustößt.«

»Aber wann wird das sein? Die Männer sind ihr ganzes Leben aufs Meer raus, sie kommen keinem in die Quere …«, protestierte der Fragesteller erneut, aber der Vorsitzende beendete die Diskussion mit der kurzen Stellungnahme, dass sich die Angelegenheit bald klären würde.

Ungeachtet der unruhigen Blicke gab es keine weiteren Fragen, das Publikum erhob sich und verließ den Saal. Madis stand bei der Tür und verabschiedete sich höflich von den Leuten, denen er ein dünnes Büchlein mit der Überschrift »Arbeiterlieder« reichte, das manche auch entgegennahmen.

»Madis … ist das nun das neue Repertoire?«, fragte eine ältere Frau namens Mäeltsemees, ihres Zeichens Leiterin des gemischten Chors von Ranna und Madis' einstige Musiklehrerin.

»Das sind für den Anfang ein paar Lieder, sicher kommen noch welche hinzu«, bestätigte dieser.

Mäeltsemees nahm das Büchlein mit spitzen Fingern und blätterte darin: »Die Internationale« … »An die Arbeit, Brüder!«, »Warschawjanka«, »Finnischer Arbeitermarsch«, »Die rote Fahne«, »Unter der roten Fahne«, »Wir und sie«, »Der 7. November«.

»Recht einheitlich«, konstatierte sie trocken.

»Richtig, das sind Arbeiterlieder«, entgegnete Madis.

»Was wird aus Weihnachten? Wir müssten bald das Weihnachtsprogramm vorbereiten«, erkundigte sich Mäeltsemees.

»Inwiefern?« Madis war sichtlich verwirrt.

»Insofern, als es in Sowjetrussland meines Wissens kein Weihnachten gibt.«

»Wir sind ja auch ein säkulärer Staat, da fangen wir nicht an, irgendwelche Götter anzubeten«, versuchte Madis etwas zu entgegnen.

»Aber werden Weihnachtslieder gesungen? Kommt der Weihnachtsmann?«, hakte Mäeltsemees leise nach.

»Das muss ich klären«, fauchte Madis etwas verärgert.

»Klären Sie das unbedingt, Genosse Jefferson«, betonte Mäeltsemees die letzten beiden Wörter und brach nach einem kurzen Nicken auf. Der Vorsitzende kam vorbei, um zu sagen, dass sie Madis auf dem Weg nach Paldiski mit dem Auto zu Hause absetzen könnten, wenn er sich beeile.

»Was wird aus den Fischern?«, versuchte Madis ein Gespräch mit dem Vorsitzenden anzufangen.

»Misch dich da nicht ein, ich kümmere mich schon darum«, antwortete der Vorsitzende.

»Was passiert dann?«

»Nichts passiert. Wortwörtlich nichts. Du darfst denen nichts davon erzählen, aber die in Tallinn haben gesagt, dass die Marine keinem gestatten wird, in der Nähe der Basis rauszufahren.«

»Aber es hieß doch erst, dass Genehmigungen erteilt werden, wenn es gerade keine Manöver oder Ähnliches gibt?«

»Hör schon auf. Bei der Marine werden die so etwas nicht erlauben.«

»Aber was wird dann aus ihnen? Das war immer ihr Lebensunterhalt. Dort gibt es Dutzende Familien, die ausschließlich davon leben!«, echauffierte sich Madis.

»Ruhe, Genosse Jefferson! Mit dieser Hitzigkeit werden

Sie es schwer haben. Dann müssen eben andere Lösungen gefunden werden.«

»Welche anderen Lösungen denn? Sollen alle an einen See ziehen? Wer sein Leben lang Fischer war, wird nicht plötzlich Bauer!«

»Schauen Sie, wir müssen das große Bild betrachten. Bei uns hat es eine Arbeiterrevolution gegeben, das heißt, die gesellschaftliche Ordnung hat sich verändert. Wenn die gesellschaftliche Ordnung sich verändert, dann verändert sich das Leben aller Klassen, auch das der Arbeiterklasse. Sie müssen sich den neuen Bedingungen anpassen.«

»Aber das sind keine Fabrikarbeiter, sie schuften für sich und ihre Familien. Man muss eine sinnvolle Lösung finden.«

»Eine sinnvolle Lösung besteht darin, selbst die Initiative zu ergreifen. Egal, ob man dieselbe Arbeit an einem neuen Ort verrichtet … oder neue Arbeit an einem alten Ort … In Paldiski werden gerade Bauarbeiter gesucht, dort wird alles vergrößert, ebenso in anderen Häfen und Städten. Denken Sie in Ruhe nach, Jefferson!«

»Meiner Meinung nach dürfte es sinnvollere Lösungen geben«, protestierte Madis.

»Ich gebe Ihnen einen freundschaftlichen Rat. Ihr Name, Jefferson. Das ist nicht gerade der beste Name für einen Vertreter der Arbeiterklasse … Selbst die hiesigen Minister haben ihre deutschen Namen abgelegt, und was machen Sie …?«, warf ihm der Vorsitzende Klaas vor.

»Das ist mein Name«, entgegnete Madis knapp. »Übrigens, ich kannte mal in Holland einen Herrn Claes.«

»Und noch etwas, es wäre besser, wenn Sie damit aufhören, von Ihren Reisen zu erzählen, das meine ich ernst«, sagte Klaas.

Als die Männer Madis in der Nähe seines Wohnhauses aussteigen ließen, sah er gleich, dass das Tor geschlossen, aber nicht eingehakt war. Seine Mutter wartete auf der Treppe. »Junge, du hast Besuch.«

Der Gast saß hinter dem Küchentisch und hob seine Teetasse zu einem Gruß: »Ich wollte mit eigenen Augen sehen, ob es stimmt, dass der verlorene Sohn zurückgekehrt ist.«

»Wachtmeister Hamburg! Machen Sie noch immer Hausbesuche?«

»Ab jetzt nur noch Jüri Hamburg, nicht mehr Wachtmeister, wie du sicher weißt«, gestand der Gast.

»Ja. Ich sprach vorhin mit diesem …«

»Russen?«, half Hamburg.

»Genosse Raum.« Madis tat so, als hätte er die Spitze nicht gehört.

»Richtig, Genosse Raum … Ich weiß nicht, wo die solche finden …«

»Er wurde scheinbar aus Tallinn geschickt. Und er ist vertrauenswürdig.«

»Im Gegensatz zu mir?«, stichelte Hamburg. »Aber hier und da sind die Alten offenbar geblieben.«

»Neue Macht, neue Menschen. Das ist nicht meine Entscheidung.«

»Madis, bist du jetzt auch ein neuer Mensch?«

»Was soll das bedeuten?«

»Ich habe gehört, du sitzt im Exekutivkomitee. Heißt das, du bist also auch ein Genosse?«

»Ja, das bin ich«, bestätigte Madis selbstsicher.

»Ich verstehe nicht, was das für dich bedeutet. Du warst doch nie einer von diesen Umstürzlern. In meinen Augen warst du immer … neugierig. Und jetzt das?«

»Ich bin kein Umstürzler. Sieh doch, wie viel Unterstützung wir von den Arbeitern haben, die jetzt endlich die Gelegenheit bekommen, ein besseres Leben zu führen.«

»Bist du jetzt ein Kommunist oder wolltest du einfach

nach Hause?«

»Das hängt davon ab, was Kommunist heißt.«

»Wenn du das so sagst, weißt du's wohl selbst nicht.«

»Und ob ich das weiß. Ich glaube daran, dass es den Arbeitern jetzt besser gehen wird, und ich bin nach Hause gekommen, um bei alldem mitzuhelfen.«

»Wie in Russland, oder was? Die verrecken vor Hunger. Und jetzt haben wir kein eigenes Land mehr.«

»Hör auf … Jeder weiß, dass das erlogen ist. Ich habe in Amerika selbst gesehen, dass alle das glauben, was sie glauben wollen.«

»Herrgott, Madis, du bist also wirklich darauf reingefallen? Glaubst du etwa, dass uns jetzt, wo wir keinen eigenen Staat mehr haben, das Glück in der Sowjetunion erwartet?«

»Der Herrgott hilft hier nicht weiter. Man muss einfach arbeiten.«

»Der Herrgott wird uns nicht helfen, da hast du recht. Aber weißt du, ich habe den Eindruck, dass arbeiten auch nicht helfen wird.«

»Aber was machst du gerade so, hast du Arbeit?«, versuchte Madis das Gespräch auf etwas anderes zu lenken.

»Ende August haben sie mir befohlen auszuziehen, ich bin zurück nach Nõva, auf unseren Hof … Da mache ich Verschiedenes. Wenn sich nichts ändert, muss ich mir vielleicht in Paldiski oder Haapsalu Arbeit suchen, im Hafen oder auf dem Bau.«

»Wenn sich *was* nicht ändert?«

»Glaubst du, dass nichts mehr passiert? Polen, Frankreich, was dann?«

»Genau, jetzt werden sie nicht mehr angreifen.«

»Ich verstehe diesen Idealismus nicht … Wie bist du überhaupt hergekommen? Gerade denken alle darüber nach, wie sie wegkommen, nicht hierher.«

»Ich bin aus Stockholm nach Riga gefahren und von da weiter mit dem Zug …«

»Ausländische Pässe wurden eingesammelt, bald werden noch alle Boote eingesammelt …«

»Du übertreibst.«

»Tu ich nicht … In der Stadt werden Menschen verhaftet. Präsident Päts, Johan Laidoner und ein Haufen anderer Leute sind offenbar verschwunden, ebenso einige von der Polizei.«

»Vielleicht sind sie ins Ausland geflohen? Wenn die Zeiten sich ändern, muss man alles ein wenig durchschütteln, bevor Ordnung einkehrt. Die vollgefressenen Herrschaften gehen schließlich nicht freiwillig.«

»Vielleicht. Aber vielleicht wurden sie erschossen?«

»Du übertreibst wieder. Wenn du dich weniger aufregen würdest, hättest du vielleicht noch deine Stelle. Ich kann dir aufrichtig sagen, dass bei uns im Exekutivkomitee keiner irgendwelche krummen Dinger dreht.«

»Mir scheint, das sind großherzige Menschen.«

»Und ob sie das sind.«

»Aha … Madis ist also zurück. Wo ist dein Bruder?«

»In Schweden …«

»Verstehe. Du hilfst deiner Mutter und deiner Schwester … Vielleicht wirfst du irgendwann sogar Netze aus?«

»Vielleicht tue ich das«, nickte Madis.

»Das würde ich gern sehen … wenn sie das erlauben.« Hamburg stand auf und streckte die Hand aus. »Wir werden uns bestimmt wiedersehen.«

Madis beobachtete durch das Fenster, wie Hamburg das Tor schloss und auf sein Motorrad stieg. Madis' Mutter kam ins Zimmer.

»Was wollte er?«

»Sich unterhalten.«

»Er hat dir viele Male geholfen.«

»Er wollte Zweifel schüren.«

»Hat er es geschafft?«

Madis murmelte etwas und begann in seiner Tasche zu wühlen. Papier, Stift.

Liebe Irmeli! Hoffnungsvolle Grüße aus der Heimat …

Ein kaltes Bad

Kronstadt, 1941

Die Menschen wurden grüppchenweise von den Schiffen gelassen, erst die Frauen und die höheren Ränge, und Lastwagen kamen, die sie weiter zu verschiedenen Orten brachten. An Deck waren auch vereinzelt Leute, die jubelten und den Menschen an Land zuwinkten, doch die meisten machten niedergeschlagene Gesichter. Die Männer mussten Verletzte von Bord schleppen, mehrere Familien warteten etwas abseits. Bald waren alle Ambulanzen voll, woraufhin die Verletzten nebeneinander in Lastwagen gelegt wurden, doch bald waren auch diese komplett belegt, sodass auf die Ankunft der nächsten gewartet werden musste. Die Toten mussten ebenfalls warten, von manchen Schiffen waren sie auch ins Wasser geworfen worden.

Madis Jefferson war mit einem anderen Mann vier Mal hin- und hergelaufen und wartete neben einer Bahre mit einem jungen Burschen, der nicht mehr schrie, aber irritiert umherblickte, ohne den Kopf zu drehen.

»Der Arzt meinte, du wirst überleben«, sagte Madis auf Russisch zu dem jungen Mann, der daraufhin schnell ein paarmal nickte. Der Arzt war nicht so optimistisch, was das Bein des Burschen betraf, doch darüber schwieg Madis.

»Freust du dich, dass du überlebt hast, oder tut es dir leid, dass du nicht mehr in Estland bist?«, fragte ihn ein anderer, ungefähr dreißigjähriger und barfüßiger Geselle, Villem Laane.

»Weiß der Teufel …«, stammelte Madis.

Die beiden waren sich zum ersten Mal in den Morgenstunden des vorangegangenen Tages begegnet, irgendwo zwischen den Inseln Vaindloo und Rodscher, auf hoher See. Man hatte Madis erst zwei Wochen zuvor als Ersatz für den nach Tallinn versetzten Klaas zum Vorsitzenden des örtlichen Exekutivkomitees ernannt, als die Evakuierung des Hafens von Paldiski angeordnet wurde, wo sich tausend Soldaten und Hunderte Zivilisten an Bord des Schiffes drängten. Die *Balchasch* war als Handelsschiff konstruiert worden, auf der Schiffsglocke stand von früher noch *Staten Island*, aber nun waren rasch zwei Geschütze auf Deck montiert worden, eine 45-mm-Kanone und eine Flugabwehrkanone. Am frühen Morgen brach die rappelvolle *Balchasch* in Richtung Tallinn auf, um sich dort einem aus der Stadt fliehenden Schiffskonvoi anzuschließen. Madis hatte lediglich einen Rucksack mit etwas Kleidung und Proviant bei sich. Trotz der Menschenmassen kannte er auf dem Schiff kaum jemanden, die meisten waren russische Soldaten, darunter einige Verletzte von der Front, und die Zivilisten schienen Familien von Parteimitgliedern und Beamten aus den Kreisen Lääne und Harju zu sein. Bevor sie Tallinn erreichten, war plötzlich lautes Geratter zu hören und eine zweimotorige Junkers näherte sich dem Schiff im Tiefflug. An Deck brach Unruhe und Hektik aus, unverständlicherweise war niemand bei der Flak, stattdessen wurde aus Dutzenden Pistolen auf das Flugzeug geschossen. Aus dem Bauch des Flugzeugs fielen zwei Bomben, die trotz der geringen Höhe eine halbe Ewigkeit brauchten, ehe sie ein paar Hundert Meter vom Schiff entfernt im Wasser landeten. Ein Teil der Passagiere wurde von der so entstandenen Fontäne durchnässt. Das Flugzeug verschwand im Nebel und kehrte nicht zurück.

Als das Schiff in den Tallinner Hafen einlief, waren vielerorts Rauchsäulen zu sehen; die Kämpfe hatten die Stadt bereits erreicht, überall brannten Fabriken und mehr oder weniger wichtige Gebäude, die von den Flüchtenden angezündet worden waren. Madis verfolgte das Geschehen wortlos. An Bord nahm die Unruhe weiter zu, man wollte wissen, wann der Konvoi sich in Bewegung setzen würde, denn in der Reede hatten sich mehrere Hundert große und kleinere Schiffe versammelt, von Zerstörern und Handelsschiffen bis hin zu Kuttern, Schleppern und selbst kleinen Segelbooten, die wie Fremdkörper wirkten. Die Stunden vergingen, es begann zu regnen, der Wellengang wurde stärker, aus Süden waren immer mehr Schusswechsel zu hören und man konnte sehen, dass vom Ufer aus Feuer auf die vor Reede liegenden Schiffe eröffnet worden war. Schließlich kam der Befehl, sich in Bewegung zu setzen, und am Nachmittag fuhren die Schiffe in einer kilometerlangen Schlange gen Osten. Bereits nach wenigen Stunden kam von der Vorhut des Konvois per Funk eine Minenwarnung. In den nächsten paar Stunden gingen fast zehn Schiffe unter und die Konvois drosselten ihr Tempo, doch das half nur wenig, denn es war kaum etwas zu sehen. In der Dämmerung hörte man von Zeit zu Zeit Motorengedröhn, wenn die deutschen Kampfflugzeuge kamen, um Bomben abzuwerfen, und aus den Detonationen ließ sich bereits schließen, ob sie ins Wasser gefallen waren oder eine weitere, lautere Explosion folgen würde. Alle hielten den Atem an. Gegen Mitternacht blieb der Motor plötzlich stehen und das Schiff trieb dahin, was die Passagiere erneut nervös diskutieren ließ, ob man auf diese Weise nicht ein allzu leichtes Ziel abgeben würde. Von der Brücke kam ein Politruk, der bekanntgab, dass die *Luga* ganz in der Nähe auf eine Mine gelaufen sei und Menschen gerettet werden müssten.

»Lasst die Boote ins Wasser! In jedes Boot zwei Mann«, befahl der Politoffizier. Niemand reagierte und alle versuchten sich klein zu machen.

»Zwei Mann in jedes Boot, habe ich gesagt, das ist ein Befehl!« Der Politruk zog seine Pistole aus dem Holster. Es wurden vier Boote zu Wasser gelassen, die im Taschenlampenschein nach Menschen suchten, was bei dem Wellengang ein ziemlich hoffnungsloses Unterfangen war. Die einzige Orientierung boten die wiederholten Rufe, und kurze Zeit später kehrten zwei der Boote mit durchnässten Schiffbrüchigen zurück, für die im Laderaum Platz geschaffen werden musste. Die zwei anderen Boote waren nicht in Sicht und so wartete man eine halbe Stunde, bis schließlich eines mit zwanzig geretteten Menschen ankam.

»Wo ist Nummer 4?«, fragte der Politruk.

»Gesunken«, erklärte der Matrose. »Die *Luga* war noch über Wasser. Einer ist vom Deck ins Boot gesprungen, und es ist gekentert.«

Der Politruk fluchte und ging zur Brücke, um sich zu beraten. Nach einer gewissen Zeit stellte sich heraus, dass man die weitere Rettung der Passagiere der *Luga* einem leereren Schiff überlassen würde, woraufhin die *Balchasch* wieder die Motoren anwarf. Die Passagiere spürten etwas Erleichterung, aber schlafen konnten nur wenige. Der Kapitän gab den Befehl, die Menschen aus dem Laderaum an Deck zu lassen, damit bei Bedarf alle schnell von Bord kamen, aber es waren so viele, dass es schlichtweg nicht genug Platz gab. Die Nacht hindurch bewegte sich der Konvoi langsam Richtung Gogland, um von dort weiter nach Kronstadt zu fahren. Gegen sechs Uhr wurde es hell, immerhin konnte man wieder etwas sehen, und der Wellengang schien sich etwas beruhigt zu haben. Madis stellte sich an die Reling und inspizierte den Horizont, doch Land war noch keines in Sicht. Vorne wie hinten war nur der Rauch anderer Schiffsschornsteine zu sehen. Die Uhr ging auf neun zu, und bei gutem Vorankommen wären sie mittags am Ziel, und bereits vor Kronstadt wären sie durch Zerstörer geschützt. Madis setzte seine Schirmmütze auf und warf sich den Rucksack über. Drei Sekunden später war er unter Wasser und versuchte panisch strampelnd herauszufinden, wo die Wasseroberfläche war.

Die Druckwelle der Explosion und die damit einhergehende Wassersäule hatte die meisten an Bord von den Füßen gerissen und viele, die an der Reling gestanden hatten, waren im Wasser gelandet. Das Loch, das die Mine nahe des Bugs in den Rumpf und durch die Decks gerissen hatte, füllte sich mit Wasser und das Schiff bekam überraschend schnell Schlagseite. Madis kam an die Wasseroberfläche und begriff, dass es an Bord keine Hoffnung gab – das Schiff sank mit dem Bug voran, sodass die Schrauben bereits aus dem Wasser ragten, und überall konnte man schwarze Menschenpunkte sehen und Schreie hören. Madis versuchte, sich von dem untergehenden Schiff zu entfernen, und hielt in den Wellen Ausschau nach etwas, woran er sich festhalten konnte. Es gab nur wenige Rettungsboote. In gut hundert Metern sah er eines, an dem sich aber bereits Dutzende Menschen festklammerten. Da, endlich! Ein Holzstück vom Schiffsdeck trieb auf dem Wasser und Madis griff nach dem vorbeischwimmenden, knapp zwei Meter langen Brett. Schreie. Zu viele Menschen. Madis hielt sich an dem Brett fest und begann mit den Beinen zu strampeln, um etwas Abstand zu gewinnen. Die Stiefel störten ihn, er versuchte den einen mithilfe des anderen auszuziehen, aber es gelang ihm nicht.

»Warte!«, brüllte ein schwimmender Punkt links von ihm.

Mist.

»Warte!«, brüllte der Punkt erneut.

»Kommst du selbst her?«, rief Madis zurück.

Der Punkt begann zu paddeln und erreichte nach wenigen Minuten Madis und dessen Brett. Der Mann japste und keuchte eine Zeitlang.

»Kein großer Redner, was?«, fragte Madis.

Der Mann schnaufte noch eine Weile und sagte: »Das Wasser … ist dieses Jahr … kalt. Danke.«

»Ganz ruhig, es wird noch dauern«, entgegnete Madis.

»Sollen wir zu dem Boot?«, schlug der Punkt vor.

»Da ist kein Platz mehr, die schubsen schon Menschen weg«, sagte Madis, der auf dem Bauch schwamm.

»Villem.«

»Madis. Hilf mir, die Stiefel auszuziehen.«

»Gleich … Der Rucksack?«

»Nein … Das mache ich selbst«, lehnte Madis ab und wartete, während ihm sein Schicksalsgenosse das Schuhwerk auszog. Jetzt nahm er selbst den Rucksack ab, stopfte irgendwelche Dinge daraus in seinen Kragen und ließ die Tasche im Wasser davontreiben.

»Was war denn so wichtig?«, kam der neue Bekannte nicht umhin, zu fragen.

»Musste sein«, schnaufte Madis erschöpft.

Nach etwas mehr als einer halben Stunde sahen sie ein Transportschiff auf sie zukommen, von dem Boote ins Wasser gelassen wurden, die sich langsam näherten. Gute zehn Minuten später war ein Boot schon recht nahe, als es plötzlich anhielt, ein Mann in Matrosenuniform aufstand und etwas rief.

»Warum kommt der nicht her?«, fragte Villem ratlos.

»Hier!«, brüllten die beiden Männer auf Russisch.

Der Mann in dem Boot fuchtelte mit den Händen, als wolle er ihnen etwas hinter ihrem Rücken zeigen.

»Was zum Teufel …«, stammelte Madis, die beiden blickten sich um, und dann begriffen sie es. An der Wasseroberfläche schwamm eine Kugel mit Dornen direkt auf sie zu. Eine Mine, die sich aus ihrer Verankerung gelöst hatte.

»Bis zum Boot schaffe ich es nicht mehr«, sagte Villem.

»Warte, wir müssen sie nur wegstoßen«, beruhigte Madis ihn.

»Du wirst in die Luft fliegen!«

»Von so einer kleinen Berührung nicht … Warte … nicht mit dem Brett …« Madis ließ kurz von dem Brett ab, schwamm ein paar Züge zur Mine, legte eine Hand zwischen ihre Dornen und stupste sie weg. Die Mine trieb mit den Wellen fort.

»Idiot«, kommentierte der kasachische Matrose, nachdem er die Männer ins Boot gezogen hatte. An Bord sahen sie noch mehrmals deutsche Flieger, die Bomben abwarfen. Die Schiffe warteten mit dem Manövrieren bis zum letzten Moment, wenn die Bomben bereits unterwegs waren. Nun gab es kein Halten mehr und es ging mit voller Kraft Richtung Kronstadt, wo sie spät am Abend ankamen.

Als Madis und Villem mehrere Stunden geholfen hatten, Verletzte an Land zu tragen, fuhr auf dem Kai ein Auto vor, aus dem Männer mit blauen Uniformmützen stiegen.

»Staatssicherheit«, bemerkte Villem trocken. »Hast du deine Dokumente aus dem Rücksack geholt?« Madis schüttelte den Kopf.

Einer der Männer, den Schulterklappen zufolge ein Unterleutnant, kam auf sie zu.

»Esten?«

»Ja.«

»Dokumente?«

»Im Wasser.«

»Welches Schiff, Beruf?«

»*Balchasch*, auf eine Mine gelaufen. Vertreter des Exekutivkomitees«, schlug Madis seinen Trumpf auf den Tisch.

»Überprüfen wir. Schreiben Sie Ihre Namen auf.« Der Offizier reichte ihnen Stift und Papier.

»Laane … Jeffer … Jefferson? Diese verfluchten estnischen Namen … Sie warten in der Schiffshalle.«

»Vertreter des Exekutivkomitees? Wie kommst du da drauf?«, fragte Villem, der auf dem Boden der Schiffshalle saß, in der sich immer mehr Schicksalsgenossen einfanden.

»Was hättest du gesagt?«

»Ich war Dolmetscher im Stab von Paldiski.«

»Haben Sie dich mitgenommen?«

»Ich glaube, die Deutschen wären nicht so gut auf mich zu sprechen gewesen.«

Sie verbrachten die ganze Nacht in der Nähe des Hafens und Villem klaute ihnen statt der im Meer versunkenen Stiefel zwei herrenlose Paare. Am Morgen kamen neue Offiziere, die die überprüften Namen ausriefen und die Männer zu einem Auto brachten. Nach einer knappen Stunde Fahrt erreichten sie einen Bahnhof, in dem sie auf Waggons verteilt wurden. Madis gelang es, von einem Offizier zu erfahren, dass ausgewählte Zivilisten mit dem Zug ins Hinterland gebracht würden, aber er wisse selbst nicht, wie das Ziel heiße. Zum ersten Mal bekamen sie etwas dünne Suppe zu essen. Es kursierte das Gerücht, dass die Deutschen so nahe waren, dass nur noch wenige Straßen aus Leningrad heraus oder an Leningrad vorbeiführten.

Aus den Fenstern der Waggons war nichts zu erkennen. Villem hatte sich auf einem dünnen Mantel, den er irgendwoher hatte, schlafen gelegt. Madis hörte das monotone Rattern des Zuges und zog ein mehrere Zentimeter dickes Bündel hervor, das er an seiner Brust getragen hatte und das nach dem Bad in der Ostsee noch immer nass war. Es waren Briefe und zwei Bücher mit dem Stempel der Bibliothek von Sidi bel Abbès: »Methoden zum Erreichen extremer Höhen« und »Schacheröffnungen«.

Brot

Tscheljabinsk, 1942

Madis Jefferson trat aus dem zweistöckigen Holzhaus in der Krupskaja-Straße und machte einen kleinen Spaziergang durch Tscheljabinsk. Er hatte die Diskussionen satt und wollte es noch nicht offen zugeben, aber die Armut und das Leben, das er auf der Reise und in Sibirien gesehen hatte, waren für ihn ein Schock. Je weiter man sich von Moskau entfernte, desto trister wurde das Bild. Nach dem Aufbruch aus Leningrad schickte man die meisten Tallinner Vorsitzenden und Mitglieder der örtlichen Exekutivkomitees ins 1500 Kilometer von Moskau entfernte Tscheljabinsk, wo eine estnische Vertretung geschaffen wurde. Im Frühjahr waren bereits Tausende Esten da, am Stadtrand entstanden noch eine Reihe kleinerer Zellen. Wenige Wochen zuvor hatte man sie in eine estnische Kolchose nahe der Stadt gebracht, wo sie mit Ortsansässigen für Hochglanzfotos posierten.

Auf einem der Felder hatte man eine abgemagerte Kuh vor einen Pflug gespannt, aber das konnte unmöglich auf dem Bild bleiben. In der Schule wurde auf Russisch unterrichtet. Madis hatte sich erkundigt, ob jemand etwas von den amerikanischen Esten wusste, die die Kolchose »Morgenröte« gegründet hatten, aber die Frage sorgte für Verlegenheit. Früher hatten die Esten, die in der Hoffnung auf ein besseres Leben in die Weiten Russlands gezogen waren, in Sibirien sogar eigene Zeitungen herausgegeben, doch mit jedem Jahr verschwanden sie mehr und mehr in der Menge der Einheimischen. In der Vertretung fanden seltsame Dinge statt. Während die meisten

Menschen Mühe hatten, an Essen zu kommen, fand sich für wichtigere Figuren ein Feriendomizil zwischen Tscheljabinsk und Swerdlowsk, und deren Kinder wurden unterdessen in den Altai geschickt. Von Zeit zu Zeit konnte man im Haus sogar Johannes Vares antreffen, den Vorsitzenden des Präsidiums des Provisorischen Obersten Sowjets der Estnischen Sozialistischen Sowjetrepublik, sowie Gesandte des Obersten Sowjets, doch Madis verdonnerte man dazu, sich mit kleineren Dingen zu beschäftigen, in erster Linie musste er Buch führen über Geflohene. Außerdem versuchte er, Schicksalsgenossen, die nach ihren Familienangehörigen suchten, mit Informationen zu helfen.

Ohne die Erlaubnis einzuholen, verschaffte sich Madis wiederholt Zutritt zur Direktion und äußerte den Wunsch, mit Genosse Vares einige Worte über die ökonomische Organisation des Landes zu wechseln, falls sie irgendwann in die Estnische Sozialistische Sowjetrepublik zurückkehren sollten. Davon wollte aber niemand etwas hören.

»Genosse, verstehen Sie, dass die Zukunft unserer Heimat in unseren Händen liegt? Gerade jetzt ist der falsche Moment für theoretische Diskussionen. Wenn die Deutschen geschlagen sind, liegt es an uns, die Republik aufzubauen. Warum beschäftigen Sie sich nicht mit den Aufgaben, die man Ihnen gegeben hat?«, warf man ihm vor, während er vor die Tür gesetzt wurde.

»Das tue ich, aber ich will, dass die Dinge besser werden. Wir können doch nichts verbessern, wenn niemand um Rat gefragt wird und wir einfach darauf warten, dass jemand uns Befehle gibt. Sollen wir in Estland etwa auch mit Kühen pflügen?«

»Sie sollten sich nicht über Menschen lustig machen, die versuchen, in Kriegszeiten zu überleben. Genosse Jefferson, Sie sollten Ihre Zunge hüten, wenn Sie nicht aus den falschen

Gründen auffallen wollen«, sagte ein anderer Bürokrat. Madis knallte die Tür hinter sich zu und ging in die Stadt spazieren.

Am Ende der Straße war eine Menschenmenge zu sehen, die offensichtlich vor einem Geschäft anstand. Kam die Brotlieferung? Diese Woche hatte es in den Geschäften der Stadt kein Brot gegeben, die Leute klapperten die umliegenden Dörfer auf der Suche nach Essen ab. Doch welch ein Wunder, laut einigen, die in der Schlange standen, würde in dem Laden Zucker verkauft werden, und die Wartenden erhielten der Reihe nach Zettel mit Nummern. Madis blickte auf die Uhr und überlegte – was sollte er tun, er hatte die Nummer 2886. Nach einer Weile konnte man sehen, dass hin und wieder jemand mit einem mittelgroßen Laib Brot vorbeikam, was die entmutigten Wartenden wieder anspornte, zu bleiben. Eine junge Frau mit Kopftuch und zufriedenem Gesichtsausdruck ging mit einem Brot, das aus ihrer Tasche hervorlugte, zu den Holzhäusern, als ein junger Mann ihr die Tasche samt Brot aus der Hand riss und davonlief. Die bis dahin vergleichsweise ruhige Menschenmenge wurde lebendig und mehrere Menschen eilten dem Jungen hinterher und bekamen ihn auch zu fassen. Während der Junge bereits am Boden lag und getreten wurde, näherten sich auch andere Menschen, Männer wie Frauen, die mit Händen und Füßen ihren Frust an dem Dieb ausließen, begleitet von lauten Verwünschungen und Flüchen, als plötzlich die Miliz mit ihren Trillerpfeifen erschien und die Menge auseinandertrieb. Der übel zugerichtete Junge wurde in einen Gefangenenwagen gesteckt, einige Leute blieben noch, um etwas zu erklären, und eine Frau verkündete laut, dass solche Dinge geschehen, wenn man die Menschen so hinters Licht führt, dass es nicht einmal Brot gibt. Daraufhin äußerten auch andere ihre Meinung und die Stimmen wurden wieder lauter, woraufhin die beiden Milizionäre wütend wurden und das lästige Mütterchen zu dem Jungen ins Auto steckten. Einer der beiden legte seine Hand auf den Holster, aber mehr war nicht nötig, denn nun kamen weitere Milizionäre angefahren und drohten, dass alle, die noch etwas zu meckern hätten, direkt zur Staatssicherheit gebracht würden. Die Menge stellte sich wieder in einer Reihe auf, ein paar Milizionäre blieben, um die Situation im Auge zu behalten, was aber nicht lange nötig war, denn kurz darauf ging ein Mütterchen in einem weißen Kittel die Schlange entlang und wiederholte mit lauter Stimme, dass es heute kein Brot mehr gebe und es sinnlos wäre, weiter herumzustehen. Madis ging zurück zur Vertretung und erzählte allen, was passiert war.

»Machen Sie keine unnötige Panik, solche unschönen Gerüchte sind nur im Interesse des Feindes«, sagte ein mittelwichtiges Mitglied des Exekutivkomitees.

»Das ist kein Gerücht, ich habe es selbst gesehen«, korrigierte Madis.

Als Madis am folgenden Tag in die estnische Vertretung kam, ließ man ihn wissen, dass der Raum in der Vertretung knapp geworden sei und er ab sofort nicht mehr im Hauptgebäude arbeiten würde, sondern in anderen Räumlichkeiten, die sich am Rande der Stadt, in der Sporthalle einer Schule, befanden.

Die große Katze

Molotowabad, 1942

Bei der Ankunft des Fremden hob der bislang teilnahmslos ruhende Tiger den Kopf und richtete sich langsam auf. Sein Käfig, zu drei Seiten von Steinwänden und zu einer Seite von Metallstäben begrenzt, war beschämend klein, von der Größe eines Wohnzimmers. Der Tiger steckte seine Nase zwischen zwei Stäbe, und es war, als könnte er die Gefahr riechen, jedenfalls fesselte etwas seine Aufmerksamkeit. Nun stellte sich das Tier auf die Hinterläufe, sodass es noch größer wirkte als zuvor, beinahe drei Meter lang.

»Runter, Pischi!«, befahl der bärtige Usbeke in dem bunten Gewand. »Ein wunderschönes Tier, wir haben ihn, seit er klein ist, wahrscheinlich hat ihn seine Mutter verstoßen … Ein Kaspischer Tiger! Wissen Sie, woran man das erkennt? Sehen Sie, er hat am Schwanz viel breitere Streifen, sie sind nicht überall gleich. Und wenn er gut drauf ist, kann man ihn streicheln wie ein Kätzchen. Wollen Sie es versuchen?«

»Schön, ja … Ich nehme ihn lieber nicht auf den Schoß«, antwortete Madis, der von dem Anblick etwas überwältigt war.

»Wie dem auch sei … Kamran sagte, Sie wollen mit mir sprechen. Brauchen Sie etwas Bestimmtes?«

»Ich will über den Fluss. Man sagte mir, Kamaludin wisse am besten, wo der richtige Weg verläuft.«

»Nach Afghanistan? Das ist möglich … Aber warum? Gefällt es Ihnen in der Sowjetunion nicht?«, frotzelte der Alte.

»Ich werde … anderswo gebraucht«, wählte Madis seine Worte mit Bedacht.

»Sie wissen, dass man Sie dafür hinrichten kann? Die alten Zeiten sind vorbei. Jetzt gibt es mehr Grenzpatrouillen … Der Pandsch ist breit und tief, zu Fuß kommt man nicht auf die andere Seite. Die Brücken sind bewacht, Sie müssen mit einem Boot an einer schmalen Stelle rüberfahren, wo nicht ständig patrouilliert wird. Aber diese Stellen sind weiter im Westen, und man muss zur rechten Zeit einen Bootsmann finden«, erklärte Kamaludin und verwies damit auf den nächsten Schritt der Verhandlungen.

»Ich kann zahlen«, bekräftigte Madis. Viel hatte er nicht zu bieten – drei Armbanduhren, eine eigene, eine von Villem und eine von einem in Tscheljabinsk verstorbenen Letten. Geld hatte er wenig, dieses anzubieten lohnte nicht. Der Alte war nicht besonders beeindruckt.

»Wissen Sie, es gibt dort auch Tiger …«

»Wie viele können es schon sein?«, versuchte Madis unbesorgt zu wirken.

»Haben Sie Dokumente?«

»Ja.«

»Geben Sie mir die dazu, dann sind wir im Geschäft.«

Erleichterung und nervöses Händeschütteln. Man vereinbarte für den späten Abend ein Treffen am Rande der Stadt, nahe des Wasserturms, von wo es über die Grenze ging. Madis verließ den Hof, der von einer niedrigen Mauer umgeben war, und überlegte, wo er sich bis dahin die Zeit vertreiben könnte. Er hatte mehrmals den Zug gewechselt und war tagelang unterwegs gewesen und nun war alles überschaubar geworden. Molotowabad war eine für Zentralasien typisch flache und verblichene Kleinstadt, mit gewundenen Straßen, in denen sich niedrige Häuser aneinanderreihten. Eine Stadt, in der die Moschee, der Bahnhof und das Hauptquartier der Miliz die einzigen hohen Gebäude waren. Aber gleich hinter der Stadt verlief der Pandsch und damit die Grenze zu Afghanistan, von wo man bis nach Indien gelangen konnte und von dort Richtung Westen. Das halbe Jahr in Tscheljabinsk hatte Madis den Rest gegeben. Während über allen die drohende Mobilisierung hing, war es Madis gelungen, sich aus gesundheitlichen Gründen vom Militärdienst befreien zu lassen.

Er spazierte etwas abseits der Häuser und ließ sich im Schatten unter ein paar kümmerlichen Bäumen nieder. Die Stadt war so klein, dass jeder Fremde sofort auffiel. Das Männlein, das neben dem Bahnhof Melonen verkaufte, hatte ihn umgehend angesprochen und nachdem er ihm nichts andrehen konnte, hatte er leise zu Madis gesagt, dass dieser bei »komplizierteren Wünschen« ans andere Ende des Kischlaks gehen müsse, zu einem Haus mit einem blauen Tor, in dem der alte Kamaludin lebte – angeblich war er in Turkestan einst Anführer einer Gruppe aufständischer Basmatschen gewesen und kannte hier alle Menschen und Wege.

In den nächsten Stunden sah Madis nur wenige Menschen auf dem Weg, der sich in der Ferne schlängelte. Er schlief ein.

Bei Einbruch der Dunkelheit ging Madis zu dem Wasserturm, wo bald darauf auch Kamaludin und ein jüngerer Mann eintrafen.

»Sind Sie sicher? Wollen Sie nicht doch in der Sowjetunion bleiben?«, fragte Kamaludin und bleckte dabei erneut seine Zähne.

»Ich bin mir sicher.«

Kamaludin nickte und machte mit der Hand ein Zeichen, dass es nun losging. Sie ließen die Stadt und die letzten Lichter hinter sich. Der Alte erklärte, dass sie an der Brücke von Kyzylkala vorbeigehen müssten, denn dort befänden sich die letzten Patrouillen und dahinter läge im Fluss ein Boot, das Madis hinüberbringen würde. Nach einem Stündchen sahen sie bei der Brücke Licht und machten einen etwas größeren Bogen. Der Wind trug russische Gespräche zu ihnen herüber.

Ein paar Kilometer weiter wandten sich die Männer plötzlich dem Fluß zu und Kamaludin befahl zu warten.

»Gib mir jetzt die Sachen, ich sehe nach, ob der Bootsmann bereit ist«, sagte der Alte.

Madis holte die drei Uhren aus der Tasche.

»Auch die Dokumente!«

»Dokumente habe ich nicht«, entgegnete Madis.

Der Alte sah Madis wütend an.

»Du hast gelogen?«

»Ja«, gestand Madis.

»Was ist in der Tasche?«

»Nichts. Nur Zettel …«

»Zeig her!«

Madis reichte Kamaludin die Tasche und dieser wühlte hastig durch den Inhalt. Nichts Besonderes!

»Man sollte dich verprügeln und den Tigern zum Fraß vorwerfen … Dann musst du eben – du wirst rüberschwimmen! Im Sommer herrschte Dürre, das Flussbett ist zur Hälfte ausgetrocknet. Auf Nimmerwiedersehen!«, verkündete Kamaludin eilig, winkte seinen Begleiter herbei und brach hastig auf. Madis blickte ihnen kurz nach, sie machten sich tatsächlich schnell aus dem Staub. Er schlich zwischen Bäumen die Uferböschung hinab und sah, dass der Alte nicht gelogen hatte. Das Flussbett war zur Hälfte mit Schotter bedeckt. Er trat an den Fluss, sah kurz zum anderen Ufer hinüber, das etwa vierhundert Meter entfernt war, und zog sich schnell die Schuhe aus.

In diesem Moment ging eine Taschenlampe an und Madis hörte jemanden rufen: »Halt! Hände hoch!«

Tadschikische Frauen

Qurghonteppa, Oktober 1942

Ermittler Kanajew blätterte durch die Akten seiner heutigen Klienten und überlegte, ob er sie dem Alphabet oder dem Paragrafen nach sortieren sollte, dann jedoch realisierte er, dass zu viele Menschen unter den gleichen Paragrafen fielen, und sortierte sie in alphabetischer Reihenfolge. Immer eine gute Wahl! Dann erblickte er ein vertrautes Gesicht, das auf dem Fragebogen für das nächste Verhör klebte, und seufzte leise.

»Bringen Sie mir Nummer 16«, ordnete er an.

Nummer 16 war unverändert groß, hatte in den vergangenen Monaten aber sichtlich an Gewicht verloren.

»Setzen!«

Madis setzte sich.

»Name?«

»Den habe ich Ihnen schon zigmal gesagt.«

»Name!«

»Laane, Villem. Vatersname Oskar«, sagte Madis.

»Wann und wo geboren?«

»10. Oktober 1913. Boston, Vereinigte Staaten von Amerika.«

»Sie behaupten, Sie sind in Amerika geboren?«

»Ja, Sie wissen, dass ich Ihnen das zum zehnten Mal sage.«

»Erklären Sie mir, was ein Bürger der Vereinigten Staaten von Amerika mitten im Krieg in dem tadschikischen Grenzort Molotowabad macht?«

»Das habe ich Ihnen schon zehn Mal oder öfter erklärt.«

»Auf Spionage steht die Todesstrafe, ohne jede Diskussion, besonders zu Kriegszeiten. Treiben Sie keine Späße mit mir!«

»Noch einmal … Ich heiße Villem Laane. Ich wurde in Boston, in den Vereinigten Staaten von Amerika, geboren. Meine Mutter hieß Iiris Laane, sie ist aus Estland nach Amerika gezogen und hat dort den Iren Patrick O'Reilly geheiratet. Ich bin im Jahr 1940 nach Estland gereist, um meine Verwandten zu besuchen. Als letzten Sommer der Krieg ausbrach, habe ich mich einem Vernichtungsbataillon angeschlossen, um gegen die Faschisten zu kämpfen. Während des Rückzugs gelangte ich nach Leningrad, von wo wir mit dem Zug nach Tscheljabinsk evakuiert wurden. Dort habe ich geholfen, Anlagen des aus Leningrad evakuierten Kirowwerks wieder zusammenzusetzen und in Betrieb zu nehmen. Auf der Flucht vor den Deutschen habe ich sämtliche Dokumente verloren und mir blieb nur das in Tscheljabinsk ausgestellte Attest über meine Untauglichkeit für den Militärdienst.«

»Das ist aber kein Nachweis Ihrer Identität.« Der Ermittler zog ein vergilbtes Papier aus dem Ordner, das auf den Namen Villem Laane ausgestellt war.

»Gestehen Sie, dass Sie aus der Sowjetunion nach Afghanistan übersetzen wollten und somit Landesverrat begangen haben?«

»Das tue ich nicht, denn ich habe nicht mein eigenes Land verraten. Ich bin Bürger der Vereinigten Staaten von Amerika und mein einziger Wunsch war es, nach all dem Erlebten in meine Heimat zurückzukehren. Ich kann ja schlecht zum Hafen gehen und mir eine Bordkarte kaufen!«

»Es liegen Aussagen gegen Sie vor … Genosse Kamaludin Karimow hat zu Protokoll gegeben, dass Sie versucht haben, ihn zu einer unerlaubten Überquerung der Grenze und zum Verrat seines Vaterlandes anzustiften. Auch darauf kann die Todesstrafe stehen.«

»Ich heiße Villem Laane, ich bin Bürger der Vereinigten Staaten von Amerika und ich habe mein Vaterland nicht verraten. Ich möchte einfach nur in meine Heimat zurückkehren.«

»Sie sind ein Lügner und Verräter, kein Amerikaner.«

»Ich kann Ihnen nichts außer der Wahrheit sagen, ich habe Ihnen alles mehrfach erzählt … Erlauben Sie mir aufzustehen …«, sagte Madis.

»Hinsetzen!«, brüllte der Ermittler.

»Erlauben Sie … darf ich Ihnen etwas zeigen …«, sagte Madis und erhob sich langsam. Er knöpfte sein Hemd auf und drehte seinen Rücken zum Ermittler, der plötzlich verstummte. Beinahe der gesamte Rücken war bedeckt mit der Tätowierung eines Adlers, hinter dem die amerikanische Flagge wehte.

»Ziehen Sie sich an«, sammelte sich der Ermittler wieder. »Schreiben Sie Ihre Aussage auf und setzen Sie Ihre Unterschrift darunter.«

Madis zog sein Hemd an und begann zu schreiben.

Was soll man mit so einem nur machen, fragte sich der Ermittler.

In den folgenden Monaten wiederholte sich die Prozedur Woche für Woche. Das Essen wurde konstant schlechter, bald war in der Suppe kein Fleisch mehr zu finden und manchmal musste man Maden vom Brot schnippen. Madis' Zellengenossen aßen das Brot samt Maden und sagten, so sei es nahrhafter. Obwohl die Ermittler und Zellengenossen oft wechselten, begann im Gefängnis – selbst unter den Ermittlern und Wächtern, die mit der Angelegenheit vertraut waren – das Gerücht zu kursieren, dass Madis vielleicht gar nicht log. Und wenn er nicht log, würde es vielleicht Ärger geben, wenn die Vorgesetzten dahinterkamen – man musste vorsichtig sein! Im Gefängnis gab es auch andere, die an der Grenze aufgegriffen worden waren, aber bei den meisten Zellengenossen handelte es sich um örtliche Gauner, die von Madis fortwährend Geschichten aus Amerika hören wollte, die dieser auch bereitwillig zum Besten gab, während die Männer mit selbstgefertigten Karten spielten.

Selbst einer der Wächter kam beim Hofgang auf Madis zu.

»Hey, Amerikaner! Warst du auch in New York?«

»Mehrmals.«

»Sind die Häuser dort wirklich so hoch? So hoch wie Bäume?«

»Fast halb so hoch wie der Berg da«, Madis zeigte auf einen Gipfel in der Ferne.

»Und die Frauen sind schön?«

»Das sind sie.«

»So schön wie die tadschikischen Frauen?«, fragte der Wächter listig.

»So schön sind sie natürlich nicht«, antwortete Madis. »Und nicht so freundlich.«

»Werden die Schwarzen schlecht behandelt?«

»Ja, manchmal werden sie schlecht behandelt«, gestand Madis.

»Na, der Kapitalismus bringt also doch kein Glück.« Der Wächter klopfte Madis auf den Rücken. Madis breitete schuldbewusst die Arme aus.

Ende des Jahres wurde es kalt und begann zu schneien. Zu Madis' Freude hatten Ortsansässige ein Schachspiel hineingeschmuggelt, alles andere blieb beim Alten. Die Verhöre waren etwas seltener geworden, aber von Zeit zu Zeit musste Madis immer noch auf dieselben Fragen antworten. Im Gegensatz zu den Einheimischen wurde er bei den Verhören jedoch nicht geschlagen. Hin und wieder brachten Neuankömmlinge Informationen mit, dass im Westen schwere Kämpfe stattfanden, die Offensive aber ins Stocken geraten war. Es gab keinen

Grund zur Annahme, dass die Front bis zu ihnen vorrücken würde.

Mitte Dezember wurde Madis erneut seinem Ermittler vorgeführt.

»Ich heiße Villem Laane, ich bin Bürger der Vereinigten Staaten von Amerika …«, begann Madis schon, als er gerade Platz nahm. Der Ermittler unterbrach ihn mit einer Geste, zündete sich eine Zigarette an und schwieg eine Weile.

»Die Vereinigten Staaten von Amerika haben den Deutschen den Krieg erklärt … damit sind die Vereinigten Staaten nun Verbündete der Sowjetunion … Unsere Vermutungen zu Ihrer Person sind nicht aus der Welt. Aber wir übergeben das Problem jetzt anderen. Wir geben Ihnen einen Propusk, Sie werden in den Zug nach Moskau gesteckt, dort in Empfang genommen und dann können Sie Ihre Geschichte der amerikanischen Botschaft erzählen. Zigarette?« Madis nahm das Angebot an und die Männer rauchten schweigend.

»Freuen Sie sich nicht?«, fragte der Ermittler.

»Mir blutet das Herz«, sagte Madis.

»Weswegen? Wenn Sie ein reines Gewissen haben, gibt es doch nichts zu befürchten.«

»Ihretwegen. Was wird jetzt aus Ihnen, wenn unsere Treffen ein Ende haben?«, fragte Madis.

»Sie sind noch nicht in den USA … noch nicht einmal in Moskau«, sagte Ermittler Kanajew bitter.

Madis lachte: »Wir sind jetzt doch Verbündete.«

Das beste Baseballteam von Moskau

Moskau, Januar 1943

Das Auto des Sicherheitsdienstes fuhr durch Moskau, und Madis betrachtete eine Zeitlang neugierig die große Stadt. Es war nicht New York, und trotzdem waren reichlich Autos und Menschen unterwegs. Die Front hatte sich nach Westen verschoben und die Aufmerksamkeit auf Leningrad gerichtet, wodurch die Hauptstadt ein wenig durchatmen konnte. Vielerorts konnte man auf Plätzen und am Rande von Parks Fliegerabwehrkanonen sehen, doch das Leben blieb nicht stehen. Sie passierten den Alexandergarten und hielten in der Mochovaja-Straße vor einem großen, eingefriedeten Haus. Von dort war der Zugang zum Roten Platz zu sehen und einer der Türme des Kremls.

»Da geht's rein«, erklärte der Mann mit der blauen Uniformmütze, der neben dem Fahrer saß, während er einem Milizionär, der ans Auto getreten war, seinen Dienstausweis zeigte. Der Milizionär ließ Madis durch und er erreichte die Pforte der Botschaft.

»Ich bin Bürger der Vereinigten Staaten von Amerika, ich habe meine Dokumente verloren und möchte in mein Heimatland zurückkehren«, sagte Madis dem Mann, der durch das kleine Fenster blickte, ihn um einen Moment Geduld bat und telefonierte. Die Tür öffnete sich und Madis wurde in einen kleinen Warteraum geführt. Madis starrte auf irgendeinen Punkt an der Wand und atmete ein paarmal durch.

Alles wird gut, alles wird gut.

Es kam ein bebrillter, etwas über dreißig Jahre alter Mann namens Holden, der sich als Dritter Sekretär der Botschaft vorstellte.

»Sie sind Staatsbürger der Vereinigten Staaten von Amerika?«

»Ich heiße Villem Laane, ich wurde 1913 in Boston geboren …«, setzte Madis an, ohne mit der Wimper zu zucken. Sicherheitshalber wiederholte er das, was er im tadschikischen Gefängnis erzählt hatte, die Geschichte von seinen Eltern, der Flucht aus Estland nach Russland, dem Verlust seiner Dokumente.

Der Botschaftsmitarbeiter hörte sich alles interessiert an, machte sich gelegentlich Notizen und teilte mit, dass Madis ein Antragsformular zum Ersatz seiner Dokumente ausfüllen müsse, um einen neuen Pass zu bekommen. Der Sekretär brachte die Unterlagen, die Madis umgehend ausfüllte.

»Wie schnell erhalte ich meine Dokumente?«, fragte Madis.

»Das kann ich Ihnen nicht sagen, man wird Ihren Antrag behandeln und Ihnen Bescheid geben … Gerade ist so viel anderes los, wegen dem Krieg, es gibt noch immer Luftangriffe auf die Stadt … Sie müssen sich darauf einstellen, zu warten, womöglich Monate.«

»Monate? Kommen so viele Amerikaner zu Ihnen?«

»Tatsächlich kommen nicht mehr so viele … In den zwei Jahren, seitdem Sie hier sind, hat sich vieles verändert … Vor zehn Jahren, während der Wirtschaftskrise, wollten ungefähr tausend Amerikaner pro Woche hier einreisen. Alle dachten, dass das Leben hier besser sei und ein neues Amerika errichtet würde.«

»Tausend pro Woche?«

»Ja, in Moskau gab es damals viele amerikanische Schulen und Zeitungen. Ford hat sogar eine Autofabrik in Moskau gebaut, in der Hunderte von amerikanischen Ingenieuren gearbeitet haben … In den Parks wurde Baseball gespielt! Sogar unser damaliger Botschafter Bullitt hat von Zeit zu Zeit mitgespielt. Alle hatten Mannschaften: Die amerikanischen Arbeiter, die Autofabrik, die Diplomaten und manchmal haben wir gegen andere Mannschaften aus der Stadt gespielt. Aber jetzt erscheint das völlig unmöglich.«

»Jetzt …?«, Madis hörte auf zu schreiben.

Der Beamte wirkte leicht verblüfft.

»Sagen Sie, Mister Laane, sind Sie Kommunist?«

»Nein, ich bin kein Kommunist …«

»Dann frage ich anders – waren Sie Kommunist, als Sie hergekommen sind?«

Madis dachte nach. »Ich weiß nicht, ob ich Kommunist war, aber ich glaubte, dass es hier möglich wäre, etwas Fehlerfreies aufzubauen.«

»Das habe ich von vielen gehört. Die größte Nachfrage nach Rückreisen in die USA gab es vor sechs, sieben Jahren. Ein Teil hatte hier geheiratet, viele hatten ihre Dokumente verloren … aber seit mehreren Jahren ist es viel ruhiger geworden.«

»Ruhiger, weil die Leute nicht mehr in die Vereinigten Staaten zurückwollen oder weil sie verschwunden sind? Warum erkundigen Sie sich nicht bei den Russen nach ihnen?«

»Die Situation ist nicht so leicht, man muss den Hintergrund der Leute prüfen … und da sind weitere Abwägungen.« Der Sekretär breitete die Arme aus. »Deshalb ist es wichtig, an den korrekten Abläufen festzuhalten«, sagte er und zeigte auf das Formular. Madis begann wieder zu schreiben.

Der Sekretär zündete sich eine Zigarette an. »Sagen Sie, wo sind Sie zur Schule gegangen?«

»Boston«, antwortete Madis schnell.

»Aber auf welche Schule?«, fragte der Sekretär scheinbar beiläufig.

Madis antwortete wie aus der Pistole geschossen: »St Patrick's College.«

»Eine katholische Schule? War der Kirchturm der Kathedrale damals schon fertig?«

Madis roch Lunte: »Meine Mutter war Protestantin, sie hätte uns nicht in eine katholische Kirche gelassen.«

»Und zu Hause sprachen Sie Englisch? Sie haben einen Akzent …«

»Meine Mutter hat mit mir Estnisch gesprochen. Mein Vater war Seemann und oft weg.«

»Wo haben sich Ihre Eltern kennengelernt?«

»Ich war nicht dabei … Meines Wissens auf einer Silvesterparty in der Stadt.«

»Soso, verstehe … Aber hat Ihr Vater Sie manchmal zum Baseball mitgenommen? Wer war nochmal Meister, als Sie herkamen … also 1940 … Vielleicht die Yankees?«

»Baseball habe ich mir nicht angesehen, weil mein Vater kein Baseball-Fan war. Er hat sich Geld als Boxer dazuverdient, was man ihm bis heute ansieht. Ich habe seinerzeit auch Boxkämpfe besucht. Wissen Sie, das einzige Mal, dass ich ins Yankee Stadium gegangen bin, war zum Kampf von Louis und Schmeling, der nach zwei Minuten vorbei war«, versuchte Madis das Gespräch in eine günstige Richtung zu lenken.

»Wirklich? Ich erinnere mich … An dem Tag war die Linie A komplett überfüllt.«

»Die Linie D war es, aber stimmt«, korrigierte Madis und gab das ausgefüllte Formular zurück.

Der Sekretär schaute über den Rand seiner Brille zu Madis und dem Formular und nickte. »Das ist im Moment alles.«

»Bekomme ich von Ihnen denn noch einen vorläufigen Identitätsnachweis? Momentan bin ich ein Niemand.«

»Nein, das geht nicht … Aber Sie bekommen von uns einen Zettel, der bestätigt, dass Sie bei uns Ersatz für Ihren Pass beantragt haben.« Der Beamte reichte ihm ein Dokument mit einem kurzen Text. Die Männer wechselten pro forma noch einige Höflichkeiten, Madis erklärte, dass er in irgendeiner Sammelstelle übernachten würde, und erfuhr, dass es keinen Zweck hatte, sich innerhalb der nächsten zwei Wochen zu melden. Sie verabschiedeten sich auf der Treppe.

»Ich baue auf Sie«, sagte Madis betont. »Sie wissen, dass Amerikaner hier kein glückliches Leben führen. Sie sitzen entweder im Lager oder sind tot.«

Der Sekretär verzog den Mund. »Zeigen Sie den Zettel nicht leichtfertig rum.«

Der Schachmeister von Klaipėda

Rschew, Frühsommer 1943

Der Zug fuhr geradewegs Richtung Westen, überall waren zerstörte Häuser zu sehen und von Zeit zu Zeit kaputte, zurückgelassene Maschinen sowie Kolonnen aus Wagen und Schlitten, mit denen die Menschen ihre wenigen Habseligkeiten zogen. Fast alle im Zug trugen Uniform; die vereinzelten Zivilisten wirkten wie Fremdkörper. Die einen reisten an die Front, die anderen waren sichtlich aufgeregt, weil sie in die alte Heimat unterwegs waren, in die man nun eine Rückkehr wagen konnte. Madis trug einen Militärmantel, aber ansonsten keine Uniform. Seine wöchentlichen Nachfragen in der Botschaft, die sich über fast drei Monate hingezogen hatten, endeten jedes Mal mit der gleichen Antwort: Es gebe keinerlei Neuigkeiten hinsichtlich der beantragten Dokumente, mehr war dazu nicht zu sagen. Madis hatte mehrfach verlangt, erneut den Dritten Sekretär zu sprechen, doch der hatte nie wieder Zeit für ihn gehabt. Jedes Mal dasselbe – kommen Sie nächste Woche wieder. Das Sammellager, eine Mischung aus Wohnheim und Gefängnis, hatte die Geduld mit ihm verloren. Da die amerikanische Botschaft in Madis' Angelegenheit keine Entscheidung getroffen hatte, teilte der Sicherheitsdienst ihm Mitte März mit, dass er mobilisiert werde und sich dem Estnischen Schützenkorps anzuschließen hätte, das nach der beinahe zweimonatigen Schlacht von Welikije Luki ein wenig abseits der Front hatte durchschnaufen dürfen. Immerhin Landsleute, aber die Aussicht, an die Front geschickt zu werden, gefiel Madis überhaupt nicht. Er erwog, in Moskau unterzutauchen, um die Zusage der Botschaft abzuwarten, aber das hatte keinen Zweck, denn die Botschaft wurde fortwährend überwacht. Er musste sich die Situation im Schützenkorps ansehen und entscheiden, ob er mit ihm nach Estland zurückkehren oder, sollte die Front ins Stocken geraten, überlaufen und weiter nach Deutschland, Finnland oder auch Schweden gelangen könnte.

Der Zug kam in Rschew an und es schien, als würde es in der ganzen Stadt kein einziges unversehrtes Haus mehr geben. Einzelne Menschen stiegen aus, zwei Soldaten mit Maschinenpistolen gingen durch die Waggons, guckten in die Gesichter und stellten stichprobenartig Fragen. Der Blick eines der Soldaten fiel auf Madis.

»Papiere!«

Madis fluchte innerlich und holte sein einziges Dokument hervor, den Zettel von der Botschaft, in dem sein Antrag auf einen neuen Pass bestätigt wurde.

»Amerikaner?«, der Kontrolleur konnte seine Verwunderung nicht verbergen. »Aufstehen!«

Madis wurde aus dem Zug zum Bahnsteig gebracht, wo der Soldat dem Offizier, der dort wartete, triumphal zurief: »Genosse Kapitän, im Zug war ein Spion!« Der Soldat reichte das Dokument dem Offizier, der es zu lesen begann.

»Amerikaner? Was macht ein Amerikaner an der sowjetischen Front?«

»Man hat mich zum Schützenkorps nach Welikije Luki geschickt, ich bin Este …«

»Sind Sie jetzt Amerikaner oder Este?«, fragte der Offizier. »Bringen Sie ihn zum Stab«, sagte er dem Soldaten, der Madis mit einer Geste zu verstehen gab, dass er sich in Bewegung setzen solle.

Verdammt. Diese Typen fingen womöglich an, selbst Entscheidungen zu treffen, und würden ihn am Ende noch erschießen! Madis dachte panisch nach. Wie weit war es zum Stab? Wie weit war es zur Front? Zweihundert Kilometer? Dreihundert? Da, zwischen den Bäumen, ging es die Böschung runter, dort würde er sich ducken müssen und die Schützen hätten die Äste im Weg.

Als sie bei der Böschung angelangt waren, machte Madis ein paar flinke Schritte und sprang mit den Füßen voran den Hang hinunter, sodass er Dutzende Meter zwischen Sträuchern und Bäumen hindurchschlitterte. Ein Soldat brüllte und feuerte, daneben! Madis richtete sich auf, als er unten angelangt war, und rannte los, ein zweiter Schuss, diesmal traf er. Schritte, Schläge, das war's.

Das Gebäude, in das Madis gebracht wurde, war kein Gefängnis, sondern offenbar eine Art Halle. Ein kleines Wunder, konstatierte der Arzt, der sich Madis' Wunde ansah. Die Kugel hatte den Schenkelmuskel verletzt, aber eine Operation war nicht nötig. Kurz darauf kippte er etwas Jod darüber, legte einen Verband an und Madis wurde in einen anderen Raum geworfen. In der wenige Quadratmeter großen Zelle waren ein Dutzend Männer, die den Neuankömmling intensiv und neugierig betrachteten. Schlafplätze gab es insgesamt sechs. Auf der untersten Pritsche saßen zwei Leute, ein kleingewachsener Jude mit einer runden Brille und ein dicker Glatzkopf, um ein kleines Tuch herum, das an ein Schachbrett erinnerte.

»Dein Turm hängt«, sagte Madis dem Dicken, der daraufhin abwechselnd zu dem Brett und Madis blickte.

»Mist, stimmt«, stellte der Dicke fest, lachte und reichte Madis die Hand. »Edmundas.«

Wie sich herausstellte, saßen in der Zelle neben ein paar gewöhnlichen Gaunern mehrere aus obskuren Gründen inhaftierte Männer, deren Dokumente nicht in Ordnung waren oder die man verdächtigte, sich von der Front entfernt zu haben, oder die von den Deutschen zurückgelassen worden waren. Der Jude kam wie Edmundas aus Lettland und ärgerte sich über Madis' Einmischungen. Angeblich hatte er bei einem Schachturnier in Klaipėda den dritten Platz belegt. In der Zelle befanden sich auch ein Lehrer, ein Förster, zwei Landwirte, ein Chemiker, ein Straßenbauingenieur, ein Kontrabassist des Rigaer Rundfunkorchesters, ein Gerber, einer hatte mit Eiern und Öl spekuliert, und einer saß, nur mit einem ärmellosen Trikot bekleidet, passiv in der Ecke und wollte nicht reden, aber die anderen sagten, er habe aus Unwissenheit mit der Frau eines Offiziers geschlafen oder selbige verprügelt.

Wieder begann eine Reihe von Verhören, an manchen Tagen mehrere hintereinander, manchmal war auch ein Tag Pause. Madis wiederholte unbeirrt die Geschichte von Boston, dem Dienst in einem Vernichtungsbataillon und dem amerikanischen Pass, auf den er wartete. Wenn man über die Kälte und das nicht vorhandene Essen hinwegsah, so war er zumindest nach langer Zeit wieder näher an seiner Heimat und bekam Neuigkeiten von der Front zu hören. Beim vierundzwanzigsten Versuch gelang es Madis sogar, Herrn Katz aus Klaipėda zu schlagen, der das Spielbrett bei jedem Klappern an der Tür zusammenfaltete – das Brett war aus einem karierten Hemd gefertigt und die Figuren aus Papierfetzen. Der Unterschied zu den früheren Verhören bestand darin, dass Madis das Schreiben aus der Botschaft hatte, welches ihn zwar in den Augen der Ermittler zu einem Spion machte, andererseits aber doch ein offizielles Dokument war, samt Stempel, zweisprachig und sauber.

»Sie sind ein amerikanischer Spion, geben Sie es zu!«, befahl der Ermittler jedes Mal barsch, aber es war deutlich, dass seine Blasiertheit Risse bekam.

»Ich bin amerikanischer Staatsbürger und soll mich den sowjetischen Truppen anschließen. Sie halten mich hier widerrechtlich fest«, gab Madis abermals zu Protokoll.

»Warum haben Sie dann versucht zu fliehen?«

»Weil ich befürchtet habe, dass man mich grundlos festhalten würde!«

»Man hat Sie aus Amerika hergeschickt, damit Sie rumschnüffeln und uns das Leben schwer machen! Ich kann nicht zulassen, dass Sie hier Ihre Propaganda verbreiten. Gestehen Sie, wo Sie sonst noch herumspioniert haben und was Ihre weiteren Aufgaben sind!«

Nach zwei Monaten dieser Prozedur verlangte Madis Stift und Papier, um einen offiziellen Brief an höhere Stellen zu schreiben. Erst wünschte man Madis vier Wochen lang zum Teufel. Aber eines Tages warf man ihm ein gelbes Stück Papier und einen Stift in die Zelle. Madis schrieb den Brief und reichte ihn beim nächsten Verhör dem Ermittler. »Bitte schicken Sie ihn bei nächster Gelegenheit ab«, verlangte Madis.

Der Beamte blickte auf die Adresse des Briefes und las: »›Moskau. An den Außenminister der Sowjetunion, Genosse Wjatscheslaw Michailowitsch Molotow. Man hält mich, Villem Laane, Staatsbürger der Vereinigten Staaten von Amerika, auf Grundlage fabrizierter Anschuldigungen gefangen … Ich verlange einen unparteiischen Richter aus Moskau, um zu analyisieren …‹ Sind Sie verrückt geworden?«

»Ich verlange, dass Sie das umgehend abschicken!«

»Sie verlangen hier gar nichts«, erzürnte sich der Ermittler und befahl, Madis zurück in seine Zelle zu bringen. In der Zwischenzeit hatte der dicke lettische Förster dem Frauenschläger ein blaues Auge verpasst, nachdem dieser sich über den pfeifenden Atem des Juden aus Klaipėda geärgert und sich in dessen Schachspiel geschnäuzt hatte.

Am folgenden Tag brachte man Madis erneut zu dem Ermittler.

»Ziehen Sie Ihr Gesuch zurück«, lautete der einzige Wunsch des spürbar leiser gewordenen Ermittlers.

»Das tue ich nicht, schicken Sie es bitte umgehend ab«, forderte Madis.

Obwohl es für Beamte nicht das geringste Problem war, jemanden nach Belieben ins Gefängnis zu stecken, bereiteten alle Dokumente, die einen offiziellen Anschein hatten, ihnen doch Sorgen. Ihnen haftete eine gefährliche Unberechenbarkeit an und etwas Beweisartiges – in einem solchen Maße, dass es aus irgendeinem Grund unmöglich war, den Zettel leichtfertig zu vernichten.

Am folgenden Tag geschah ein sowjetisches Wunder. Madis wurde erneut zum Ermittler gebracht, doch diesmal verkündete er: »Sie werden freigelassen, damit Sie sich Ihrer Truppe anschließen können. Zunächst verlegen wir Sie zum Kriegskommissariat, von wo Sie weitergeschickt werden. Wir entschuldigen uns für die Unannehmlichkeiten, aber Sie werden verstehen – in Kriegszeiten kann alles Erdenkliche passieren.«

»Alles Erdenkliche kann passieren, ja«, stimmte Madis zu. Eine Stunde später war er zur Untersuchung im örtlichen Kriegskommissariat, wo sich herausstellte, dass er aufgrund seiner Schusswunde und den während des Gefängnisaufenthalts aufgetretenen Rückenschmerzen derzeit nicht wehrtauglich war und nicht an die Front verlegt werden konnte.

Algenkoteletts

Archangelsk, 1944

In der Nähe der Eingangstür zum Saal des Kulturzentrums stand ein Tisch, an dem eine Rothaarige mit Dutt verschiedene Dinge aus Schüsseln auf Tellern platzierte und offenbar versuchte, sie so schön wie möglich zu drapieren, was ihr aufgrund der undefinierbaren Konsistenz der Nahrungsmittel nicht gelang.

»Was ist das?«, fragte Madis Jefferson, der das Ganze aufmerksam verfolgte.

»Das sind alles neue, schmackhafte Gerichte … Das ist Algensuppe … Algenkoteletts … gebratene Algen …«, erklärte die Frau lächelnd.

»Und das hier?«, Madis deutete auf den Schüsselinhalt mit dem sonderbarsten Geruch und Aussehen.

»Das ist Algeneintopf«, verkündete die Frau begeistert.

»Haben Sie nicht zufällig Eier mit Speck? Oder Hummer?«, fragte Madis.

»Sehr lustig!« Die Gastronomin wusste nicht, ob sie sich ärgern oder lachen sollte. Fleisch hatte man im Geschäft zuletzt im August vor drei Jahren zu Gesicht bekommen. Als Erstes hatten die älteren Menschen realisiert, dass der Krieg nicht in wenigen Wochen vorüber sein würde. Daraufhin begannen sie, Lebensmittel zu hamstern. Lieferungen blieben aus, sodass man alles, oder vielmehr so gut wie nichts, seit langem nur mehr gegen Lebensmittelmarken erhielt. Wenn eine Lieferung kam, wurden die Nahrungsmittel zuerst an Familien von Militär- und Parteiangehörigen verteilt, als

Nächstes an verdiente Arbeiter und dann, in immer kleineren Mengen, an den Rest. Wenn du niemand warst, solltest du auch nichts bekommen – und solche Niemande gab es viele. Die Ware, die man gegen eine Marke erhielt, konnte man auf dem Schwarzmarkt für das Zehnfache verkaufen, wenn man etwas wollte, das es in den offiziellen Läden nicht gab. Wenn ein Brotlaib im Laden 25 Rubel kostete, bekam man unter der Hand 250 Rubel dafür. Bei den meisten Menschen konnte man zusehen, wie sie abmagerten, und so kam es im Winter öfter vor, dass man Leute direkt auf der Straße sterben sah. Die Leichen lagen dort manchmal über mehrere Tage, bis man sie zum Friedhof brachte, wo sie meist auf dem Schnee liegengelassen wurden, weil niemand bereit war, den gefrorenen Boden aufzubuddeln, und wenn es schneite, blieben sie unter der Schneedecke liegen. In der Stadt Archangelsk mit ihren etwas über 200 000 Einwohnern starben jeden Tag hundert Menschen. Katzen waren auf der Straße zuletzt 1943 gesehen worden, und obwohl niemand laut darüber sprach, hatte die Miliz mehrere Menschen für den Verkauf von Katzen- und Hundefleisch bestraft. Im Frühjahr wartete man darauf, dass es wärmer wurde, und schickte Schüler und Studenten auf die Inseln im Weißmeer, um Essen zu beschaffen – die Jugendlichen verbrachten den Sommer damit, Seehunde zu jagen, Fische zu fangen, Vogeleier und Algen zu sammeln. Das örtliche Exekutivkomitee hatte befohlen, den Bewohnerinnen und Bewohnern der Stadt neue Nahrungsmittel schmackhaft zu machen.

»Probieren Sie ein Kotelett!«, bot die Dame an und stellte sich vor: »Galina.«

Madis nahm die Gabel mit einem Stück Kotelett entgegen und probierte. Es war nicht so schlecht, wie er befürchtet hatte, aber sein Bauch war nicht mehr so leer, dass er dankbar dafür gewesen wäre – er hatte sich einen Vorrat an Essenspaketen angelegt, doch mit dem Verkauf musste man vorsichtig sein, denn würde man dabei erwischt, könnte man verhaftet werden. Von den Amerikanern und Engländern kamen einmal pro Woche Nahrungsmittelpakete, in denen sich Konserven, Kekse und manchmal sogar Kaffee befanden. Mit dieser Ware konnte man auch Geld verdienen und Madis lebte nun in einem schicken Zimmer des Hotels Inturist.

»Sehr lecker«, lobte Madis.

»Das ist es, probieren Sie auch den Eintopf«, ermunterte ihn die Frau.

»Nein, danke. So mutig bin ich heute nicht.«

»Entschuldigen Sie, wo kommen Sie her? Sie tragen die gleiche Kleidung wie wir, aber Sie sprechen so lustig …«

»Äh … ich bin Amerikaner, aber meine Mutter ist Estin … Ich arbeite als Dolmetscher und Mechaniker in der Vertretung Großbritanniens«, gestand Madis.

»Oh, in der Vertretung … Verstehe, dann haben Sie ganz andere Möglichkeiten. Sie verkehren bestimmt auch im Interklub …«

Als die Alliierten versprachen, Stalin zu helfen, schickten sie Konvois über die Nordsee und das Nordpolarmeer, die alles Erdenkliche in die sowjetischen Häfen brachten, von Panzern über Flugzeuge und Lokomotiven bis hin zu Stiefeln. Weil die Deutschen versuchten, die Schiffe auf ihrem Weg zu versenken, fuhren die Handelsschiffe in großen Konvois, unter Begleitung von zig Kriegsschiffen, vor allem nach Murmansk und Archangelsk. Beide Städte lagen vergleichsweise nah an der Front und das Leben war dort etwas anders als in anderen Städten, auch weil dort oft große Mengen Ausländer verkehrten. Damit diese keinen allzu schlechten Eindruck von den jämmerlichen Städten bekamen, wurden die sogenannten Interklubs geschaffen, Orte, an denen die Ausländer essen und trinken konnten, ins Kino gehen und bei gewissen

Anlässen auch mit anderen Ausländern verkehren.

»Ich gehe nicht tanzen«, sagte Madis.

»Ach so, warum nicht?«, fragte Galina interessiert.

»Ich bin kein Tänzer«, wich Madis aus. »Was ist mit Ihnen?«

»Mit mir?«, Galina wurde rot. »Ich doch nicht, ich bin verheiratet! Wissen Sie, zum Tanzen gehen fast nur junge Mädchen. Und beim Komsomol wird ihnen das auch befohlen, damit die Seeleute überhaupt jemanden zum Tanzen haben. Die Männer hier sind alle an der Front, mein Mann auch.«

»An welcher Front ist er?«

»Ich habe monatelang nichts von ihm gehört … Erst war er in der Nähe von Leningrad, jetzt kann er schon in der Ukraine sein oder vielleicht in Estland – sind Sie auch schon aufgeregt, dass Sie bald nach Hause können?«

»Ja … ein wenig«, sagte Madis nachdenklich.

»Wir schaffen das, Genosse!«, ermutigte ihn Galina.

»Wissen Sie, Sie erinnern mich an jemanden«, sagte Madis mit einem betrübten Lächeln und holte aus der Tasche ein kleines, in braunes Papier eingeschlagenes Päckchen, das er Galina in die Hand drückte, und ging, bevor sie protestieren konnte. Galina betrachtete die Aufschrift »U.S. Army Field Ration D« und öffnete das Päckchen an einer Ecke – sechs Tafeln Schokolade.

Madis spazierte die Dwina entlang und dachte darüber nach, was er nun tun könnte. Da gerade kein einziger Schiffskonvoi im Hafen lag, hatte er nicht viel Arbeit. Die Amerikaner und Engländer hatten für die Verteilung der Waren in der Stadt eine kleine Vertretung errichtet, und Madis war es gelungen, dort mit dem Schreiben von der amerikanischen Botschaft und seinen Englischkenntnissen als Dolmetscher anzuheuern, denn bei Ankunft eines Konvois war vieles zu regeln und in der Stadt gab es nur wenige Menschen, die die englische Sprache gut beherrschten. Wenn gerade kein Konvoi da war, arbeitete Madis als Lastwagenfahrer und half, die Fahrzeuge zu warten. Die Kommentare der Dame erinnerten Madis daran, dass die Kämpfe Estland erreicht hatten und er eine Entscheidung treffen musste. Wie groß war die Chance, dass er etwas Positives von der Botschaft hören würde? Oder sollte er zunächst versuchen, nach Estland zu gelangen, aber wozu? In Finnland wurde ebenfalls gekämpft, dort brauchte er es auch nicht zu versuchen. Richtige Dokumente hatte er noch immer nicht, jemand könnte Verdacht schöpfen. Was tun?

Im folgenden Jahr kamen in Archangelsk viele Kinder zur Welt, deren Geburtstermin mit der Ankunft der ausländischen Schiffe in Verbindung zu stehen schien.

Der Spion

Archangelsk, 1945

Nach der Schlacht um Berlin kamen auch die Konvois zum Erliegen, im Hafen von Archangelsk gab es deutlich weniger ausländische Schiffe. Die *Empire Peacemaker* bereitete sich auf die Rückreise nach Schottland vor und mit ihr sollten auch einige Mitarbeiter der britischen Vertretung aufbrechen. Plötzlich erschien an Deck ein Mann in russischer Uniform, der seinen Kollegen, die bei dem Wagen am Kai stehengeblieben waren, zurief: »Zwei Mann, sofort zu mir!« Wenige Minuten später sah die versammelte Mannschaft schweigend zu, wie die bewaffneten Männer, die das Schiff durchsucht hatten, einen großen, dünnen Mann abführten, der sich im Frachtraum versteckt hatte.

Der Vorsteher des Archangelsker Sicherheitsdienstes, Michail Fadejew, mochte keine intellektuellen Spielchen. Als Madis wieder einmal vor einer verschlossenen Zellentür stand, musste er schnell überlegen, ob er sich verteidigen, einen Scherz erlauben, unsichtbar machen oder mit dem größten Ganoven anfreunden sollte. Zu Madis' Erleichterung erwartete ihn eine Einzelzelle. Major Fadejew saß hinter seinem Schreibtisch und betrachtete das Schreiben der amerikanischen Botschaft, das der Mann, der im Zuge der routinemäßigen Kontrolle gefunden worden war, bei sich hatte. Fadejew ahnte, dass es sich um einen großen Fall handeln könnte, weshalb er die Angelegenheit einem rangniedrigeren Ermittler abgenommen und an sich gerissen hatte. Seine Abteilung hatte den Befehl bekommen, sich die

Komplizen der Engländer und Amerikaner vorzuknöpfen, und erhielt zum Beispiel vom Krankenhaus Informationen über junge Frauen, die Kinder von Ausländern bekommen hatten, aber dies hier war etwas viel Größeres, das gewiss auch Moskau interessierte. Vielleicht bestand Hoffnung, an einen Ort mit einem etwas angenehmeren Klima versetzt zu werden.

Das erste Verhör endete mit einem Patt. Madis wiederholte, dass er der amerikanische Staatsbürger Villem Laane sei, sein Vater aus Irland komme und seine Mutter aus Estland. Nach dem langen Gespräch reichte man Madis das Protokoll des Verhörs, aber er weigerte sich, dieses zu unterschreiben, und sagte, dass er nicht so gut Russisch könne, und verlangte einen Estnisch-Dolmetscher. Nach anfänglichem Murren sagten die Mitarbeiter des Sicherheitsdienstes, dass sie im Grunde genug Esten zur Auswahl hätten, und so fand sich noch am gleichen Tag ein Dolmetscher. Madis sagte, das Protokoll entspreche nicht seinen Aussagen, er sei kein amerikanischer Spion und werde es nicht unterschreiben. Major Fadejew sagte, dass die Sache so nicht laufe, und ließ Madis zurück in seine Einzelzelle bringen, wo er fünf Tage ohne Essen verbrachte.

»Gestehen Sie jetzt, dass Sie ein amerikanischer Spion sind?«, fragte der Major beim nächsten Verhör. Im Raum gab es eine wesentliche Veränderung, und zwar gab es keinen Stuhl mehr für den, der verhört wurde.

»Ich bin Villem Laane, amerikanischer Staatsbürger«, setzte Madis erneut an.

»Warum haben Sie versucht, sich auf einem britischen Kriegsschiff zu verstecken?«

»Ich habe nur dabei geholfen, Ladung an Bord zu schaffen.«

»Warum hatten Sie dann anstelle von Arbeitskleidung einen Mantel, drei Jacketts und vier Paar Hosen an?«

»Ich war kürzlich krank und wollte mich nicht wieder erkälten.«

Vier Stunden später machte der Ermittler eine Pause, Madis durfte allerdings nicht zurück in seine Zelle. Man brachte ihn stattdessen in den Hof, wo er zwei Stunden lang im Kreis gehen musste. Danach durfte er wieder hinein und das Verhör fing von vorne an. Bald wurde es Abend, doch das Verhör endete dort, wo es angefangen hatte, und Madis wurde auf den Gang gebracht, wo er warten sollte. Nichts geschah. Eine Stunde. Zwei. Kein einziger Stuhl, nur zwei Wächter. Dann wurde Madis in eine andere Zelle gebracht, in der es keine Pritsche gab. An der Decke brannte Licht. Madis hockte an die Wand gelehnt und wartete. Stunden vergingen, das Licht brannte weiter. Jetzt versuchte er, auf dem Boden zu schlafen, und bettete seinen Kopf auf die Hände. Bald war von irgendwo ein lautes Radio zu hören. Er konnte nicht genau sagen, wie viel Uhr es war. Irgendwann gegen Mitternacht kamen sie wieder und brachten Madis erneut zum Verhör. Ein neuer Ermittler stellte die gleichen Fragen, auf die Madis die gleichen Antworten gab. Danach ließ man Madis wieder spazieren gehen, im Gang warten, brachte ihn in die Zelle und von dort zum Verhör, und das Ganze wiederholte sich endlos. Wenn Madis beim Warten im Korridor an der Wand lehnte und kurz versuchte, die Augen zu schließen, schlug der Wächter ihm mit einem starren Gummiknüppel auf den Rücken. Am nächsten Tag, oder womöglich auch erst am über- oder überübernächsten, zwang der Ermittler Madis dazu, in die Hocke zu gehen, und wann immer er sich aufrichtete, bekam er von dem Wächter wieder eins mit dem Gummiknüppel. Müdigkeit, Schmerz und Verlust des Zeitgefühls verwandelten sich in einen zähen Brei, in dem sich alle Sinneswahrnehmungen unwirklich anfühlten. Dieser endlos erscheinende Reigen wiederholte sich jeden Tag, von Zeit zu Zeit gelang es

Madis, zehn Minuten Schlaf zu erbeuten, doch der Ermittler hatte nur einen Wunsch: »Gestehen Sie. Gestehen Sie und wir lassen Sie ungestört schlafen, so lange Sie wollen.«

Nach fast drei Wochen ließ Madis den Ermittler rufen und sagte ihm, dass er alles gestehen wolle, aber nur, wenn dabei ein Staatsanwalt anwesend wäre. Major Fadejew nickte gnädig, Madis durfte zurück in die Zelle mit der Pritsche und die nächtlichen Verhöre hatten ein Ende. Madis schlief zwei ganze Tage durch.

Am dritten Tag wurde er ins Büro des Majors gebracht, wo tatsächlich der örtliche Staatsanwalt wartete.

»Sind Sie heute also bereit, uns eine Aussage zu geben?«, fragte Major Fadejew in einem äußerst diplomatischen Tonfall.

»Das bin ich. Aber ich möchte sie schriftlich und auf Estnisch machen«, verkündete Madis.

Fadejew nickte und man holte den Übersetzer herbei, einen Esten, der aus der Gegend kam. »Ich, Villem Laane, Staatsbürger der Vereinigten Staaten von Amerika, protestiere gegen meine widerrechtliche und unmenschliche Behandlung. Ich habe all meine Aussagen ehrlich getätigt und da ich nichts anderes sagen kann, sollen die kriminellen ermittelnden Organe selbst schreiben, was sie wollen, und meinen Namen daruntersetzen«, las der Übersetzer mit einer leicht nasalen Intonation vor, was der Situation eine gewisse Komik verlieh.

Major Fadejew schrie auf, riss dem Übersetzer das Papier aus der Hand und zerfetzte es in Stücke.

»Das wirst du bereuen! Du wirst noch mitten in der Nacht gegen die Zellentür klopfen und flehen, alles gestehen zu dürfen!«, brüllte der Major Madis ins Gesicht.

Statt in seine Zelle wurde Madis in einen ungeheizten Raum gebracht und gezwungen, seine Kleidung vollständig abzulegen. Obwohl der Winteranfang mild war, lief Madis nach einer halben Stunde blau an und das anfängliche Zittern verwandelte sich bei Anbruch des Abends in Schmerz und geistige Taubheit, während seine Finger und Zehen anschwollen. In dem Raum herrschten definitiv Plusgrade, und zwar genau so viel, dass Madis bis zur Nacht nicht erfrieren, aber leiden würde. Madis versuchte, mit Bewegung seinen Kreislauf in Schwung zu halten und sich aufzuwärmen, doch dafür reichte seine Energie nicht besonders lange. Am Morgen des dritten Tages trommelte Madis gegen die Tür und sagte, dass er alles gestehe.

»Ausgezeichnet«, sagte Major Fadejew, der Madis im Verhörraum empfing, »sind Sie ein Spion?«

»Das bin ich.«

»Beschreiben Sie als Erstes, wie Sie angeworben wurden.«

»Ich habe mit meinem Vater in der Nähe von New York gelebt, auf Long Island, in einem Ort namens Ljusne. Wir hatten immer wenig Geld und deshalb habe ich manchmal Wechsel gefälscht. Eine Bank hat mich schließlich erwischt und ich bin ins Gefängnis gekommen. Nachdem ich ein halbes Jahr im Gefängnis gesessen habe, bekam ich Besuch von einem gewissen Mister Ten. Er sagte, dass man in Estland sowjetische Militärbasen errichten würde, und er wisse, dass ich die estnische Sprache gut beherrsche. Sie wollten, dass jemand die Militärbasis im Blick behält, und als ich zustimmte, durfte ich aus dem Gefängnis und bekam 25 000 Dollar.«

»Sehr gut«, der Major war begeistert. »Welche Aufgaben hatten Sie? Wem mussten Sie berichten?«

»Ich musste mich in Estland in der Nähe der Militärbasen aufhalten und alles, was ich gesehen oder gehört habe, aufschreiben. Die Notizen musste ich auf dem Postweg an Melitsa Sujrok in die Hammargatan 1, Oslo, senden«, erzählte Madis, ohne mit der Wimper zu zucken.

»Was passierte, als der Krieg ausgebrochen ist? Sollten Sie Sabotageakte gegen die sowjetischen Truppen durchführen?«

»Nach Ausbruch des Krieges habe ich mich in Estland einem Vernichtungsbataillon angeschlossen und bin ins Hinterland geflohen, von wo ich zur amerikanischen Botschaft in Moskau gelangte. Dort erhielt ich den Befehl, mich in der sibirischen Stadt Kuibyschew mit Juhan Suarts zu treffen, und man gab mir ein Dossier mit, von dem ich nur die erste Hälfte lesen durfte. In Kuibyschew bekam ich von Suarts ein weiteres Dossier und brachte es nach Moskau. Als dies erledigt war, gab man mir in der Botschaft den Befehl, ein weiteres Dossier zum Schützenkorps zu bringen und mit einem anderen zurückzukommen.«

»Wie hieß Ihr Kontakt beim Schützenkorps?«

»Leutnant Ludvig Juht.«

»Juht … sehr gut«, sagte der Major zu dem Gehilfen, der sich Notizen machte. »Weiter …«

»1944 bin ich nach Archangelsk gereist, um dort auf meinen amerikanischen Pass zu warten …«

»So. Jetzt schreiben Sie selbst alles möglichst detailliert auf und setzen Ihre Unterschrift darunter«, verkündete der Major sichtlich beglückt.

Diesmal brachte man Madis nebst Haferbrei auch warmen Tee in die Zelle.

Major Fadejew ging an diesem Tag gut gelaunt nach Hause, forderte seine Gattin auf, seine Uniform zu reinigen, und verkündete, dass er nächste Woche nach Moskau fahren werde: »Ninotschka, die Sonne geht auf!«

Immerhin Moskau

Lubjanka, 1946

Die Fahrt von Archangelsk nach Moskau nahm zwei Tage in Anspruch. Madis saß mit etwa zwanzig anderen Häftlingen bewacht in einem Passagierwaggon, der zu einem Gefangenenwagen mit Pritschen umgebaut worden war, der im Volksmund als Stolypin-Waggon bezeichnet wurde. Plötzlich wurde er von einem Wächter in den Passagierwaggon gebracht, wo Major Fadejew auf ihn wartete. Der Major bot Madis Platz an und sogar Tee, er plauderte sonderbar freundlich über die Ankunft des Frühlings, fragte Madis über die Länder aus, die dieser bereist hatte, und hielt ein paar diffuse Monologe darüber, dass nun, nach dem großen Sieg, alle die Überlegenheit der Sowjetunion anerkannten, und dass die besten Angelplätze im Norden der Stadt lägen.

»Morgen erreichen wir Moskau, wo sich sehr wichtige Menschen mit Ihnen befassen werden. Wenn Sie sich so schlau benehmen wie bei dem Verhör in Archangelsk, wird alles reibungslos verlaufen«, wies der Major seinen Goldjungen ein. »Behalten Sie ihn im Auge, das ist kein gewöhnlicher Häftling«, sagte er noch zu dem Wächter, bevor Madis zurück in den Gefangenenwagen gebracht wurde.

Der Major hatte nicht gelogen. In Moskau wartete ein Auto auf den Major und Madis und brachte die beiden geradewegs zur Lubjanka und nach kurzem Warten ging es in einen Verhörraum, in dem ein neuer Ermittler hinter seinem Tisch saß. An der Wand saß auch Major Fadejew, der erwartungsvoll und glücklich dreinblickte wie ein Kind vor einer Zirkusaufführung.

Der Mann mit den Schulterklappen eines Polkowniks lehnte sich über den Tisch zu Madis und fragte: »Sind Sie ein Spion?«

»Nein, ich bin kein Spion«, sagte Madis.

Der an der Wand sitzende Major Fadejew schreckte hoch.

»Was heißt das, Sie sind kein Spion?«, erhob der Polkownik die Stimme. »Wir haben hier eine ganze Liste mit Ihren Kontaktpersonen, zum Beispiel … Juhan Suarts und all die anderen.«

»Bitte lesen Sie den Familiennamen von Juhan Suarts rückwärts«, sagte Madis ruhig.

Der Polkownik nahm das Protokoll, das beim Verhör in Archangelsk entstanden war, studierte es mehrere Minuten, blickte sich mit zusammengezogenen Augenbrauen im Zimmer um und sagte schließlich: »Johann Strauss? Der österreichische Komponist?«

»Exakt«, antwortete Madis.

»Aber der ist doch seit knapp hundert Jahren tot!«, platzte es aus dem Polkownik heraus.

»Stimmt«, bestätigte Madis.

Der Polkownik starrte Madis mit einem durchdringenden Blick an und man konnte sehen, wie Major Fadejew mit sich kämpfte, um nicht dazwischenzuplatzen.

»In Ordnung … Melitsa Sujrok?«, fragte der Polkownik.

»Miliza Korjus ist eine estnischstämmige Schauspielerin und Sängerin. Sie spielte in dem amerikanischen Film ›Der große Walzer‹ mit, der von Johann Strauss' Sohn erzählt.«

»Ludvig Juht?«

»Spielt Kontrabass im Boston Symphony Orchestra. Herr Ten heißt rückwärts Net … und Ljusne liegt in Schweden, nicht in der Nähe von New York«, schloss Madis.

Der Polkownik schrieb alles auf, nahm sein Dossier und ging irgendwohin, um sich zu beraten. Im Zimmer waren nur noch Madis und Major Fadejew, der vor Wut kochte und die Hände um den Stuhl gekrallt hatte. Er richtete sich mit großer Mühe auf, beugte sich zu Madis und fauchte ihm ins Gesicht: »Schämen Sie sich!«

Zum ersten Mal grinste Madis.

Der Polkownik kehrte mit einem Wächter zurück, der Madis in seine Zelle brachte. Die nächsten drei Monate wiederholte sich die bekannte Prozedur, anfangs wurde Madis jeden Tag von dem Polkownik verhört, dann vergrößerten sich die Abstände, manchmal steckte man ihn in eine Einzelzelle und manchmal in eine Gemeinschaftszelle, in der irgendein Mithäftling äußerst verdächtige Fragen stellte. Der Polkownik hatte in der Zwischenzeit herausfinden können, wie Madis die Ermittler in Rschew reingelegt hatte.

»Fangen Sie bloß nicht wieder an, mir irgendwelchen Unsinn aufzutischen, gestehen Sie! Wollen Sie, dass wir Sie wieder in die Zelle werfen?«

»Kein Grund, zu drohen. Sagen Sie, was Sie von mir hören wollen, dann lasse ich mir etwas einfallen«, bot Madis an.

»Gestehen Sie?«, bohrte der Ermittler nach.

»Aber was genau soll ich Ihnen gestehen? Sehen Sie, ich bin mit dem Schiff durch die ganze Welt gereist und beherrsche mehrere Sprachen: Englisch, Deutsch, ein wenig Französisch … Wenn Sie unbedingt wollen, dass ich gestehe, lasse ich mir eine Geschichte einfallen, aber dann stellt sich heraus, dass der Name eines großen Spionagenetzes in Wirklichkeit ein portugiesisches Gericht ist oder auf Norwegisch ›Klo‹ bedeutet. Wenn Sie das wollen, können wir es so machen«, schlug Madis vor.

»Für wen halten Sie sich? Begreifen Sie nicht, dass Sie hier nicht im verdammten Tadschikistan sind und auch nicht im verdammten Archangelsk, Sie sind in Moskau!«

»Moskau, New York, Tokio ... Welchen Unterschied macht das?«, winkte Madis ab.

Einen Monat später gab der Polkownik auf und Madis wurde zurück nach Archangelsk geschickt, um die Ermittlung von vorn zu beginnen. Als das erste Verhör anstand, wartete hinter dem Tisch bereits Major Fadejew, der nicht besonders hilfsbereit wirkte.

»Wollen Sie diese Spielchen um jeden Preis weiterspielen oder gestehen Sie? Wir müssen nicht immer so höflich sein«, sagte Fadejew, dessen Miene sich verdüstert hatte.

»Ich habe nichts Neues zu gestehen ... Sind Sie in der Zwischenzeit mal angeln gewesen?«, fragte Madis.

Das war womöglich zu viel des Guten. Madis wurde für die nächsten zwei Monate in eine Einzelzelle geworfen, die er kein einziges Mal verlassen durfte.

Ein paar Worte zum Erreichen extremer Höhen

1946

Der Mensch träumte seit Anbeginn der Zeiten davon, zu fliegen. Wir alle kennen den Mythos von Ikarus, aber das ist nur einer von vielen. Giovanni Damiano, auch bekannt als John Damian, beispielsweise war ein Italiener, der am Hof des schottischen Königs James IV. verschiedenste physikalische Versuche durchführte. Nach mehreren Fehlschlägen auf der Suche nach neuen Materialien beschloss er, Flügel aus Federn zu konstruieren, mit denen er von der Mauer des Stirling Castle bis nach Frankreich fliegen würde. Damiano brach sich dabei den Oberschenkel, gab die Schuld am Unglück aber denen, die die Flügel aus Hühnerfedern gefertigt hatten, obwohl sie eigentlich aus Adlerfedern hätten sein sollen. Bereits im Jahr 1783 waren die Brüder Montgolfière mit einem Heißluftballon abgehoben, und seit über vierzig Jahren gibt es nun bereits motorisierte Fluggeräte aus starrem Material, mit denen Menschen von einem Land ins andere fliegen und einander im Krieg Bomben auf die Köpfe werfen. Das nächste Ziel kann nur eines sein – der Kosmos! Über unseren Planeten hinauszugelangen, zum Mond und zu anderen Planeten, und so lächerlich es auch klingen mag, sind wir dem tatsächlich näher, als die meisten denken. Dieser Schritt bietet den Menschen Möglichkeiten, neue Ressourcen und auch das damit einhergehende Wissen zu erschließen, um der ganzen Menschheit zu erlauben, gemeinsam auf einem höheren Niveau zu leben. Doch dazu müssen wir alle etwas beitragen. Einen besonders starken Beitrag hat der amerikanische Wissenschaftler Robert Goddard mit seinem 1920 erschienenen Werk »Methoden zum Erreichen extremer Höhen« geleistet, das detailliert beschreibt, wie man die Herausforderungen hoher Flüge meistern kann. Will man die Anziehungskraft der Erde überwinden, so muss man einen Korpus bauen, der den Menschen dabei schützt, und dieses Vehikel muss über einen ausreichend starken Antrieb verfügen, stabil sein und dabei leicht genug, damit ihm das Vorhaben gelingt. Wenn es sich um Metalle handelt, werden deshalb verschiedene Aluminiumlegierungen bevorzugt, ebenso Experimente mit Elementen angestellt, die noch weniger bekannt sind. Goddard hat festgestellt, dass es am effektivsten wäre, als Antriebsquelle ein auf Cellulosenitrat basierendes Schießpulver zu verwenden. Um dessen Kraft effektiv weiterzugeben, empfiehlt es sich, eine sogenannte Lavaldüse zu verwenden, die die beim Verbrennen entstehenden Gase am besten in kinetische Energie umwandelt und bei Versuchen rechnerisch sogar Ergebnisse über der Schallgeschwindigkeit erreichte. Bei einer ausreichend hohen Startgeschwindigkeit ist es möglich, ein richtig justiertes Fahrzeug an einen nahezu unendlich entfernten Punkt zu bringen! Natürlich ist das nicht das einzige Problem, das einer Lösung bedarf. Ebenso müssen Fragen bezüglich des extremen Temperaturanstiegs geklärt werden, der beim Verlassen der Atmosphäre entsteht, nicht zuletzt aufgrund der hohen Geschwindigkeit. Damit das Fahrzeug nicht Feuer fängt und eine gleichbleibende Wärme behält, muss es von seiner Bauweise an ein großes Thermometer erinnern. Ebenso muss man bedenken, was auf der langen Reise aus den Reisenden wird. Von der Überschallgeschwindigkeit abgesehen, sind die Wege sehr weit, solche Reisen können mehrere Tage oder gar Monate dauern. Natürlich ist es deshalb auch nötig, eine große Menge an Ausrüstung mitzunehmen, eine ausreichend bequeme Schlafmöglichkeit, Essen und Wasser, ganz zu schweigen von Treibstoff und Energiequellen, die die erforderlichen Geräte in Betrieb halten. Die erste Lösung hierfür wäre der Bau eines möglichst großen Flugobjekts, in dem all dies Platz findet. Die Kehrseite ist jedoch, dass zum Starten und Manövrieren eines größeren Gefährts wesentlich mehr Energie nötig ist. Deshalb habe ich mir auch eine sehr praktische Lösung überlegt, die das Fliegen wesentlich effizienter macht: Und zwar sind nicht alle Teile des Fahrzeugs während der Reise gleichermaßen nötig! Die größte Menge Energie während der gesamten Reise wird benötigt, um die Anziehungskraft der Erde zu überwinden und die Atmosphäre zu verlassen. Wenn diese Phase überwunden ist, kann der Teil, der das Cellulosenitrat enthält, im Kosmos zurückgelassen werden, wo er niemanden stört! So wie der Treibstoff und die für die Besatzung vorgesehenen Reserven weniger werden, können auch die weiteren Teile des Gefährts zurückgelassen werden, die wie leere Hülsen sind und keine Bedeutung mehr für das menschliche Handeln, die Steuerung des Gefährts oder dessen erfolgreiche Rückkehr zur Erde haben. Ich bin mir sicher, dass solch eine Herangehensweise völlig neue Möglichkeiten zum Umgang mit dem Problem bietet …

Nachdem Madis zwei Monate in seiner Einzelzelle gesessen hatte, brachte man ihn erneut zu Fadejew. Der Major teilte ihm mit, dass die ganze Ermittlung jetzt von vorne beginnen würde und Madis erneut aussagen müsse. Madis antwortete, das sei ihm egal, aber nur unter der Bedingung, dass man ihm die Fragen schriftlich stellen würde und er sie schriftlich, auf Estnisch, beantworten dürfe. Nach einem mehrwöchigen Patt gab Fadejew nach. Nun holte man wieder den estnischsprachigen Dolmetscher, der Fadejews Fragen schriftlich ins Estnische übersetzte und Madis' Antworten schriftlich ins Russische. Der ganze Prozess war derart langsam, dass die Fragen immer kürzer wurden. Am Ende verkündete der Ermittler, dass Madis' Fall in einem Sonderverfahren behandelt würde – man erklärte ihn der Spionage für schuldig und veurteilte ihn zu acht Jahren Gefangenenlager.

Eine unerwartete Begegnung

Sewscheldorlag, Komi, Frühjahr 1947

»Es kommen Neue!« Durch das kleine Fenster der Kantine verfolgte Alma Rätsep neugierig das Geschehen draußen und schälte dabei weiter Kartoffeln, während ihre etwas ältere Kollegin vor sich hin murmelte. Es war Nachmittag und die Schicht war noch nicht von der Arbeit ins Lager zurückgekehrt. An gewöhnlichen Tagen wurden die Gefangenen am Morgen nach der Zählung von einem Brigadier zu den Einsatzorten gebracht, die Männer vor allem in den Wald, die Ziegelbrennerei oder zum Gleisbau, die Frauen in das Nähkombinat, doch Alma hatte sich kürzlich den Fuß verletzt und hatte aus diesem Grund schon die ganze Woche in der Küche ausgeholfen. Bei einer derart großen Menge an Menschen landeten in jedem Suppenteller nur wenige Kartoffeln. Statt Fleisch waren heute Heringsköpfe in der Suppe.

»Keine Ahnung, ob auch Esten dabei sind …«, dachte Alma laut nach. Hauptsache, es sind nicht alles Kriminelle. In letzter Zeit kamen Esten, Letten, es gab sogar mehr deportierte Polen und Deutsche, was etwas erträglicher war – die Macht der Kriminellen bzw. *Urkas* war nicht mehr so groß, und aus der Heimat hörte man Neuigkeiten und es kamen Pakete.

Die Leute, die neu in das quadratförmig angelegte Lager kamen, mussten erst durch das Wachthaus, bevor sie den schlammigen Hauptplatz erreichten, um den herum flache Holz- und Steinhäuser standen, manche mit schiefen Fensterrahmen: Männer- und Frauenbaracken, die Kantine, die

Banja, das Wächterhaus, die Krankenstation, die Werkstatt, Klos und ein Haufen anderer Hütten. Statt Stacheldraht gab es rund um das Lager einen hohen Holzzaun und an den zwei diagonal gegenüberliegenden Ecken hölzerne Wachttürme. Die Inhaftierten schliefen in Baracken auf zweistöckigen Pritschen, und weil kaum geheizt wurde, roch es überall stark nach Moder.

Die Wächter führten die Neuankömmlinge zu den Baracken, als Alma herauskam und mit lauter Stimme nachfragte, ob Esten unter ihnen seien. Ein hochgewachsener Mann drehte den Kopf.

»Villem«, sagte Madis.

»Alma. Woher?«, fragte die Frau.

»Ich bin amerikanischer Este. Meine Mutter kam aus Lääne«, erklärte Madis.

»Amerika … Ich bin aus Tartu, zweites Jahr.«

»Was muss ich wissen?«, fragte Madis.

»Nun, der wichtigste Urka in deiner Baracke heißt Roma, der ist gerade bei der Arbeit. Wenn du ihm und seinen Freunden nicht in die Quere kommst, hast du keine Probleme. Von uns wird niemand in die Minen geschickt, aber im Winter ist es hier hart, da musst du auf dich aufpassen.«

»Gibt es Esten?«

»Ein paar schon, unter den Frauen gibt es noch eine, in deiner Baracke ist ein älterer Mann und in der übernächsten sind noch drei aus Tallinn.«

»Die Wächter?«

»Zu viele, fall nicht auf … Die älteren Insassen erzählen von früher viel schlimmere Dinge, aber auch jetzt verschwinden hier Menschen. Der neue Lagervorsteher ist jedenfalls besser als der davor …«

»Funktioniert die Post?«

»Ja, aber man weiß nie, wie lange ein Brief oder ein Paket

braucht. Wann warst du das letzte Mal in Estland?«

»1941. Kannst du mir zwei Blatt Papier und einen Stift auftreiben?«

»Kann ich … Wo warst du so lange?«

»Komplizierte Geschichte«, Madis senkte den Blick zu Boden.

»Ich darf nicht so lange weg sein«, sagte Alma, die einen suchenden Blick bei der Küchentür bemerkte, nickte Madis zu und ging wieder an ihre Arbeit.

Bis zur Rückkehr der Schicht und der abendlichen Zählung waren es noch mehrere Stunden. Bald schon hörte man draußen eine Frauenstimme, die nach Madis rief. Alma brachte ihm Stift und Papier, sagte aber, dass sie die Männerbaracke nie betrete. Madis bedankte sich, setzte sich auf die untere Pritsche, die ihm zugewiesen worden war, und begann zu schreiben.

»An das Ministerium für Staatssicherheit, Lubjanka-Platz, Moskau. Hiermit möchte ich, Villem Laane, Inhaftierter des Besserungsarbeitslagers Sewscheldorlag und Staatsbürger der Vereinigten Staaten von Amerika, eine umfangreiche staatsfeindliche Organisation anzeigen, die im Oblast Archangelsk unter Beteiligung von Mitarbeitern des Geheimdienstes agiert …«

Zwei Seiten später faltete Madis das Papier und versteckte es in seinen Sachen. Bald ließ das Stimmengewirr darauf schließen, dass die Schicht zu Ende war, und die Männer, die von der Arbeit kamen, betrachteten interessiert die Neuankömmlinge, die in der Baracke saßen. Roma, der Leithammel, vor dem Alma gewarnt hatte, war nicht schwer zu erkennen. Er war ein zäher, mittelgroßer Mann, um den sich fortwährend vier oder fünf Männer scharten, die ihm eifrig gehorchten. Er hatte keine Narben oder sichtbaren Tätowierungen, aber sein Blick war ungewöhnlich kalt, wie der eines Kindes, das einem anderen im Sandkasten das Spielzeug wegnimmt und es ihm dann mit stumpfer Miene auf den Kopf schlägt.

Roma sprach mit allen Neuen und kam nun auf Madis zu.

»Welcher Paragraf?«

»58/6«, gab Madis zu.

»Politisch? Na ja, solche wie dich gibt's hier auch. Meiner lautet 137, Mord.«

»Sehr … angenehm.«

»Angenehm wird es, wenn wir einander verstehen. Du hilfst mir, wenn nötig?«

»Wenn ich kann, helfe ich.«

»Sehr gut, sehr gut … Und was Freunde noch tun – sie teilen. Bekommst du Pakete?«

»Ich habe keine Verwandten.«

»Wie, du hast keine Verwandten? Das ist schlecht, sehr schlecht. Dann musst du dir etwas einfallen lassen«, der Urka knickte Madis' Ohr um und ging zu dem nächsten Neuankömmling. Madis sagte nichts und schaute starr zu, wie sich das Gleiche bei der nächsten Pritsche wiederholte. Von der Tür war zu hören, wie die restlichen vom Marschieren müden Männer eintraten. Einer von ihnen war der Vorarbeiter, ein Ukrainer mittleren Alters, der ebenfalls einsaß, aber mehr Rechte hatte und sich in der Zone freier bewegen konnte. Er erkundigte sich bei den Neuen, was sie draufhatten, und hörte von Madis, dass dieser mit Holz und Metall umgehen könne.

»Sehr gut. Du gehst in die Brot- oder Ziegelfabrik, wenn du gelernt hast, wie die Maschinen funktionieren«, der Vorarbeiter war zufrieden. Das war gerade im Winter kein schlechtes Los, verglichen mit der Arbeit beim Gleisbau oder im Wald. In den Nachbarlagern wurde sogar Kohle abgebaut.

Der Vorarbeiter ging zu dem nächsten Häftling. Unterdessen kam ein dem Aussehen nach etwa fünfzig- bis sechzigjähriger Mann in die Baracke, der beim Betreten müde die Mütze vom Kopf nahm und plötzlich erstarrte, als er Madis sah und sich ihre Blicke trafen. Er ging an ihm vorbei, ohne ein Wort zu sagen, dann weiter zu seiner Pritsche am anderen Ende der Baracke und legte sich hin.

Madis überlegte lange, ob es sich bei dem Mann, den er gesehen hatte, wirklich um Wachtmeister Hamburg handelte und ob er ihn ansprechen sollte. Aus den Erzählungen konnte man schließen, dass in der Baracke zur Hälfte Kriminelle und zur anderen Hälfte politische Gefangene saßen. Am Abend spielte ein Mann laut Gitarre und sang etwas, das Roma und seinen Kameraden offenbar gefiel. Einer von ihnen schien sogar eine Violine zu besitzen. Die Zugfahrt war lang gewesen, kalt und ermüdend, Madis schlief sofort ein, obwohl die Baracke nach Schmutz, Petroleum und vollen Fäkalientöpfen roch.

Mitten in der Nacht wachte er auf, als ihn jemand am Kragen packte und schüttelte.

»Sag mir«, presste Wachtmeister Hamburg zwischen den Zähnen hervor, »sag mir, dass du nichts davon gewusst hast!«

»Was, wovon nichts gewusst?«

»1. Juni 41, sag schon! Sag mir, dass du nicht gewusst hast, dass sie die Leute wegschaffen! Du warst damals Vorsitzender. Wie konntest du deinen eigenen Leuten nichts sagen!«

»Ich habe nichts gewusst! Ich war neu, die haben mir gar nichts gesagt!«

»Das glaub ich dir nicht! Da kannst dir nicht vorstellen, was für eine Scheiße wir durchleben mussten!«

»Man hat mir nichts gesagt! Man hat mich auch angelogen, das weiß ich jetzt!«

Hamburg drückte Madis' Hals noch fester zusammen und schubste ihn dann nach hinten. Er schnaufte kurz und ging zurück zu seiner Pritsche.

Am nächsten Morgen wurden die Männer in Gruppen

eingeteilt und zur Arbeit gebracht. Wachtmeister Hamburg ging zur Ziegelfabrik, Madis zum Brotkombinat. Der Vorarbeiter erklärte Madis offen, dass die meisten ohnehin nur versuchten, sich vor der Arbeit zu drücken, aber wenn er normal arbeite, würde er ihm eine höhere Norm aufschreiben, und das hieße für sie beide besseres Essen, und später bestünde auch noch Aussicht auf etwas Geld. Madis war nun für die Werkstatt des Brotkombinats zuständig und der andere Mann zeigte ihm, wie mit den elektrischen Geräten umzugehen war.

Nach der abendlichen Zählung begegneten sich Madis und Hamburg erneut.

»Wachtmeister«, Madis nickte dem älteren Mann auf dem schmutzigen Hof zu. Dieser blickte Madis kurz an und nickte dann zurück. »Ab jetzt nur noch Jüri, oder vielmehr Juri.«

»Für mich bleiben Sie immer Wachtmeister«, sagte Madis.

»Damit darf man hier keine Scherze machen … die Zeiten sind vorbei«, Hamburg verzog den Mund. »Du bist ja selbst hier gelandet.«

»Aber nicht für immer.«

»Glaubst du, die Entscheidung liegt etwa bei dir? Die Letzten, die hier raus sind, kamen direkt an die Front … Und nur ein paar Kinder durften zurück nach Estland.«

»Sind Sie die ganze Zeit hier gewesen?«

»Nein … Anfangs wurde ich in die Nähe von Kirow gebracht, in den ersten Jahren und zu Beginn des Krieges sind die meisten gestorben. Dann hat man mich hierhergeschickt, zum Bau der Eisenbahn. Gerade sind es weniger Leute, aber es kommen immer welche nach. Hier gibt es in allen Lagern Esten, Letten und Litauer, aber derzeit sind wir nur vier.«

»Ja, ich habe gestern diese Alma gesehen …«

»Halt dich von der fern …«, Hamburg blickte zu Boden.

»Was soll das heißen?«

»Das Flittchen vögelt mit dem Lagervorsteher.«

»Aha.«

»Dann gibt es noch eine ältere Frau, Arumäe, die Frau eines Politikers aus Pärnu. Von dem Mann fehlt seit langem jede Spur. Ihre Beine sind komplett hinüber, die sitzt nur noch in der Küche und geht nirgends hin.«

»Bekommen Sie aus der Heimat Post, Pakete? Wie ist es dort?«

»Inzwischen kommt Post. Wie soll es dort schon sein … immerhin besser als hier. Aber sei vorsichtig, Romas Bande will sich alles unter den Nagel reißen. Unter dem letzten Vorsteher durften sie tun, was sie wollten, da haben die alle paar Monate jemanden niedergeschlagen …«

»Ich erwarte keine Pakete.«

»Leben sie noch oder sind sie weggegangen?«

»Ich weiß von nichts. Aber die Sache ist, ich heiße nicht Madis. Ich bin ein amerikanischer Este, Villem Laane, und habe keine Verwandten.«

Hamburg zog die Brauen hoch. »Wie ist das möglich? Haben die wirklich keine Ahnung?«

»Ich bin schon seit fünf Jahren Villem Laane. Ich habe gesagt, dass ich in Boston geboren wurde, und habe einen amerikanischen Pass beantragt …«

»Himmelherrgott … Seit du klein warst, verstehe ich nicht, was in deinem Kopf vor sich geht … Aber hier kommt man nicht so einfach davon. Hier hoffen viele auf ein Wunder, eine Begnadigung oder einen neuen Krieg … Ich weiß ja nicht.«

Nebenan öffnete sich die Tür der Frauenbaracke. Daraufhin verabschiedete sich der Wachtmeister und verschwand in seiner Bleibe.

»Hast du einen Brief geschrieben? Ich kann ihn zur Post bringen, ich muss auch etwas abschicken«, bot Alma an.

»Nein … Danke … Ich schicke ihn selbst ab«, zögerte Madis.

»Hörst du, ich muss selbst was abschicken, das ist überhaupt kein Problem. Brauchst du noch einen Umschlag?«, drängte sich Alma auf.

»Ja … ich will aber keine Mühe machen.«

Alma betrachtete Madis einen Moment lang und sagte: »Es macht keine Mühe … Wir alle müssen hier irgendwie überleben.« Madis nickte schweigend, holte den Brief aus der Baracke und schrieb eine Adresse auf den Umschlag, den Alma ihm gebracht hatte. Alma las überrascht die Adresse der Lubjanka: »Ich dachte, du schreibst nach Hause?«

»Nach Hause komme ich irgendwann später«, sagte Madis.

Erotische Löffel

Sewscheldorlag, Komi, 1948

In dem schlecht beleuchteten Raum war eine improvisierte Bühne zusammengehämmert worden. Ein kleiner, bärtiger Mann in einer Steppjacke verbeugte sich und nahm eine Violine in die Hand. Neben ihm saß ein Gitarrist in Fufaika, und bald erklangen die beschwingten Lieder »Schneeflocke« und »Akrobatischer Tanz« – dabei wurde jedoch nicht erwähnt, dass der Komponist dieser populären Stücke, Matwei Pawlow-Asantschejew, selbst mehrere Jahre im Lager gesessen hatte. Nach dem großen Applaus, der auf die Darbietung folgte, trat die Inhaftierte Arsenjewa alleine nach vorne und bot mit Violinenbegleitung die Arie »Quando me'n vo« aus der Oper »La Bohème« dar, weiters das Titellied der Operette »Rose-Marie«, ein Ständchen von Lehár und ebenfalls als Solistin »Bimba dagli occhi« aus »Madame Butterfly«, was ihr in Anbetracht der Umstände auf überraschend hohem Niveau gelang – in gewisser Weise mag dies auch dem Umstand geschuldet gewesen sein, dass sie wenige Jahre zuvor noch dem Ensemble des Bolschoi-Theaters angehört hatte. Nach Arsenjewas Auftritt, den selbst Roma »ergreifend« fand, kehrten überraschend der Gitarrist und der Violinist zurück, die Gesichter mit Kohle geschwärzt, in Begleitung eines Trommlers, der zwei aus der Küche entliehene Töpfe benutzte. Zusammen spielten sie den »St. Louis Blues«, »Cherokee« und noch ein paar andere Stücke. Das Publikum und sogar einige Wächter klatschten und jubelten begeistert.

Nach dem Konzert erhob sich Lagervorsteher Kulitsch, schüttelte den Interpreten die Hand und ging auch zu Madis, um ihm für die »positive Initiative« zu danken. Nachdem Madis erfahren hatte, dass sich in ihrem Lager eine ganze Reihe Moskauer Musikerinnen und Musiker aufhielten und auch ein paar Instrumente zu finden waren, fragte er, ob er ein Programm mit Laienkunst zusammenstellen dürfe, was man ihm zu seiner Überraschung sogar genehmigte.

»Aber der Schluss … Ich bitte Sie, im nächsten Programm auf kapitalistische Elemente zu verzichten«, merkte der Vorsteher an.

»Ganz im Gegenteil, Jazz ist die proletarischste Musik überhaupt«, bekräftigte Madis, »das ist Musik von Vertretern der Arbeiterbewegung, Musik der unterdrückten Schichten. Leider gibt es hier kein Klavier und keine Blasinstrumente.« Sie hatten sich nach einem Klavier erkundigt, und das nächste Instrument wurde in Uchta vermutet, was etwa 150 Kilometer entfernt lag. Der Vorsteher nickte unsicher, denn es war ein bisschen schwierig, sicher zu sein, ob ein Stil derzeit erlaubt war oder als »unharmonisch« und »dysfunktional« galt. Grundsätzlich war man derart verloren, dass von oben allgemein empfohlen wurde, die Gefangenen zu belohnen, damit diese bereit wären, mehr zu arbeiten. Der Vorsteher brach auf und Madis entging nicht, wie er Alma zunickte.

Der Sommer war etwas reibungsloser verlaufen. Roma, der sich wiederholt erkundigte, weshalb Madis überhaupt keine Pakete erhalte und bei ihm nichts zu holen sei, hatte sich eine recht unerwartete Art einfallen lassen, wie Madis ihm von Nutzen sein könnte. Zunächst war Roma erschüttert darüber, dass Madis Amerikaner sein sollte, und wollte umgehend herausfinden, ob das auch der Wahrheit entsprach. So wurde es zur Regel, dass Madis Roma von amerikanischen Städten, Autos, Frauen und besonders von Filmen erzählte. Roma hatte vor dem Krieg nur ein paar amerikanische Stummfilme gesehen, doch er konnte sich endlos Geschichten über amerikanische Filme anhören. Es war also ganz normal, dass Madis auf Romas Pritsche saß und die Handlung von Filmen wie »Der große Walzer«, »Es geschah in einer Nacht« oder »Eine Dame verschwindet« wiedergab, während Roma konzentriert lauschte und brüllte, wenn jemand störte.

Hätte Roma in Freiheit gelebt, wäre er ein reicher Mann gewesen. Doch Ende vergangenen Jahres hatte es ohne Vorwarnung einen Währungsschnitt gegeben und ein Großteil des Geldes, das Roma in mehreren Verstecken im Lager und sogar in der Brotfabrik aufbewahrte, war geradewegs im Kamin gelandet – freilich wurde Geld, das auf Konten lag, bis zu einer gewissen Summe eins zu eins umgetauscht, aber Roma verfügte selbstverständlich nur über Bargeld, das zu einem Kurs von eins zu zehn umgetauscht wurde, und kein Gefangener durfte solch eine Menge Geld umtauschen, weshalb trotz der Hilfe anderer Häftlinge ein Großteil des Geldes buchstäblich verbrannt wurde, denn der untröstliche Roma warf das Geld bündelweise in den Ofen der Baracke und brüllte dabei: »Genießt es, ihr Taugenichtse, so eine teure Wärme werdet ihr nie wieder kriegen!«

Einfache Diebstähle waren an der Tagesordnung, nur die tägliche Brotration wurde üblicherweise nicht angegriffen, und Roma hatte sein Geld zu einem Großteil mit Schacherei verdient. Tabak, Schnaps, Lebensmittel, mit genug Geld oder Tauschware konnte man alles kaufen, und wenn man den Wächtern etwas zusteckte, bestand sogar die Möglichkeit, auf eine leichtere Arbeit umzusteigen. Als Roma kapierte, dass Madis Zutritt zur Metallwerkstatt des Kombinats hatte, ließ er ihn aus Blech Löffel stanzen und verkaufte diese für 20 Rubel pro Stück, weil Löffel im Lager ohnehin die ganze Zeit verloren gingen. Der nächste Schritt bestand darin, dass Roma einen Gefangenen einen Löffel herstellen ließ, dessen Stiel die Form einer nackten Frau hatte. Daraus wurde in der

Werkstatt nun eine Tonform gemacht, in die wiederum eine Metall-Legierung gegossen wurde, die es ermöglichte, im großen Stil erotische Löffel zu verkaufen, bereits für 50 Rubel pro Stück. Die Männer, die für ihre Arbeit deutlich weniger bekamen als Arbeiter in der Freiheit, also ein paar Hundert Rubel, kauften so viele davon, dass bald eine zweite Form hergestellt werden musste.

Doch die gute Zeit endete im Oktober. Der erste Schnee war bereits gefallen, als Madis auf dem Weg aus der Fabrik direkt ins Büro des Vorstehers gebracht wurde.

»Du schreibst Briefe nach Moskau, Amerikaner? Weißt du auch, welchen Ärger es bringt, wenn du so ein Zeug schreibst? Du kommst hier nie wieder raus, verstehst du, Einzelfahrschein! Verdammte Scheiße, was habe ich alles für euch gemacht … Du verschickst nicht mehr solche Briefe! Ich entziehe dir das Recht, überhaupt Briefe zu schreiben! Du kommst raus aus der Fabrik, ab morgen gehst du zur Waldarbeit!«, brüllte Kulitsch Madis an.

Am nächsten Morgen kam es so, wie der Vorsteher gesagt hatte. Der Vorarbeiter steckte Madis in die Brigade für Waldarbeit. Nach einem langen Marsch durch den Wald erreichten sie einen Hang. Die Fichten und Tannen waren hoch, fast dreißig Meter, der frühe Schnee war bereits knietief, die Männer hatten nichts als Sägen und Äxte. Die Bäume wurden auf eine für Madis vollkommen unverständliche Weise auf Brusthöhe gekappt, aber er fing nicht an zu diskutieren. Nach dem harten ersten Tag wurde es allmählich dunkel, und es war an der Zeit, ins Lager zurückzukehren.

»Der Amerikaner macht weiter«, verkündete einer der Wächter des Trupps.

Madis blickte ihn lange an und schwieg.

»Dawai!« Der Wächter nahm sein Gewehr, das ihm über die Brust hing. Mit der Zweimannsäge konnte man allein nichts anfangen. Madis nahm sich eine Axt und hieb ein paarmal auf einen großen Baum ein, der zunächst lediglich ein zartes Krachen von sich gab. Der Wächter steckte sich eine Zigarette an und sah Madis beim Schuften zu, nachdem die Kolonne der anderen Arbeiter bereits weg war.

Madis machte eine Pause und blickte erneut zu dem Wächter rüber, der ihm mit dem Finger deutete, dass er weitermachen solle.

Madis senkte die Axt, woraufhin der Wächter ihm erneut befahl, sich an die Arbeit zu machen.

»Nur mit der Ruhe«, sagte Madis und zog sich die Steppjacke sowie den Pullover und das Hemd darunter aus, bis er bis zum Gürtel nackt war. Da nahm er die Axt und begann zu hacken. Der Wächter sah mit weit aufgerissenen Augen zu, wie der Adler auf Madis' Rücken bei jedem Schlag die Flügel zu bewegen schien, als wollte er abheben.

Diese Darbietung endete in der Krankenstation des Lagers, wo Madis mehrere Wochen lang eine beidseitige Lungenentzündung auskurierte.

Hausmannskost

Sewscheldorlag, Komi, Oktober 1948

»Willst du am Leben bleiben oder irgend so ein Held sein?«, fragte Alma, die bis auf weiteres in der Krankenstation aushalf, die in Wirklichkeit auch nur eine einfache Baracke war, mit dem Unterschied, dass es dort Betten und weniger Menschen gab.

»Das hängt davon ab, was für ein Leben es ist«, stammelte Madis.

»Unfug … Wer ist Irmeli?«

»Was?«, Madis guckte verdutzt drein.

»Irmeli, von der du hier die ganze Nacht brabbelst?«

»Weiß ich nicht«, antwortete Madis schmallippig.

»Warte …« Alma hantierte mit einem kleinen Beutel und holte ein Foto heraus.

»Lea, neun Jahre alt. Wartet zu Hause auf ihre Mutter. Verstehst du?«

»Verstehe …«

»Also, lass den Unfug«, sagte Alma und eilte davon.

Bald darauf durfte Madis zurück in seine gewöhnliche Baracke, und es schien, als wäre sein Ansehen gestiegen. Hamburg kam, um mit ihm zu plaudern, und Romas Schergen ließen ihn weitgehend in Ruhe. Abends kam Roma selbst an sein Bett. »Amerikaner, sag – was hat es nochmal mit Rosebud auf sich?«

Bei der morgendlichen Verteilung der Aufgaben stellte sich überraschenderweise heraus, dass er wieder für die Brigade des Brotkombinats eingeteilt war, diesmal in der

Abendschicht. Madis grübelte vor sich hin, ob vielleicht der Vorarbeiter oder Alma ihre Finger im Spiel hatten, aber er erkundigte sich nicht. Nach der Waldarbeit kam ihm das Brotkombinat vor wie ein Paradies, in dem man von Zeit zu Zeit auch Brot stehlen konnte. Manchmal sogar warmes! Er sah seine Werkstatt mit ganz neuen Augen. Die Wochen vergingen gleichförmig, bis er Hamburg eines Abends nach dem Essen fragte: »Was würdest du als Erstes tun, wenn du nach Hause kommst?«

»Ich weiß nicht. Ich würde mir von meiner Mutter etwas kochen lassen, das Grab meines Vaters besuchen. Den Brunnen leer trinken und hinter dem Haus in die Dahlien pinkeln … Was ist denn los mit dir?«

»Nichts. Aber was würdest du ihnen sagen? Jetzt?«

»Was soll ich schon sagen … Dass ich nach Hause komme.«

»Mhm.«

»Madis, zum Teufel.«

»Was?«

»Diesen Blick kenne ich.«

»Welchen Blick?«

»Bereite mir keine Sorgen … Beherrsch dich!«

»Aber wenn …?«

»Junge, ich habe keine Kraft dafür.«

Die Männer sahen einander eine Zeitlang ohne Worte an, bis Madis Hamburg an der Schulter festhielt und sich auf seiner Pritsche langmachte. In dieser Nacht konnte er nicht schlafen und befürchtete die ganze Zeit, dass man ihn am Morgen wieder zur Waldarbeit schicken würde. Doch die Arbeitsaufteilung blieb genau gleich: Madis wurde in die Nachtschicht des Brotkombinats gesteckt und als sich der Trubel des Schichtwechsels gelegt hatte, holte er sich ein langes Brett, befestigte mit je zwei Nägeln acht kürzere Bretter daran und ließ die Drechselbank aufheulen. Jetzt nahm er den zusammengeschusterten Leiterersatz und schlich damit zu dem vier Meter hohen Lattenzaun, der das Lager umgab. Madis stieg Brett für Brett nach oben und als er die letzte Sprosse erreicht hatte, hielt er sich an der oberen Latte des Zauns fest und kletterte darüber. Auf der anderen Seite angelangt, ließ er sich hängen und sprang nach unten. Dort erwartete ihn eine unangenehme Überraschung, ein Stacheldrahtzaun, unter dem Madis hindurchkroch, der seine Kleidung zerriss und ihm ein paar kleinere Schnittwunden verpasste. In etwa achthundert Metern Entfernung lag das nächste Ziel, der Bahnhof. Auf den Schienen standen eine Menge Waggons und mehrere Züge wurden langsam zusammengeschoben. Madis war bislang nur ein einziges Mal auf diesem Bahnhof gewesen, und zwar, als er ins Lager gebracht worden war. Jetzt musste er sich rasch entscheiden, denn zwei der Gleise führten Richtung Norden, nach Uchta und Petschora, wo es nichts als Leere und andere Lager gab. Madis musste in den Süden gelangen, nach Kirow. Zum Nachdenken blieb keine Zeit mehr, die Lokomotive eines der Züge war bereits in Betrieb. Er würde offensichtlich bald abfahren – nichts wie aufspringen, jetzt oder nie! Madis lief den Zug entlang und suchte nach einem offenen Güterwaggon, aber alle waren verschlossen und der Zug hatte sich schon in Bewegung gesetzt. Also sprang er auf den Puffer hinter der Lokomotive und machte sich so klein wie möglich. Er war unterwegs! Der Zug fuhr langsam, doch allmählich näherten sich neue Siedlungen und das Lager blieb immer weiter zurück. In der Morgendämmerung blickte Madis mit zunehmender Anspannung nach vorne und kurz vor der nächsten Siedlung sprang er vom langsamer werdenden Zug in eine Schneewehe und suchte Schutz in einem Wäldchen. Darin trieb er sich den ganzen Tag herum, versuchte jedes Geräusch zu erlauschen und sich davon fernzuhalten. Bei Einbruch der Dunkelheit ging er wieder zu den Schienen, folgte ihnen ein Stück und wartete, dass der nächste Zug kommen würde, auf dessen Puffer er klettern könnte. Am Morgen des zweiten Tages tauchte eine größere Stadt auf – es war bereits Kirow. Auf dem Bahnhof suchte sich Madis eine nach Westen führende Abzweigung und kletterte am Abend in einen Güterwaggon – diesmal hatte er mehr Glück, er fand eine offene Tür, sodass er nicht ständig auf den Puffern das Gleichgewicht halten musste. Bis nach Nischni Nowgorod war es noch weit. Madis hatte das Gefühl, dass er sich jetzt etwas Schlaf genehmigen könnte.

Nacht.

Zuerst war ein Poltern zu hören, das von einem Ranzen ausging, der auf dem Boden des Waggons gelandet war. Als Madis daraufhin die Augen öffnete, sah er einen hageren Mann, der sich in den Waggon hievte. Der Unbekannte erblickte Madis und stürzte sich auf ihn.

»Bist du allein?« Der Ankömmling drückte Madis den Ellbogen in die Kehle, mit der anderen Hand hielt er ein Messer.

Madis nickte.

»Wenn du etwas anstellst, bring ich dich um.«

Madis nickte erneut. Nun ließ der Mann von Madis ab.

»Aus der Zone?«

Madis nickte ein drittes Mal.

»Stumm?«

»Nein«, krächzte Madis, der vom Würgegriff heiser war.

»Woher?«

»Aus dem Norden, Uchta.«

»Das ist weit … Ich komme aus Perm. Hast du Tabak?«

»Nein.«

»Essen?«

»Kein Essen, kein Trinken …«

»Gar nichts? Scheiße. Weißt du überhaupt, wo der Zug hinfährt?«

»Ich glaube, Richtung Westen, nach Moskau.«

»Mhm, das glaube ich auch. Wo bist du her, warum sprichst du so? Finne?«

»Este …«

»Ach … ihr seid auch bei uns … Ein politischer?«

»Ja.«

»Niemand ist perfekt … Ich wiederum«, der Gast steckte das Messer in seine Tasche, »bin's auch nicht. Was soll's, fahren wir! Stas.«

»Villem …« Madis schüttelte die ausgestreckte Hand.

»Nach Estland also?«

»Ja.«

»Ist es dort schön? Sollte man mal hinfahren … Ich denke, dass ich mich erstmal im Süden aufhalte. Odessa soll schön sein … Warst du da schon mal?«

»Nein.«

»*Wot*, mir haben viele erzählt … dort kann man allerlei Geschäfte machen, verstehst du?«

»Vielleicht.«

»Du bist vorsichtig, das gefällt mir! Weißt du, es gibt nichts, was ich dir wegnehmen kann, und du hast nichts zu befürchten. Bis wir in Gorki sind, können wir nichts tun. Sicher, dass du nichts zu essen hast?«

»Ja, ich habe selbst im Wald auf Moos rumgekaut und geschaut, ob es irgendwo noch Beeren gibt.«

»Scheiße. Weißt du«, Stas lachte, »wenn wir zu zweit geflohen wären, hätten wir überlegen müssen, wen wir als ›Fleisch‹ mitnehmen!«

»Was heißt das?«

»Na, das ist ein Klassiker, die Methode ›Zwei Köche‹. Wenn zwei Männer fliehen, wählen sie noch einen aus, der einzig und allein aus dem Grund mitkommen darf, damit sie ihn auf dem Weg essen können. Am Anfang muss man ihn nicht mit sich rumschleppen und das Fleisch wird nicht schlecht.« Stas lachte in einem rauen Ton.

»Schlau …« Madis versuchte, gute Miene zum bösen Spiel zu machen, und lachte mit.

»Ja, ich schlaf jetzt. Weck mich auf, wenn wir vor Gorki sind.« Stas stopfte sich den Ranzen unter den Kopf. Es schien, als wäre er innerhalb von fünf Minuten eingeschlafen, aber Madis war sich dessen nicht ganz sicher. Er betrachtete die verschneiten Wälder, die langsam vorbeizogen, und überlegte, ob es besser wäre, für alle Fälle an einer langsamen Stelle aus dem Waggon zu springen und auf den nächsten Zug zu warten. Aber – würde er dann auch genauso leicht auf den nächsten Zug aufspringen können, und wenn nicht, wie weit wäre es dann zur nächsten Siedlung? Madis blieb im Waggon, schlief aber erst am Morgen ein. Er wachte auf, weil Stas an ihm rüttelte.

»Bljad, neben uns sind schon eine Menge Gleise, gleich sind wir in der Stadt. Steigen wir aus!«

Madis und Stas trieben sich bis zur Dämmerung herum und warteten auf der anderen Seite des Bahnhofs auf abfahrende Züge. Der Hunger zwickte sie in der Magengrube, aber sie hatten nicht den Mumm, in ein Geschäft zu gehen, selbst wenn sie Geld gehabt hätten. Sie durchsuchten die Mülltonnen hinter dem geschlossenen Bahnhofsrestaurant und fanden dort weggeworfene Wurzeln.

»Hier ist auch was Fleischartiges …«, kommentierte Stas. »Ich glaube, das ist Euter … Nimm dir!«

»Will ich nicht.«

»Oho, isst der Herr Professor wohl keinen Euter. Kommt jetzt der feine Herr heraus?« Stas schüttelte den Kopf.

»Gehen wir, dort fährt einer ab«, rief Madis zum Aufbruch.

»Warte! Schau, was ich gefunden habe, gleich …« Stas zog etwas aus dem Müll.

Sie liefen gute hundert Meter neben dem fahrenden Zug her, konnten einen Waggon öffnen und kletterten hinein.

»Als Erstes, wenn ich nach Odessa komme – zu den Frauen! Dort soll man sehr leicht zum Stich kommen, am leichtesten bestimmt im Sommer … Und der Sommer ist nicht mehr weit weg«, lachte Stas trocken.

»Mhm«, brummte Madis.

»Was heißt ›mhm‹, wo gehst du denn hin, in die Bibliothek?«

»Nach Hause.«

»Ah … die Frau wartet, was? Na, dann geh mal schön nach Hause.«

»Mhm.« Madis machte sich nicht die Mühe, ihn aufzuklären.

»Ist dieses ›Mhm‹ was Estnisches? Hör mal, was hast du gearbeitet? Warst du irgendein Professor?«

»Seemann.«

»Aha … stark. Dann hast du bestimmt mal eine Schwarze gefickt?«

Madis winkte ab.

»Sag schon! Du bist mir vielleicht ein Spießer … Du weißt nicht, was bei uns im Lager los war, wenn wir die Wächter abgefüllt haben, damit sie uns nicht stören … Manchmal wollten die Weiber sogar selbst. Dachten, dass sie mit einem dicken Bauch aus dem Lager rauskommen. Kamen sie manchmal auch, so ein Mist.«

»Mhm«, entgegnete Madis.

»Du verdammter Komiker … Warte, ich hab was gefunden, das dem Professor gefallen wird. Bis nach Moskau ist es noch weit«, verkündete Stas freudestrahlend und holte aus seiner Tasche eine Schachfigur nach der anderen, die er im Müll gefunden hatte. Stas ritzte mit dem Messer acht mal acht Felder in den Boden und begann die Figuren aufzustellen.

»Scheiße, da fehlt ja die Hälfte«, sagte Stas enttäuscht.

»Nehmen wir bei mir einen Bauern weg und bei dir einen Springer, dann ist es fair«, bot Madis an. Sie spielten fast die halbe Nacht, Stas verlor in der ersten Stunde alle Spiele und fing an, wütend zu werden, lernte von Madis aber bald, seine Stellung sorgsamer im Blick zu behalten, und zeitweise war das Spiel sogar recht ausgeglichen.

»Du achtest gar nicht auf deine Bauern«, erklärte Madis. »Wer mit einem General verheiratet sein will, muss einen Soldaten heiraten. Du hast nicht umsonst vier Bauern.«

Am nächsten Morgen verriet ihnen der Verkehr, dass sie sich Moskau näherten, und sie sprangen ab.

»Gut, dass ich dich nicht totgeschlagen habe – sonst wäre es langweiliger gewesen«, sagte Stas statt einer Verabschiedung und begab sich auf den Weg nach Süden. Madis überlegte kurz, ob es sich lohnen würde, nochmals zur amerikanischen Botschaft zu gehen, befand dann jedoch, dass diese Idee zu riskant war, und machte sich auf die Suche nach Gleisen, die aus Moskau Richtung Westen führten. Zwei Tage später erreichte Madis auf diese Weise Leningrad und tauchte in den Menschenmassen der Stadt ab, bis er einen Zug fand, der nach Tallinn fuhr, in den er sich wie ein gewöhnlicher Reisender setzte. In der Nacht überquerte der Zug die Narva und im fahlen Lichtschein waren die Trümmer der einstigen Festung zu sehen. Bereits am nächsten Morgen stand Madis in Tallinn am Baltischen Bahnhof, betrachtete einen Moment lang die rote Fahne auf der Burg, suchte einen Zug nach Haapsalu und ging die letzten zwanzig Kilometer von Vasalemma zu Fuß.

Liisa Jefferson saß im Hof von Avipalu hinter dem Küchentisch, hörte Radio und sah zu, wie ihre Tochter mit ihrem Onkel Feuer machte. Draußen bellte der Hund wie verrückt.

»Was ist denn heute in Reku gefahren …?«, murmelte die Mutter.

»Das sind bloß Hasen … oder wieder Grenzwärter«, sagte die Tochter.

»Was für ein Hase trinkt denn aus dem Meer?« Die Mutter winkte ab.

Der Hund bellte immer lauter und rannte von einer Ecke des Zauns zur anderen.

»Ich schau nach«, sagte Liisa.

»Da ist nichts, setz dich hin«, sagte ihr Schwager. Liisa zog sich die Galoschen an und ging hinaus. Niemand war zu sehen, aber der Hund bellte noch immer den alten Netzschuppen an.

»Reku, sei still … Ist da jemand?«, rief sie laut.

Die Tür des Schuppens ging auf und heraus kam ein hochgewachsener bärtiger Mann.

»Was gibt's zu essen, Mutter?«

»Großer Gott, Junge …« Reku kläffte weiter und Liisa Jefferson erstarrte an Ort und Stelle.

Über die Bucht

Avipalu, 1948

»Ein dummer Plan, lass es sein«, sagte Madis' Mutter.

»Ich habe keine andere Wahl. Wenn ich erwischt werde, schicken sie mich an einen noch schlimmeren Ort oder bringen mich gleich um.«

»Aber … du kannst warten, vielleicht wird es besser …«

»Soll ich warten, so wie ihr auf die Engländer gewartet habt?«

»Alle, die sich der Mobilisierung nicht angeschlossen haben, wurden begnadigt … Manche erzählen, dass man auch denen, die in den Wald gegangen sind, Amnestie zugesichert hat. Im Süden sollen noch immer Männer in den Wäldern sein.«

»Du verstehst nicht, ich muss gehen. Ich habe hier keine Hoffnung auf ein Leben … Ich muss berichten, was hier geschieht.«

»Du wirst dich umbringen!«

»Ich habe einen Plan.«

»Plan! Wie oft muss ich noch einen Sohn begraben!«, klagte die Mutter.

Die Einwände von Mutter und Schwester brachten so viel wie all die Male zuvor. Madis teilte ihnen mit, dass er sich ein Boot bauen würde. Das Boot, das der Familie gehörte, hatte der Grenzschutz schon vor vielen Jahren konfisziert, also musste er bei null anfangen. Der Hof lag wie auf dem Präsentierteller, dort zu bauen, wäre zu riskant gewesen, weshalb Madis in eine halb verfallene Scheune zog, die ihm sein

Onkel gezeigt hatte und die knapp einen Kilometer entfernt am Waldrand lag. Seine Schwester und sein Onkel versteckten Essen für ihn auf halbem Weg hinter einem großen Stein, den Madis jede Nacht aufsuchte. Obwohl wenige Menschen in der Gegend wohnten, patrouillierten regelmäßig Grenzwächter am Strand, und auf dem Meer waren von Zeit zu Zeit Kriegsschiffe zu sehen, die Richtung Paldiski fuhren. Madis sah sich im Speicher des Hofes um, borgte sich manches Werkzeug und stellte fest, dass es beinahe überhaupt kein geeignetes Holz gab, weshalb er in den Wald gehen musste. Die Planken selbst zurechtzusägen, wäre ein hoffnungsloses Unterfangen gewesen, dafür hatte er weder Zeit noch Werkzeug oder Erfahrung. Die einzige Möglichkeit war, schnell Spanten zurechtzuhauen und um diese herum etwas Einfaches zu basteln. Erlen, Birken, Haseln. Madis fällte ein paar Haselstämme, machte daraus die Querspanten und begann, an den Seiten ein Gerüst aus jüngeren und flexibleren Haselzweigen zu flechten. Die Arbeit war mühsam, bisweilen kam ihm sein Onkel zu Hilfe. Die steiferen Teile konnte Madis festnageln, den Rest band er mit einem Stück überschüssigem Telegrafendraht fest, den er unter einem Mast gefunden hatte. Es war klar, dass so ein Boot nicht wasserdicht sein würde, aber zum Glück fand Madis im Speicher eine Persenning, die er über den Rahmen und den Bug zog. Die Tage vergingen und der November wurde immer windiger. Bei Einbruch des Winters hätte es keine Aussicht mehr gegeben, mit dem Boot aufs Meer zu fahren. Nur mit Paddeln wäre es zu schwierig, das Boot brauchte auch einen Mast und ein Segel. Zwei Wochen später war es bereit für eine Testfahrt. Madis schleifte es mit seiner Schwester über die Wiese zum Wasser, aber das Boot lief rasch voll und schaukelte selbst auf den flachen Wellen in Ufernähe zu stark hin und her. Damit würde er nirgendwo hinkommen! Als er wieder am Ufer war, schleifte Madis das

Boot umgehend zurück zu seiner Scheune und öffnete die Rutenbündel an den Enden – das Boot musste länger werden, um besser gegen die Wellen anzukommen. Im Schuppen gab es auch noch Teer, mit dem Madis das Boot von außen notdürftig bestrich, die Bündel waren alles andere als glatt, weshalb das Ergebnis sehr ungleichmäßig war. Segeltuch war nirgends zu finden, doch in dem Schuppen fand Madis eine alte Zeltplane, die von russischen Soldaten zurückgelassen worden war. Unter anderen Umständen hätte Madis beim Anblick solch eines Gefährtes lachen müssen, aber eine bessere Gelegenheit würde sich nicht bieten. Madis zog das Boot in der Nacht näher zum Meer und versteckte es im Dickicht. Nun musste er auf einen günstigen Südwind warten, denn mit so einer Wunderschüssel brauchte er nicht zu versuchen, gegen den Wind zu segeln.

Die Jeffersons zuckten zusammen, als sie die drei Schläge an der Tür hörten, wie vereinbart erst einen und dann zwei kurz hintereinander, aber die Nerven lagen blank.

»Alles ist fertig, ich warte auf Wind. Wenn ich mein Essen hinter dem Stein nicht geholt habe, heißt das, dass ich weg bin.«

»Überleg es dir noch einmal«, redete Madis' Mutter auf ihn ein.

»Noch eines: Schaut bei Familie Hamburg vorbei und sagt ihnen, dass ihr Sohn sich wacker schlägt.«

Umarmungen, Tränen, Abschied.

Jeden Abend prüfte Madis angespannt die Richtung des Windes, der blies aber zwei Tage lang heftig aus Westen. Am dritten Abend drehte sich der Wind und begann, aus Süden zu wehen. Regen fiel keiner, aber der Wind war recht stark. Sollte er es riskieren oder abwarten, dass der Wind sich etwas legte? Zum Teufel, jetzt oder nie! Er nahm seinen kleinen Beutel mit Proviant, zog sich den warmen Mantel über und ging. Das Boot ruckelte über den steinigen Sand des schmalen Strandes, den der Grenzschutz nie kontrollierte. Nachdem Madis aus dem Schutz der Böschung aufs Meer hinausgefahren war, nahm er Kurs auf Suur-Pakri, um mit etwas Abstand den Hafen von Paldiski zu passieren. Es war schon spät, aber man konnte nie wissen, auf wen man hier traf. Wenige Stunden später war er weit genug von den Inseln entfernt, dass er sich traute, eine scharfe Kurve zu machen und Kurs nach Norden zu nehmen, in Richtung der finnischen Küste. In das Boot drang natürlich Wasser ein, welches er herausschöpfen musste, doch der Wind stand günstig und die Fahrt verlief überraschend geschmeidig. Bei Anbruch der Morgendämmerung befand sich Madis auf hoher See, und es war kein Land mehr in Sicht. Er besaß keinen Kompass, doch da sich die Windrichtung nicht verändert hatte, nahm er an, dass er weiterhin auf Kurs nach Norden war. Von Zeit zu Zeit sah er am Horizont Rauchsäulen von Schiffsschornsteinen, doch sie waren weit entfernt, und ein so kleines Boot wie seines es war, wäre mit bloßem Auge nicht zu erkennen. Gegen Mittag tauchte eine zerklüftete Küste auf, was auf viele Inseln hindeutete; das konnte nur Finnland sein. Der Himmel war bewölkt, der Wind aber konstant.

»Na dann …«, murmelte Madis und belohnte sich mit einem gekochten Ei aus seinem Proviant. »Na dann …«

Doch er hatte sich zu früh gefreut. Dunkle Wolken ließen gleichmäßig Tropfen fallen, der Regen wurde stärker und der Wellengang höher. Das Wasser kam von oben und schwappte über die Bordwand, weshalb eine größere Holzkelle zum Schöpfen nötig war. Gleichzeitig drehte der Wind und schob Madis' Boot Richtung Osten, weg von den soeben erblickten Inseln. Madis versuchte abwechselnd zu rudern und zu schöpfen und das Segel mit den Füßen, so gut es ging, im richtigen Winkel zu halten, doch die Wellen hoben das Boot immer höher, bis es bei jeder Welle wie von einem Berg herabfiel, um bei der nächsten erneut emporgehoben zu werden. Madis versuchte verzweifelt, das Boot gegen die Wellen zu halten, um kein Kentern zu riskieren, doch jedes Mal, wenn er den Kurs korrigiert hatte, unterwarfen ihn die nächste Welle und die Böen ihrem Willen. Die Küste war so nah, doch der Wind trug ihn fort und in der Ferne ertönte der erste Donnerschlag.

»Weiter, weiter …«, murmelte Madis nervös, während er aufmerksam die Ankunft der nächsten Welle verfolgte, mit dem Bein das Segel hielt und zu rudern versuchte, bevor ihm der nächste Schluck kaltes Novemberwasser in den Kragen schwappte. Nachdem er drei oder vier Stunden im Sturm umhergeschleudert worden war, realisierte Madis, dass sein Boot im Südwind wieder Richtung Ufer unterwegs war. Am Ufer gab es nur vereinzelte Lichter, das Wasser stand ihm bis zu den Knöcheln, und er steuerte auf einen Küstenstreifen zu, hinter dem ein Licht zu sehen war. Dann kratzte plötzlich ein Stein unten am Boot, das abrupt zum Stehen kam. Madis hievte sich aus dem Boot und legte sich heftig schnaufend an den Strand.

Mit einem leichten Stöhnen richtete Madis sich auf. Er war durchnässt und ihm war kalt. Nun musste er sich aufwärmen. Das Licht befand sich in nur wenigen Hundert Metern Entfernung. Madis untersuchte gründlich die Umgebung und war sich sicher, dass es solche Felsen in Estland nicht gab und er daher in Finnland sein musste. Verdammt, das ist Finnland!

Zwischen den Kiefern erschienen Holzhäuser und aus einem davon kam auch das Licht, das vom Ufer aus zu sehen gewesen war. Madis klopfte an und vernahm eine Antwort. Schnell trat er ein. Alles weitere ereignete sich rasch. Die Tür führte direkt in eine Küche, wo zwei stämmige Frauen in trister Kleidung hinter einem Tisch saßen, auf dem ein großer Haufen Pilze lag, die sie in einer Blechschüssel auf dem

Boden putzten. Daneben stand ein Huhn, das ebenfalls den Kopf zu Madis drehte. Eine Viertelsekunde lang blickten die vier einander verblüfft an, doch dann kreischten die Frauen mit derart grellen Stimmen, als hätten sie die kleinste Maus der Welt gesehen. Doch Madis war keine Maus, sondern ein durchnässter, zerzauster und haariger Mann, der aus dem Dunkeln kam.

»Verzeihung …«, wollte Madis sein Hilfegesuch auf Finnisch formulieren, doch eine der aufgebrachten Frauen warf mit dem Pilzeimer nach ihm, während die andere weiter aus vollem Halse brüllte und aus dem Nebenraum ein Mann in einem gestreiften Trikot kam, der völlig verschlafen wirkte und einen Moment lang das chaotische Geschehen verfolgte: Seine Gattin schlug mit einer Pfanne auf jemanden ein, der am Boden lag und versuchte, sich mit einem Gürtel zu verteidigen. Der Mann rannte in den Gang, holte aus dem dort hängenden Holster seine Pistole und brüllte den Eindringling an: »*Stoi!*«

Das größte Säugetier der Welt

Porkkala, 1949

Woher sollte Madis Jefferson nach all den Jahren in Sibirien wissen, dass Finnland durch den Waffenstillstand von Moskau erst kürzlich dazu verpflichtet worden war, die Halbinsel Porkkala an die Sowjetunion zu verpachten? Auf Porkkala gab es nun einen Kriegshafen, einen Flugplatz, Geschütze der Marine und in der Kirche war sogar ein Kino eingerichtet worden.

Madis war einem vom Stab angeforderten Kommando übergeben worden und saß in einem kleinen Raum einem Mann mit Kapitänsabzeichen gegenüber.

»Wie sind Sie auf das Territorium der Sowjetunion gelangt?«, fragte der Kapitän.

»En ymmärrä.« Madis breitete die Arme aus.

»Wie heißen Sie? Haben Sie Dokumente?«, fuhr der Offizier fort.

Der Befragte hatte immer noch die Arme ausgebreitet.

Nach kurzer Zeit ließ der Kapitän Madis allein in dem Raum zurück und beratschlagte sich mit einem rangniedrigeren Offizier.

»Er will uns wohl sagen, dass er Finne ist … Was machen wir? Übergeben wir ihn den Finnen oder untersuchen wir den Fall?«

»Alles sehr verdächtig … Die Patrouille fand am Ufer eine seltsame Nussschale. Damit fährt keiner aufs Meer. Die Kleidung ist auch seltsam, sieht aus wie unsere.«

»Übers Meer also? Ich muss Leningrad oder Tallinn informieren … Finden Sie jemanden, der aus dem Finnischen übersetzt …«

Am Morgen war ein Dolmetscher gefunden und Madis hatte wieder sein Pokerface aufgesetzt.

»Wie heißen Sie?«, fragte der Kapitän diesmal unter Vermittlung des Dolmetschers.

»Ich heiße Henry Parker. Mütterlicherseits bin ich Finne und väterlicherseits Ire. Ich wurde in Amerika geboren und kam mit dem Boot aus Stockholm, um meine Verwandten zu besuchen. Dann kam ein Sturm auf, der mich an einem fremden Ort an Land trieb. Ich weiß überhaupt nicht, wo ich gerade bin.«

»Aus Stockholm, mit diesem Ding?«, fragte der Kapitän argwöhnisch.

»Ich bin ein sehr erfahrener Hobbysegler«, bekräftigte Madis.

Daraufhin zählte Madis Adressen auf, an denen er in Stockholm gelebt hatte, und Personen, die er in Finnland besuchen wollte. Die russischen Marineoffiziere nahmen das Boot in Augenschein und überlegten, doch dann kam der entscheidende Befehl – die Sache müsse untersucht und der Inhaftierte nach Tallinn zur 3. beziehungsweise nachrichtendienstlichen Abteilung der Marine gebracht werden. Die Offiziersfrauen, die Madis festgenommen hatten, würden zur Belohnung die Möglichkeit bekommen, in den Geschäften Helsinkis einzukaufen.

In den ersten Januartagen wurde Madis an Bord eines Kriegsschiffs nach Tallinn gebracht, und zwar nicht ins Gefängnis Patarei, das direkt am Wasser lag, sondern auf die Polizeistation in die Raua-Straße. Während sie durch die Stadt fuhren, schaute Madis neugierig aus dem Fenster.

Die Ermittler Michailow und Baranow versuchten sich anfangs verständnisvoll zu geben. Sie erklärten, dass Madis illegal in das Territorium der sowjetischen Marine eingedrungen sei, und baten ihn zu sagen, wie er hieß und wie er dort hingeraten war.

Madis, der mehrere Tage Zeit gehabt hatte, sich Gedanken zu machen, sagte aus, dass sein Name Henry Parker und er in Boston geboren sei. Als er sechs Jahre alt war, sei seine finnische Mutter verstorben und ein paar Jahre später habe sein irischer Vater eine neue Frau geheiratet, die als Stiefmutter sehr streng war, weshalb er vor ihr auf die Straße geflüchtet sei. Er hatte nur ein Jahr die Schule besucht und war im Grunde Analphabet. Auf der Straße lernte er den finnischstämmigen Jungen Albert kennen, dessen Verwandte zum Großteil in Finnland lebten. Er wurde von Albert aufgefordert, ihn zu begleiten, und so versteckten sie sich im New Yorker Hafen im Frachtraum eines Schiffes, das nach Schweden fuhr, und gelangten nach Stockholm. In Schweden kannten sie niemanden und hielten sich über Wasser, indem sie Schiffe, Geschäfte und Restaurants beklauten. Schlafen konnten sie am Rande der Stadt in einer Unterkunft für Arbeitslose. Eines Tages bemerkten sie, dass die Tür zu einem Haus offen stand, aus dem sie mehrere Uhren sowie anderen Schmuck stahlen, den sie auf dem Markt verkaufen wollten. Als er zur Unterkunft zurückgekehrt war, erzählte man ihm, dass die Polizei Albert mitgenommen habe. Als er das gehört hatte, bekam er Panik und beschloss, statt Albert weiter nach Finnland zu fahren, denn er wusste, dass Alberts Verwandte in der Mäntykuja 10 in Tampere wohnten. Er schaffte es nicht, an Bord eines größeren Schiffes zu gelangen, aber im Bootshafen fand er ein ungesichertes Fischerboot, mit dem er sich auf den Weg machte. Er fragte Segler und Fischer, die ihm entgegenkamen, in welche Richtung er sich halten musste, um nach Helsinki zu gelangen.

Er verbrachte zwei Nächte in Fischerhütten auf kleineren Inseln und bat andere um Essen, aber am dritten Tag kam ein großer Sturm auf und jetzt hatte er überhaupt keine Ahnung mehr, wo er sich befand.

Die Ermittler hörten sich Madis' Geschichte an und gingen in einen anderen Raum, um sich zu beraten.

»Was denkst du? Ein Idiot oder einer, der so tut, als wäre er ein Idiot?«

»Beides möglich … aber er spricht mit einem seltsamen Akzent. Das kann kein gewöhnlicher Fischer sein.«

Die Männer knöpften sich Madis erneut vor.

»Von welchem Land ist Moskau die Hauptstadt?«, fragte der eine.

»Russland«, antwortete Madis.

»UdSSR«, korrigierte ihn der Ermittler. »Wissen Sie, wer Wladimir Iljitsch Lenin ist?«

»Nie gehört«, antwortete Madis aufrichtig. Der Ermittler kniff die Augen zu.

»Josef Wissarionowitsch Stalin?«

»Stalin kenne ich, der hat den Krieg gewonnen. Guter Mann!«, Madis reckte den Daumen hoch. Die Ermittler wechselten Blicke.

»Welches ist das größte Säugetier?«

»Grizzly!«

»Aha …«, konstatierte der Ermittler. »In welchem Erdteil befinden Sie sich gerade?«

»Europa …«

»Und wo liegt England?«

»England ist eine große Stadt in London«, erinnerte sich Madis an einen Satz, den er irgendwann aufgeschnappt hatte. Ein weiterer Blickwechsel und die Ermittler ließen Madis abführen.

»Tatsächlich – entweder debil oder er tut so«, fasste Michailow zusammen.

»Ja. Oder vielleicht tut er gar nicht so? Ich bin mal zur

Truppe gegangen und habe gefragt: ›Jungens, welches ist das größte Säugetier der Welt?‹ Du glaubst nicht, was die alles geantwortet haben. Was ist überhaupt ein Grizzly?«

»Ein Bär!«

»Na, aber haben die alle noch keinen Elefanten gesehen?«

»Arkadi Borissowitsch, der Elefant ist nicht das größte Säugetier, sondern der Wal!«

»Du hast Säugetier gesagt, der Wal ist ein Fisch.«

»Warum bin ich nur … In Ordnung, was machen wir? Fragen wir die im Stockwerk über uns?« Michailow drehte den Kopf nach oben in Richtung der Vorgesetzten.

»Fragen kostet nichts … Bis dahin soll er ruhig einsitzen.«

Als sich herausstellte, dass es sich bei dem Gefangenen um einen amerikanischen Staatsbürger handeln könnte, wachten selbst die Vorgesetzten auf und riefen schließlich beim Stab in Leningrad an. Von dort kam zwei Tage später der Befehl, die Ermittlungen fortzusetzen und den Inhaftierten bis auf weiteres normal zu behandeln.

»Wären Sie bereit, Ihre Geschichte auch im Radio zu erzählen?«, stellte Baranow die aus Leningrad vorgegebene Frage.

»Aber das Radio spricht doch selbst«, antwortete Madis.

»Wir können dafür sorgen, dass andere Ihre Stimme im Radio hören.«

»Oh, sehr aufregend«, freute sich Madis.

Man brachte Madis, der im Keller des Gebäudes festgehalten wurde, Hemd, Hose, Jackett und sogar eine Krawatte.

»So feine Kleidung habe ich noch nie getragen!«, strahlte Madis.

Michailow war skeptisch wegen Madis' kindlicher Freude und sagte zu Baranow, dass er nicht überzeugt war. »Das ist nicht logisch … wirklich nicht. Weißt du, ich habe eine Idee, ruf in der Hochschule an …«

Am nächsten Tag saß neben den Ermittlern und dem Dolmetscher noch ein weiterer Mann im Raum, der sich nicht vorstellte und kein einziges Mal den Mund öffnete. Am Ende des Verhörs ging Michailow mit ihm in einen anderen Raum und fragte knapp: »Nun?«

»Nicht einfach, aber ich würde sagen, dass seine Muttersprache tatsächlich Estnisch ist. Er spricht gut Englisch und Finnisch, macht aber Fehler in der Aussprache und Grammatik, die eher typisch sind für jemanden, der die Sprachen später gelernt hat und nicht damit aufgewachsen ist. Außerdem wusste er bestimmte Dinge nicht – zum Beispiel was auf der 25-Cent-Münze steht, ›In God We Trust‹. Das weiß in Amerika jedes Kind. Wenn seine Mutter wirklich so früh verstorben sein soll, hätte er die ganze Zeit englisch reden müssen. Vielleicht wäre es denkbar, dass er sein Leben unter seinesgleichen verbracht hat, aber das erscheint mir nicht plausibel …«, sagte Genosse Pruul, ein alter Bekannter des Sicherheitsdienstes und Englischdozent am Institut für Lehrkräfte.

»Ein Schwindler?« Michailow lachte.

»Ich weiß es nicht, aber sagen wir so, die Muttersprache dieses Mannes ist weder Englisch noch Finnisch«, resümierte Pruul.

Michailow überbrachte Baranow die frohe Botschaft, der jedoch fluchte etwas neidisch. Nachdem er von der Angelegenheit gehört hatte, gab der Chef der Abteilung, Divisionskommissar Worobey, ohne weiter nachzudenken, den Befehl: »Stellt das Fließband an!«

»Fließband« war das, was Madis bereits in Archangelsk erlebt hatte. Statt der mehr oder weniger höflichen Verhöre bei Tag folgten nun regelmäßige nächtliche Verhöre, Kühlkammer, ständiges Herumgezerre, Fingerabdrücke und Anschuldigungen.

»Gestehen Sie, dass Sie ein Spion sind! Sie wurden als Diversant geschickt!«

»Ich heiße Henry Parker, ich bin Staatsbürger der Vereinigten Staaten von …«

»Wollen Sie uns für dumm verkaufen? Sie wurden schlicht und ergreifend hierhergeschickt, um uns abzuhören! Erzählen Sie, welchen Auftrag man Ihnen gab! Wem haben Sie Bericht zu erstatten? Wer hat noch mit Ihnen kollaboriert?«

»Ich habe es Ihnen bereits gesagt … ich heiße Henry Parker, ich bin ein Staatsbürger der Vereinigten Staaten von Amerika«, fuhr Madis fort.

Eine Woche. Kälte, Hunger, vor allem Schlafentzug und Erschöpfung. Verhör, Kammer, sogleich wieder Verhör, Herumstehen, Gebrüll, Tag und Nacht verschwammen miteinander.

Zehn Tage.

»Gestehen Sie, dass Sie ein Spion sind!«

»Ich heiße Henry Parker …«

»Machen Sie die Augen auf! Gestehen Sie!«

Zwei Wochen.

»Gestehen Sie, dass Sie ein Spion sind!«

»Ich heiße Villem Laane, ich bin Staatsbürger der Vereinigten Staaten von Amerika …«

Verdammt.

»Ist Ihr Name Villem Laane?«, zuckte Michailow zusammen.

»Nein … Ja. Ich heiße Villem Laane … ich erzähle Ihnen alles, wenn Sie mich jetzt schlafen lassen.«

»Sie erzählen mir alles und danach können Sie schlafen …«

»Später … ich kann nicht mehr …«

»Sofort! Und dann dürfen Sie schlafen.«

Madis gestand, dass sein richtiger Name Villem Laane war. Er sei ein amerikanischer Este, der während des Krieges nach Estland und in die Sowjetunion gekommen war. Er sei unrechtmäßig gefangen genommen worden und habe versucht, mit dem Boot von Suurupi aus nach Finnland zu fahren, um von dort weiter in seine Heimat zu reisen.

Danach ließ Michailow Madis schlafen und machte sich an die Arbeit. Er rief beim Sicherheitsdienst in Tallinn an und verschickte Telegramme mit Anfragen nach Leningrad und Moskau. Währenddessen wiederholte Madis alles, was er bereits in Archangelsk und Moskau zum Besten gegeben hatte. Ein paar Wochen später kam die Bestätigung, dass eine Person namens Villem Laane tatsächlich an beiden Orten unter Observation gestanden hatte. Die Person sei bereits vor einer Weile aus einem der Lager in der Republik Komi verschwunden. »Sollen wir die Unterlagen für das Gericht vorbereiten, und er geht dorthin zurück, wo er hergekommen ist?«, fragte Baranow.

»Einverstanden … aber irgendetwas stimmt nicht. Er schützt jemanden. Es ist unmöglich, dass er die ganze Zeit allein gehandelt und niemand ihm geholfen hat.«

Die Monate vergingen, Madis wiederholte immer dasselbe, und lediglich die Tatsache, dass mehrere Personen sich durch diesen seltsamen Fall eine Beförderung erhofften, verhinderte, dass Madis vor Gericht gestellt wurde. Es war bereits Herbst, als Ermittler Baranow mit einem Papier in der Hand zu Michailow kam.

»Du wirst mich heute noch küssen.«

»Was hast du?«

»Der Sicherheitsdienst hat seine Kartothek durchforstet … Sie haben drei Männer namens Villem Laane ausfindig gemacht. Einer davon ist ein sechzigjähriger Eisenbahner aus Rakvere, ein anderer ist achtzig Jahre alt. Aber der dritte arbeitet beim Exekutivkomittee in Haapsalu.«

»Und weiter?«

»Dem Dossier zufolge wurde er 1941 evakuiert und war zusammen mit anderen Esten in Sibirien …«

»Den laden wir vor!« Michailow griff nach dem Telefon.

Villem Laane war in der Zwischenzeit deutlich weniger gealtert als Madis. Nach ihrer Trennung war er aus Tscheljabinsk zum Estnischen Schützenkorps geschickt worden und nach Kriegsende in seine Heimat zurückgekehrt, wo man ihn zum stellvertretenden Vorsitzenden des Exekutivkomitees gemacht hatte. Für Villem war es im Leben bergauf gegangen, denn ihm war außerhalb der Stadt ein Haus zugeteilt worden, das einst einer schwedischen Familie gehört hatte, sowie ein Motorrad. Er wollte nichts mit dem Geheimdienst zu tun haben und beschäftigte sich hauptsächlich mit Baufragen, und so lief ihm ein Schauer über den Rücken, als er eine scheinbar höfliche Einladung zum Stab der 3. Marineabteilung erhielt. Er hatte nicht die geringste Ahnung, weshalb man sich gerade bei der Marine für ihn interessieren könnte, und hoffte, dass sie möglicherweise in Haapsalu etwas bauen wollten, etwa für den Grenzschutz. Als Ermittler Michailow nach einer kurzen Einführung mehr über Villems persönliches Schicksal während des Krieges wissen wollte, spürte dieser, wie sich seine Hoffnung in Luft auflöste. Hatte jemand herumgestochert? Bestimmt dieser Sternfeld, der war eindeutig scharf auf seine Stelle! Tscheljabinsk, das Korps, die Rückkehr nach Haapsalu … Nichts Besonderes.

»In Ordnung … Schauen Sie, ob Sie jemanden auf diesen Fotos erkennen«, sagte Michailow und legte ihm drei überbelichtete Aufnahmen hin, die etwa so groß waren wie Passfotos und auf denen drei bleiche Männer zwischen dreißig und vierzig zu sehen waren. Aha, jetzt ist es so weit, dachte Villem und beugte sich näher. Völlig fremd!

»Völlig fremd«, sagte Villem erleichtert. Ermittler

Michailow war augenscheinlich enttäuscht.

»Schauen Sie genau.«

Nein, nichts.

»Nichts?«, fragte Michailow. »Warten Sie …« Der Ermittler blätterte durch einen Stapel Dossiers, zog daraus ein neues Foto hervor, fügte aus einem Umschlag zwei weitere hinzu und legte die drei wieder auf den Tisch.

Mist. Einer der Männer war offenbar der gleiche wie zuvor, doch hier war er rasiert und gekämmt. Er war etwas älter, aber es war ganz eindeutig Madis, von den Toten auferstanden. Aber wie war das zugegangen?

»Erkennen Sie einen davon?«, fragte Michailow freundlich.

Weiß er es bereits? Blufft er, oder sitzt Madis schon in der Falle und jetzt wollen sie auch ihn wegen der Dokumente rankriegen? Wegen einem verdammten Arztzeugnis, acht Jahre später, warum?

»Nun … wie ist es? Was sagen Sie?«, fragte Michailow.

»Ich … bin mir nicht ganz sicher«, sagte Villem.

»Ja, manchmal erkennt eine Mutter ihren eigenen Sohn nicht«, Michailow lächelte noch einfühlsamer, »aber was kam Ihnen in den Sinn? Wir sind dankbar für die kleinste Hilfe, sehr dankbar.«

Die schwere Metalltür öffnete sich mit einem hohlen Quietschen und Madis sah von seiner Pritsche aus, dass Ermittler Michailow ihn diesmal nicht in sein Büro bringen ließ, sondern zu ihm in die Zelle kommen würde.

»Was verschafft mir heute diese Ehre?«, fragte Madis.

»Folgen Sie mir, Genosse Jefferson, lassen Sie uns ein wenig reden«, triumphierte der Ermittler.

Die Anatomie der Wirtschaft

Wladimir, 1952

Die Ökonomie kann man als Wissenschaft nicht völlig losgelöst betrachten, sie hat Berührungspunkte mit vielen unterschiedlichen Bereichen, weshalb ihr wirkliches Wesen und ihre ganze Reichweite nicht gesehen wird – es handelt sich um ein interdisziplinäres Fach. Charakteristisch für die Ökonomie ist ihre Zyklizität. Es ist nicht möglich, dauerhaft und allerorten unter Bedingungen des Wachstums zu leben, während in Entwicklungsländern völliger Stillstand herrscht. Nachdem ich mich in den letzten Jahren mit den hellsten Köpfen vieler Disziplinen getroffen habe, konnte ich eine bahnbrechende Herangehensweise formulieren, um die Wirtschaft auf einem höheren Niveau zu organisieren. Obwohl dies auf besonders großes Interesse unter jenen stoßen dürfte, die sich mit den wirtschaftlichen Problemen kommunistischer und sozialistischer Staaten beschäftigen, sind die allgemeinen Fragen genauso wichtig für große kapitalistische Volkswirtschaften wie z.B. die Vereinigten Staaten von Amerika. Um den gegenwärtigen Zustand sowie die Veränderungen der Wirtschaft messen zu können, habe ich mehrere Hundert verschiedene Parameter erdacht, mit denen sich selbst Laien rasch einen gründlichen Überblick über die Angelegenheit verschaffen können. Welche sind die fünf Grundpfeiler jedes Wirtschaftssystems? Menschen, natürliche Ressourcen, Industrie, Marktkräfte und Staatshaushalt. Menschen gehen zur Arbeit und verwandeln Ressourcen durch die Industrie zu Waren, die für den Markt gedacht sind. Ein Teil davon ist vom Staat organisiert und der andere von Privatfirmen. Aber worin besteht in alldem die Rolle des Staates und des Staatshaushalts? Die einfache Faustregel besagt, dass der Wohlstand der Menschen zunimmt, wenn Arbeit und Produktion gut organisiert sind. Wenn die Führung dieses Prozesses jedoch schlecht organisiert ist, sinkt die Effektivität der Produktion selbst bei einer großen Menge an Ressourcen und Arbeitskraft. Somit ist der Schlüssel zu einer effektiven Wirtschaft eine intelligente Führung, denn ohne diese ist eine erfolgreiche Organisation von Landwirtschaft, Industrie, Transport und Handel unmöglich. Wie bereits Henry Ford sagte, darf man als Anführer nur Menschen wählen, die führen können. Solche Menschen garantieren eine gute Produktivität und ermöglichen ein Wachstum des Wohlstands. Genau solche fähigen Menschen als Anführer zu finden, ist das größte Problem der Weltwirtschaft. Als Lenin nach der Oktoberrevolution den Staat zur Planwirtschaft bringen wollte, erkannte er bald, dass die unmittelbar vom Militär übernommene Befehlshierarchie hier nicht funktionierte, weshalb stattdessen ein neues Wirtschaftsprogramm, die Neue Ökonomische Politik, eingeführt wurde, damit alle fähigen Menschen selbst die Initiative ergreifen konnten, um gemeinsamen Wohlstand zu schaffen. Um dies zu verdeutlichen, stellte Lenin fest, »ein Schritt zurück, zwei Schritte vorwärts« seien ein Schritt vorwärts. Die Bedeutung dieses Satzes ist für die Wirtschaft umstritten, aber Lenin war schließlich Politiker. Am Ende erstickte die staatliche Bürokratie jegliche Initiative. Mit der Wirtschaft ging es immer weiter bergab, und als Stalin alle Menschen töten ließ, die sich ihm oder dem System widersetzten, wagte es niemand mehr, etwas zu verändern. Stalin behauptete zwar, dass das Wirtschaftsmodell der Sowjetunion marxistisch sei, allerdings wurde in den Werken von Marx nirgends vorgeschrieben, wie genau die Führung von Unternehmen auszusehen hätte. Ebenso sagte Marx nie, dass sich anstelle der eigenen Initiativen der Menschen irgendeine staatliche Institution mit der Führung der Wirtschaft beschäftigen solle. Tatsächlich hatte auch Lenin es aufgegeben, eine lückenlose Planwirtschaft zu fordern, und schrieb in seinem Werk »Über Disziplin«, dass die Arbeiter selbst über die Regulierung der Produktion entscheiden sollten. Aus alldem muss man schließen, dass der Grund für die wirtschaftlichen Nöte und die Armut der Menschen in der von Stalin umgesetzten Verfälschung und Verformung der marxistischen Wirtschaftstheorie liegt. Da die stalinistische Vorstellung jedoch in keiner Weise mit dem Kommunismus zusammenhängt, gibt es auch keine Notwendigkeit, gegen den Kommunismus anzukämpfen, denn er ist ein System mit ganz anderen Werten. Die gleichen Grundgedanken gelten auch für Staaten mit einer kapitalistischen Wirtschaft, in denen die Nöte wirtschaftlich gebeutelter Firmen oft an einer inkompetenten Führung liegen, die die Produktion bremst, indem sie die Eigeninitiative der Menschen unterdrückt.

Im Folgenden beschreibe ich, warum eine Stabilisierungsreserve für die Wirtschaft nötig ist, und erläutere anhand von fünf Vergleichen, wie die Wirtschaft mithilfe von Zahlungsnachlässen angekurbelt werden kann …

Zweiter Teil

Der tätowierte Mörder

Klementi, 1960

In der Raucherecke des Betriebs hing eine derart dichte Qualmwolke um den Aschenbecher auf den hohen Metallbeinen, dass die Leute, die weiter hinten saßen, schlechter zu sehen waren als ein Schiff im Nebel.

»Habt ihr gehört, Selg hat Silber geholt!«, verkündete ein Mann im blauen Overall, der statt den angemessenen oberen zwei Knöpfen ganze vier geöffnet hatte, sodass seine Brustbehaarung den Geruch des billigen Tabaks geradezu in sich aufsog.

»Na ja, mit der Mannschaft, aber immerhin …«, bemerkte ein anderer trocken.

»Medaille ist Medaille!«

»Das schon, aber die Disziplin ist auch so eine Sache … ich weiß nicht. Hat irgendjemand hier mal Fünfkampf gesehen? Wenn es wenigstens eine klassisch estnische Disziplin wäre, Ringen oder Leichtathletik oder so was Ähnliches … Ihr wisst schon, wie viele der letzten estnischen Goldmedaillen im Ringkampf gewonnen wurden!? Fünf von fünf.«

»Lange her …«

»Wer ist schuld daran, dass es keinen Nachwuchs gibt? Wo sind die ganzen Palusalus und Sules hin …«

»Einige sind im Krieg geblieben, was soll man machen.«

»Im Krieg geblieben? Gleich so romantisch …« Der Mann unterbrach sich, als jemand bei der Tür warnend die Hand hob. Der Schichtälteste Kisseljow trat ein und alle verstummten. Er blickte sich um und entdeckte durch den Qualm in der hintersten Ecke den großen schlanken Mann, nach dem er suchte.

»Jefferson, mitkommen! Ich zeig dir, wo die Ersatzteile aufbewahrt werden.« Begleitet von Blicken der anderen gingen die beiden.

»Der Neue ist nicht besonders gesprächig.«

»Nein. Ein seltsamer Typ … Die von der Buchhaltung haben erzählt, dass er vorher bei der Waldarbeit in Rapla war.«

»Dem sieht man von Weitem an, dass er eingesessen hat … War bestimmt bei den Deutschen«, vermutete einer.

»Schau das nächste Mal in der Umkleide nach, ob er seine Blutgruppe auf den Arm tätowiert hat …«

»Da fällt mir ein: Er hat eine große Tätowierung am Rücken, aber seine Blutgruppe ist das nicht.«

»Zum Teufel, dann ist die Sache klar.«

»Was ist klar?«

»Ein Krimineller. Mörder und Diebe lassen sich im Gefängnis tätowieren.«

Daraufhin begannen ein paar Leute zu lachen und andere diskutierten, doch die Unterhaltung verstummte erneut abrupt, als in der Tür wieder die lange dünne Gestalt stand.

»Habt ihr über mich geredet?«, fragte Madis Jefferson, der frischgebackene Schlosser der Nähfabrik Klementi.

»Nein, über Sport … Tschutschelow ist bei der ersten Runde im Segeln Zweiter geworden, er kann also noch eine Medaille holen«, mischte sich der größte Sportfanatiker ein.

»Wo kommt dieser Russki schon wieder her?«

»Das ist keiner, Schurka kommt aus Tallinn, ich bin selbst mit ihm zur Schule in der Kreutzwaldi Tänav gegangen. Ein anständiger Kerl, ich war oft mit ihm auf der Bucht und sogar in Pärnu. Wenn ich ihn frage, können wir sicher mal zusammen mit ihm raus aufs Meer!«, erklärte ein jüngerer Mann.

»Du nimmst den Mund ganz schön voll!«

»Nein, ganz im Ernst. Wir müssen vorab nur klären, welche acht Kerle mitkommen können … Aber einer muss natürlich nüchtern bleiben und helfen, das Ruder zu halten.«

»Warum nur ›Kerle‹? Frauen können doch auch mit …«, sagte ein schnauzbärtiger Mann, der mit dem Finger Richtung Betrieb zeigte.

»Dann sind es noch weniger freie Hände, um das Ruder zu halten.«

»Ich kann es halten«, mischte sich Madis ein.

»So? Bist du etwa vom anderen Ufer?«, machte sich einer lustig.

»Nein, aber ich war auf allen Weltmeeren unterwegs.«

»Aha … ein Seemann?«

»Vor zwanzig Jahren.«

»Und was hast du in der Zwischenzeit gemacht?«, fragte der jüngere Mann mit verschlagenem Blick. »Hillar hier hat vermutet, dass du wegen Mord eingesessen hast.« Während die Männer trocken lachten, zeigte Hillar dem jungen Mann die Faust.

»Ich habe niemanden ermordet«, Madis grinste. »Ich hatte ein paar … andere Missverständnisse.« Die Männer lachten erneut und warteten mit fragenden Mienen auf eine Erklärung, aber diese kam nicht mehr. Der Brigadier erschien und scheuchte die Männer zurück zur Arbeit.

Um sechs Uhr schlenderte Madis zum betrieblichen Wohnheim, in dem er ein eigenes Zimmer hatte. Es war alles andere als luxuriös, aber verglichen mit den zwei Jahren in Kohila war es eine drastische Veränderung. Vor zwei Jahren war Madis unter eigenem Namen und mit offiziellen Entlassungspapieren nach Estland zurückgekehrt und in eine Kolchose zur Unterstützung der Wald- und Bauarbeiten geschickt worden. Das Urteil auf Landesverrat, Sabotage und konterrevolutionäre Handlungen war mit einer 25-jährigen

Strafe einhergegangen, von denen zehn abzusitzen gewesen waren, eine Hälfte im Gefängnis von Wladimir, die andere in einem Lager nahe Perm. Die insgesamt mehr als 15 Jahre Haft hatten den Körper von Madis am Ende so stark angegriffen, dass er die Arbeit in der Kolchose nicht mehr mitmachen konnte, weshalb er aufgrund seiner Erfahrungen in der Metallbearbeitung in die Nähfabrik verlegt wurde, für die neue Arbeiter gesucht wurden.

Zu Hause warf Madis seinen Arbeitstornister aufs Bett und setzte sich hinter den kleinen Schreibtisch am Fenster. Er musste sich ranhalten! Am nächsten Zahltag würde er sich ein Radio kaufen und bei den Männern leise in Erfahrung bringen, welche Nebenverdienstmöglichkeiten es in der Werkstatt gab. Ausschuss und Reste wurden woandershin geschickt, aber mit irgendwelchen Kleinigkeiten oder Auftragsarbeiten könnte man sich sicher etwas dazuverdienen. Auf dem Tisch lag eine karierte Kladde mit einem festen Einband. Darauf stand »Von der Umgestaltung der sozialistischen Volkswirtschaft« und daneben »Über Probleme bei Flügen in den Orbit«. Er öffnete die große Kladde, in der Umschläge und ein Block mit Briefpapier steckten. Auf einen der Umschläge schrieb er »Leenu Jefferson, Avipalu, Bezirk Haapsalu« und auf den anderen »Irmeli Oja, 1387 Clay Avenue, New York«. Danach riss er ein Blatt von dem Block und versank in Gedanken. Doch ihm wollte nichts einfallen, was er schreiben könnte, und kurze Zeit später warf Madis die Umschläge in die Kladde. Er legte sich aufs Bett und öffnete eine Landkarte mit der Aufschrift »Georgische Sozialistische Sowjetrepublik«, die er sich in der Buchhandlung gekauft hatte.

Die Gänse von Armawir

Moskau, 1961

Madis beäugte das Treiben, das nach dem Halt des Liegewagens ausbrach, der von Wladikawkas Richtung Moskau kroch, und verrührte langsam den Zucker in seinem Teeglas. Die müden Reisenden hatten sich auf ihren an Regale erinnernden Schlafstätten ausgestreckt, ein paar Männer in Feinripp-Unterwäsche zerschnitten auf Zeitungspapier Zwiebeln, die sie in ein großes Glas mit Schmand und Hering mischten. Sie konnten nur schlecht verbergen, dass sie bereits einen in der Krone hatten. Beim nächsten Halt sorgten mit Rucksäcken bepackte Studenten, die von einem Sommerpraktikum oder -urlaub zurückkehrten, für Unruhe. Eine tiefe Unzufriedenheit lag auf dem Gesicht eines langhaarigen, jungen Mannes mit Sommersprossen, der nah bei einem Pärchen saß. Für den Zugbegleiter war all das bedeutungslos, denn dieser stritt sich beim Übergang zum nächsten Wagen lauthals mit einer alten Frau in einem Kattunrock, die fünf Gänse in einem hölzernen Käfig bei sich hatte. Der Zugbegleiter war der Meinung, dass Tiere in einem Passagierwaggon nichts zu suchen hatten, und sollten die Viecher den Boden vollscheißen, müsse die Genossin selbst saubermachen und beim nächsten Halt in Mineralnyje Wody aussteigen, aber die Frau hielt dagegen und sagte, dass sie bis nach Armawir fahren müsse und die Tiere keinen Mucks von sich gäben.

Madis hatte zehn Tage in Georgien und Armenien verbracht. Zunächst fuhr er nach Batum und versuchte, von dort zur türkischen Grenze zu gehen. Auf dem Weg am Schwarzen

Meer entlang tauchten bald Schilder und Kontrollposten des Grenzschutzes auf. Weiter im Inland wurde das Gebiet deutlich bergiger, doch auch dort war es schwierig, sich unbemerkt zu bewegen. Madis fuhr als Nächstes ins armenische Leninakan, wo sich dasselbe wiederholte. Bis zur Grenze waren es keine zehn Kilometer, doch überall war der Grenzschutz zu sehen und Madis fiel unter den Ortsansässigen zu stark auf. Am Arpi-See nahe der türkischen Grenze wurde Madis sogar einmal nach seinen Papieren gefragt und musste erklären, was er in der Grenzzone zu suchen hatte. Daraufhin zog Madis das Buch »Orchideen der UdSSR« aus seiner Tasche und sagte, er sei Botaniker und kartiere die Lebensräume von Blumen, öffnete das Buch auf gut Glück bei der Korallenwurz und sagte, dass er bereits den zweiten Tag darauf hoffe, selbige zu finden. Der Grenzwächter betrachtete ungläubig das Bild der Korallenwurz, sagte, dass er so eine hier noch nie gesehen habe und sie nicht gerade schön sei, und ließ Madis gehen. Allerdings hielt er seine Passnummer fest, weshalb Madis vermutete, dass er größere Schwierigkeiten bekommen könnte, wenn die Nummer weitergegeben und sich das Gleiche wiederholen würde. Für den Moment war es besser, unterzutauchen. In der Türkei gab es seit Jahren amerikanische Militärbasen und die Grenzen waren dicht – wenn man nicht gerade einen wundersamen, ausschließlich Einheimischen bekannten Bergweg wusste, war es äußerst schwierig, von hier aus rüberzukommen. Nach dem Vorfall in Tadschikistan hatte Madis jedoch sein Vertrauen in Einheimische verloren.

Als der Zug Moskau erreichte (die Gänse schnatterten tatsächlich bis Armawir), fuhr Madis zum Schlosspark in der Nähe der Sperlingsberge, ging zu einem gelben Gebäude mit Säulen und trat, ohne zu zögern, durch die Tür, an der ein Schild mit der Aufschrift »Präsidium der Akademie der Wissenschaften der UdSSR« hing.

»Zu wem?«, fragte der Portier, während er Madis in Augenschein nahm.

»Volkswirtschaftliche Sektion«, antwortete Madis ruhig.

»Wir haben keine ›volkswirtschaftliche Sektion‹. Bei wem haben Sie einen Termin?« Der Portier wurde etwas mürrisch.

»Ich muss Dokumente zum Thema Volkswirtschaft überreichen.«

»Aber wem, frage ich Sie.«

»Nun … dem Leiter des volkswirtschaftlichen Sektors.«

»Ich sagte doch, es gibt hier keinen volkswirtschaftlichen Sektor!«

»Wollen Sie etwa sagen, dass sich in der Akademie der Wissenschaften der UdSSR niemand mit volkswirtschaftlichen Problemen auseinandersetzt? Darüber werde ich mich beschweren«, ging Madis zum Gegenangriff über.

Der Portier schaute wütend, überlegte einen Moment lang und griff nach dem Hörer.

»Ksenia Nikolajewna, können Sie kurz kommen, jemand hat hier Dokumente«, brummte er in den Hörer, »keine Ahnung …«

Irgendwo öffnete sich eine Tür und eine Frau mittleren Alters, die ein braunes Kostüm trug, stieg die Treppe herab.

»Guten Tag, zu wem wollen Sie?«, fragte die Frau.

»Sind Sie die Leiterin der volkswirtschaftlichen Sektion?«, fragte Madis ohne Umschweife.

»Nein … ich bin die Sekretärin der sozialwissenschaftlichen Abteilung. Worum geht es?«

»Ich muss mit der Leitung sprechen.«

»Die Leitung ist nicht sehr oft hier. Haben Sie einen Termin vereinbart? Wer sind Sie?«

»Ich bin Forscher Madis Jefferson aus der Estnischen SSR und möchte eine sehr wichtige Untersuchung über den Zustand der Volkswirtschaft abgeben. Aber es ist ein sehr wichtiges Dokument und ich muss persönlich darüber reden …«, sagte Madis, während er an seiner Tasche nestelte.

»Einfach so? Genosse, machen Sie Scherze?«, fragte die Sekretärin.

»Das ist kein Scherz, ich habe viele äußerst innovative Methoden verwendet, und es ist wichtig, dass die Information das Zentralkomitee erreicht … Sehen Sie, diese zwei Mappen …«, Madis zog etwas aus seiner Tasche. »Ich kann warten.«

Die Sekretärin seufzte gedankenverloren. »Sie brauchen nicht zu warten, alle sind im Urlaub. Und ganz ohne Vorwarnung kann man hier niemanden treffen.«

»Aber … versprechen Sie mir, dass Sie das weitergeben? Darin stehen all meine Kontaktdaten«, sagte Madis enttäuscht.

»In Ordnung, ich werde es an die Leitung weitergeben«, versprach die Sekretärin, die der Sache ein Ende setzen wollte.

»Ich danke Ihnen, eines noch …«

»Ja …«, die Sekretärin wechselte einen Blick mit dem Portier.

»Könnten Sie auch noch diese Mappe weitergeben …«, Madis zog eine weitere Mappe aus seiner Tasche, »an jemanden, der sich bei Ihnen mit Kosmonautik auseinandersetzt. Darin stehen wichtige Beobachtungen, die vor dem nächsten Raketenstart berücksichtigt werden sollten.« Ksenia Nikolajewna nahm die Mappen wortlos entgegen.

Während Madis' Mappen bis in alle Ewigkeit irgendwo archiviert wurden, bewegte er sich Richtung Innenstadt, um vor dem Hotel Ukraine zu warten, das neben dem Fluss prangte. Er beobachtete die Menschen, die aus dem Gebäude kamen, ihre Kleidung und ihre Gespräche sehr genau, bis er bei einer Gruppe sicher war, dass er es mit Ausländern zu tun hatte und niemand ihnen folgte. Daraufhin ging er ein Stück hinter ihnen her und sprach sie an. Schließlich gab er ihnen fünf verschlossene Briefe für verschiedene Adressen, darunter das Weiße Haus und die Schwedische Akademie.

Eingraviert in die Herzen des Volkes

Tallinn, 1965

»Genossen, nehmen wir vor der feierlichen Eröffnung einen Cognac, um uns Mut zu machen«, verkündete ein Mann mit einem länglichen Gesicht, streng gescheiteltem Haar und einem grauen Anzug, der von der ideologischen Abteilung des Zentralkomitees geschickt worden war, um wichtige Gäste auf Linie zu bringen, und gab der Bardame ein Zeichen, dass sie nun ausschenken solle. Die Zeitungen, die ansonsten nur in Schwarz-Weiß erschienen, waren zuletzt etwas bunter, das heißt, neben Schwarz gab es auch rote Farbtöne. Im Haus der politischen Aufklärung wurden wie am Fließband Jubiläumsveranstaltungen abgehalten, bei denen vormals junge, wütende Kommunisten, die zu mittelalten, abgestumpften Kommunisten geworden waren, von ihrem Kampf und ihrer Arbeit erzählten und Auszeichnungen entgegennahmen. Fünfundzwanzig Jahre Sowjet-Estland bedeutete eine ununterbrochene Abfolge von Reden und Feiern, deren Höhepunkt das ebenfalls dieses Jahr stattfindende Liederfest werden sollte.

»Verdammt, es wird schon wieder Regen angekündigt«, teilte der Mann von der ideologischen Abteilung mit und hob den ersten Schnaps zu einem wortlosen Toast.

»Ich kann reinen Herzens sagen«, holte ein etwa dreißig Jahre alter Mann aus, der sich die Haare nach hinten gekämmt hatte, »dass das diesjährige Programm eines der besten aller Zeiten wird, wenn nicht sogar das beste.«

»Verdammt, die Texte waren ein bisschen schwach, ein paar habe ich umschreiben lassen. Vetemaa hat irgendwelchen Stuss geschrieben«, erklärte der Mann vom Zentralkomitee und bestellte sogleich einen weiteren Schnaps.

»Das kann passieren, nichts Schlimmes … diese romantischen Tendenzen muss man wegkratzen«, tröstete ein jüngerer Mann, der für die Veranstaltungsplanung zuständig war.

»Aber was ist der Höhepunkt der *Show*?«, fragte ein korpulenter Mann, der im Unterschied zu allen anderen einen blaukarierten Anzug trug und bisher geschwiegen hatte.

»Nun … wir haben Mikojan, den Vorsitzenden des Präsidiums des Obersten Sowjets, und Kosmonaut Titow, der einen Gruß aussprechen wird … Aber ich würde sagen, die Stärke liegt gerade in der Geschlossenheit und Vielseitigkeit … Es kommt die neue Kantate von Ernsaks, dann haben wir noch ein ganzes Symphonieorchester, einige Grußworte mit Elementen aus Brudervölkern, ein lettisches Volkslied … einen tadschikischen Tanz … ein sehr interessantes georgisches Stück über Buchenwald … allerlei, ein sehr vielseitiges Programm!«

»Äußerst aufregend … Gibt es auch volkstümliche Lieder?«, fragte ein wichtiger Gast.

»Ja, und ob. ›Am Gartenrain‹ und noch ein paar andere.«

»Ist ›Hinter der Sauna am Teich‹ auch dabei?«

»Nein … das nicht … das ist etwas … zu bürgerlich. Freilich haben wir andere beschwingte Lieder, zum Beispiel über die Fischer und auch eines über die Bergarbeiter.«

»Sehr richtig, proletarische Lieder vereinigen die Arbeiter! Aber ›Hinter der Sauna am Teich‹ könnte trotzdem dabei sein … Das können alle mitsingen, Zehntausende von Menschen«, forderte der Gast.

»Vielleicht nächstes Mal … Aber gehen wir«, der Mann vom Zentralkomitee führte die anderen in den Saal, an dessen Tür ein Schild mit der Aufschrift »Estnische SSR 25 und proletarische Esten im Ausland« hing.

Nach dem üblichen Gefasel wurde das Wort an den Hauptgast übergeben, den ehemaligen Geschäftsführer des Estnischen Arbeiterverbands und Herausgeber der Zeitschrift Neue Welt, August Mäemees.

»Unser Kampf ist nicht leicht gewesen«, sprach Mäemees gerührt, »jahrzehntelang ist es unser Ziel gewesen, die im Ausland verstreuten Proletarier Estlands zu vereinen. Unsere zweitwichtigste Aufgabe war es, gegen die von unseren Feinden verbreiteten Vorurteile gegenüber der Sowjetunion und dem Sozialismus-Kommunismus anzukämpfen. Es war ein gemeinsamer Weg im Namen von Frieden und Freundschaft, den man wiederholt zu stören versucht hat. Bereits nach der Oktoberrevolution begann man, die Arbeiterliteratur brutal zu zensurieren, und manche Arbeitgeber entließen Leser von Publikationen wie unserer. Dass unser Weg der richtige war, zeigte nichts so deutlich wie die Furcht des bürgerlichen Estlands vor unserer Zeitung, deren Verbreitung in Kanada und Brasilien sogar verboten wurde. Die Angriffe gegen unsere Autoren, Leser und sogar gegen unsere Druckerei haben uns nur stärker gemacht. Wenn ich in unserer schönen Heimat sehe, wie das Land in der Familie der sowjetischen Völker erblüht ist, springt mein Herz vor Freude! Aber behalten Sie im Hinterkopf, dass der Kampf noch nicht überall gewonnen ist. Ich kenne aus eigener Erfahrung die Hexenjagd von McCarthy, die Verhöre und die Deportationsdrohungen! Die Solidarität der Arbeiter kennt keine Landesgrenzen!« Mäemees plapperte noch eine gute Viertelstunde, und als sich die Pioniere bereits für den musikalischen Gruß zusammenfanden, bekamen die Anwesenden endlich die Gelegenheit, dem Gast Fragen zu stellen. In einer der hintersten Reihen ging eine Hand nach oben, aber der Fragesteller war nicht zu sehen.

»Verzeihung, wie hoch ist die Auflage momentan?«

»Wir haben … wir haben Leser in den ganzen USA … und auch viele in anderen Ländern, Kanada und Brasilien und Australien …«, suchte Mäemees nach Worten. Die Wirklichkeit war trist, nach dem Krieg waren es immer weniger Leser geworden und Mäemees verdiente seinen Lebensunterhalt als Hausverwalter, der die Sorgen von Mietern löste. Er hatte jahrelang mit juristischer Hilfe dafür gekämpft, dass man ihn nicht aus den USA warf. Mäemees' Erzählungen über Leute, die ihm nachstellten, waren alles andere als paranoid, denn beim FBI gab es dicke Dossiers über seine Treffen mit Bekannten und Vertretern der sowjetischen Botschaft. Die Entscheidung, ihn auszuweisen, war bereits getroffen worden, und Mäemees hatte sich in seiner Not bereits nach der sowjetischen Staatsbürgerschaft erkundigt, doch nach mehreren Anfechtungen durfte er schließlich in Amerika bleiben. Aber hier, in Sowjet-Estland, konnte er sich wichtig fühlen und wurde auf Staatskosten zu allen Feierlichkeiten anlässlich des runden Jubiläums eingeladen.

»Aber wie hoch ist die Auflage? Zehntausend, fünftausend?«

»Die Leserzahl ist recht stabil … man muss berücksichtigen, dass wir in unseren Möglichkeiten stark eingeschränkt sind.«

»Fünfhundert? Hundert?«, der Fragende ließ nicht locker. Die Köpfe drehten sich suchend nach ihm um.

»Auf jeden Fall mehr als hundert, sicher«, bekräftigte Mäemees. Es wurden mehr Blicke gewechselt, hier und da beugte man sich vor und flüsterte miteinander.

Der Mann von der ideologischen Abteilung unterbrach: »Gibt es noch Fragen? Wenn es keine Fragen mehr gibt …«

»Verzeihen Sie, noch eine Frage«, war wieder von hinten zu hören. »Sie haben erfolgreich Geld für eine estnische Kolchose in Südrussland gesammelt, in der sich Esten aus Amerika niedergelassen haben. Könnten Sie erzählen, was aus ihnen geworden ist?«

»Ja, das war ein großer Erfolg, ein sehr großer! Sie haben eine sehr erfolgreiche Kommune geschaffen und lebten dort nach den Regeln der Gemeinschaft«, lobte Mäemees.

»Meine Frage war, was aus ihnen geworden ist? Wo sind sie gerade?«, forderte die Männerstimme, die bei den Organisatoren, die bereits untereinander tuschelten, für Unruhe sorgte.

»Was aus ihnen geworden ist … Nun, in einer Kolchose gibt es immer viel Arbeit. Wissen Sie, das war noch vor meiner Zeit«, sagte Mäemees, der sichtlich in Bedrängnis geraten war. Erneut übernahm der Mann von der ideologischen Abteilung das Rednerpult und kündigte das Lied der Pioniere an. Während der Zeile »sein Name wurde in die Herzen des Volkes eingraviert« stand einer der Veranstalter auf und ging forsch zu den hinteren Reihen, wo neben der Tür der Unruhestifter saß. Der dünne große Mann mit dem braunen Anzug und dem Hemd ohne Krawatte folgte dem Geschehen mit teilnahmsloser Miene. Der Veranstalter guckte und ging dann zurück zu seinem Platz.

»Was war das?«, fragte Mäemees seinen Gastgeber leise während der Zigarettenpause.

»Keine Ahnung, irgendein Fremder … oder einfach ein Idiot«, versuchte der Mann vom Zentralkomitee den Vorfall zu relativieren.

Der zweite Teil der Veranstaltung begann jedoch mit einer kleinen Verzögerung, weil sich herausgestellt hatte, dass der weitgereiste Gast in der Toilette eingeschlossen war, nachdem auf rätselhafte Weise die Türklinke verschwunden war.

Strömling in Tomatensoße

Kreis Lääne, Sommer 1970

Madis Jefferson stand am Kai und betrachtete sein neues Boot. Eigentlich war es gar nicht neu, sondern gute zehn Jahre alt, aber es verfügte über alles Nötige. Verglichen mit dem früheren, aus Haselzweigen geflochtenen Boot war es eine Limousine, ließ sich aber nicht so leicht steuern.

Madis' Kollege, der Elektriker Tabur, hatte am Ende Wort gehalten und die Männer zu einer Fahrt auf die Segelyacht seines Freundes eingeladen. Es war bloß ein halbtägiger Törn in Küstennähe, aber Madis' Gedanken drifteten rasch in eine bestimmte Richtung ab. Nach Kaukasien hatte er noch Turkmenistan besucht und auch die Grenzen zu Afghanistan und Iran in Erwägung gezogen, aber auch dort waren keine guten Gelegenheiten in Sicht, nur trügerische Leere und Berge. Als die Yacht wieder Richtung Hafen abdrehte, sagte Madis dem Kapitän, dass sie ihn kurz vor Schweden rauswerfen könnten, woraufhin alle lachten.

Madis meldete sich zu einem Kurs für Kleinschifffahrt an, um dem Yachtklub beitreten zu können. Es bestand die Gefahr, dass seine Papiere vielleicht irgendwohin kamen, wo Madis' Tun überwacht wurde, doch nichts geschah. Nach reiflicher Überlegung kratzte er sein Geld zusammen und kaufte einem Segler dessen altes Regattaboot ab. Jetzt hatte er Sommerurlaub und plante, das Boot gründlich kennenzulernen. Das 250 Rubel teure Finn war ein Boot der olympischen Klasse, viereinhalb Meter lang, sechseinhalb Meter bis zum hölzernen Mast, doch es war keine Yacht, die für lange Ausfahrten gebaut worden war. Madis rüstete das Boot dennoch mit Proviant für mehrere Tage aus, Wasser in Kanistern, Brot, Gurken und zahllose Fischkonserven, und fuhr damit in die Schären. Die nächsten Wochen verbrachte Madis auf dem Boot, hin und wieder übernachtete er auf einer der Inseln, wo er las, bis es dunkel wurde, und sich Notizen in seine Hefte machte, die er stets bei sich trug. Er traf tagelang keinen einzigen Menschen und spürte seit Jahren zum ersten Mal wieder eine seltsame Freiheit. Während der ersten Woche war das Wetter schön, doch Madis hatte den Eindruck, dass er die Bordwand erhöhen oder eine Art Verdeck bauen müsste, damit das Boot bei hohem Seegang nicht mit Wasser volllief. In der dritten Woche flaute Madis' Hochgefühl ab. Das Finn war für eine Person schwer zu lenken, es verlangte einem auf die Dauer zu viel Kraft ab. Es ist eine Sache, bei einer Regatta für eine halbe Stunde alles aus dem Boot herauszuholen, um die Strecke möglichst schnell abzusegeln, und eine andere, wenn ein 57-jähriger Mann mit Rückenbeschwerden dies einen halben oder gar einen ganzen Tag lang machen soll. Und wenn der Wind aus der falschen Richtung käme, wäre er für den Grenzschutz viel besser zu sehen als damals mit dem kleinen Boot.

»Verkaufen«, beschloss Madis und packte in Haapsalu düster seine Sachen zusammen. Oder sollte er vielleicht einen Außenborder montieren? Bevor er die Heimreise antrat, machte Madis einen Abstecher zum Friedhof von Ranna und suchte den bekannten Platz auf. Er fegte mit der Hand das Reisig rund ums Grab seiner Mutter zusammen und setzte sich für einen Moment. Alle hatten bestritten, von etwas gewusst zu haben, sodass wenigstens seine Mutter davongekommen und nicht nach Sibirien geschickt worden war. Die anderen beiden Familienmitglieder hatten zehn Jahre bekommen. Plötzlich fiel Madis etwas ein und er inspizierte die Aufschriften der anderen Gräber, bis er bei einem stehenblieb. *Jüri Hamburg, 1890–1949. Grab in fremder Erde.* Er hat es nicht geschafft.

In Tallinn hatte Madis inzwischen eine etwas bessere Bleibe gefunden, eine Einraumwohnung in einem alten Holzhaus auf der Pilve Tänav, wo es nahezu keinen Verkehr gab. Er packte seine Tasche auf dem Küchentisch aus, sortierte seine Manuskripte säuberlich auf einem Stapel und machte sich etwas zu essen, das heißt, er legte sich Fisch aus einer Konserve auf Brot. Madis schaltete das Radio an, es war wie immer auf Voice of America eingestellt. Der Ton war unbeständig und rauschend, manchmal aber auch sehr gut, dann kam wieder eine Art Knistern und Knacken, doch nach kurzer Zeit war der Ton wieder zurück. Bis zur Sendung in estnischer Sprache war noch Zeit, gerade waren die polnischen Nachrichten vorbei und es erklang *»Dziwny jest ten świat«* von Czesław Niemen, was immer gerne gespielt wurde. Es war Zeit, den Hass in sich selbst zu zerstören, sang Niemen, und Madis lachte auf, denn er erinnerte sich wieder an Marek, den er dreißig Jahre nicht gesehen hatte. Aber wo sollte er nach ihm suchen? Wenn er im Krieg gewesen war, gab es vielleicht eine Art Veteranenorganisation, bei der er sich erkundigen konnte. Marek hatte immer gesagt, dass man sich selbst in der beschissensten Runde und beim widerlichsten Essen guten Appetit wünschen solle. Madis legte sich mit der Gabel ein paar Strömlinge in Tomatensoße aufs Brot, goss Kefir in seine Tasse und hob das Brot zu dem Spiegel, der neben dem Tisch stand: »Guten Appetit!« In den Zeitungen stand das übliche offizielle Geschwafel. Madis interessierte sich nur für eine kurze Mitteilung über ein in wenigen Wochen stattfindendes Basketballturnier, an dem neben der estnischen und lettischen Auswahl auch eine amerikanische Juniorenmannschaft teilnehmen solle. Vielleicht könnte er auf diesem Weg ein paar Briefe an die richtigen Adressen in Amerika schicken … Aber jetzt zum Wesentlichen – Madis holte anderen Kram aus seiner Tasche, darunter ein paar Seekarten und eine russische Karte mit der Aufschrift »Karelische ASSR«. Er musste eine Entscheidung treffen, mit dem Boot war nichts anzufangen. Karelien war für Madis unbekanntes Terrain, aber er wusste, dass dort immer wieder die Grenze überquert wurde, denn diese war Hunderte von Kilometern lang und die Gegend größtenteils menschenleer. Klar war nur, dass man es nicht in der Nähe von Leningrad versuchen dürfte, sondern in der Mitte oder gar im Norden, Richtung Murmansk. Bei Voice of America war einmal die Rede von irgendwelchen Finnen gewesen, die im Norden mehrmals die Grenze überquert hatten, um russischen Schnaps zu kaufen, bevor sie schließlich aufgegriffen wurden. Vernünftige Karten in einem großen Maßstab waren von den Grenzgebieten nicht frei erhältlich. Aber wenn man diese Variante ernsthaft in Erwägung zog, musste man die Örtlichkeiten vorab in Augenschein nehmen, was jedoch mehrere Wochen in Anspruch nahm und danach mindestens ein halbes Jahr Planung … Auf See wäre er zu langsam, über Land könnten die Chancen an der richtigen Stelle höher sein. Aber bei den Finnen könnte es sein, dass sie einen gleich wieder den Russen übergaben, das hatte also keinen Zweck – die einzig mögliche Variante wäre, von Finnland aus direkt nach Schweden überzusetzen …

An der Tür klopfte es laut, Madis zuckte zusammen, stellte das Radio aus und blickte als Erstes aus dem Fenster. Kein fremdes Auto zu sehen. Er richtete sich auf und sah durch den Türspion, dass auf der anderen Seite eine Frau mit gelockten Haaren und einem Kittel stand.

»Guten Abend! Entschuldigen Sie, dass ich einfach so störe … Ich bin Laine, Ihre Nachbarin! Darf ich kurz …«, die Frau schob sich forsch an Madis vorbei in die Wohnung.

Madis hatte keine Zeit zu reagieren: »Abend … Ja …«

»Ich dachte mir, Sie wohnen schon seit zwei Monaten hier und wir haben noch nicht miteinander gesprochen, wo Nachbarn einander doch kennen sollten«, zwitscherte Laine und schaute sich neugierig in Madis' Wohnung um. Ein unordentliches Bett … ein paar Klamotten … wenige Möbel … Bücher … eine offene Konserve – klarer Fall, Junggeselle!

»Das internationale Wäh-rungs-sys-tem«, entzifferte Laine die Aufschrift auf einer Mappe. »Großer Gott, so etwas Kompliziertes! Sind Sie Dozent an der Hochschule?«

»Ich bin Schlosser, bei Klementi«, antwortete Madis trocken und bedauerte sogleich, dass er überhaupt etwas sagen musste.

»Ach so! Wie wunderbar, wenn ein Mann mit seinen Händen arbeiten kann! Wissen Sie, das ist großartig, hier im Haus braucht es einen fähigen Mann! Sie haben sicher unsere Gladiole gesehen, die gerade so schön blüht! Sehen Sie, das Problem ist, dass manche das Tor so weit öffnen, dass die Blüten zum Teil runterfallen! Wenn jemand etwas bauen könnte, damit das Tor nicht gegen die Pflanze schlägt, dann wäre es gleich viel besser. Vielleicht sind Sie so gut und werfen irgendwann einen Blick darauf?«

»Mhm, ich … sehe es mir an«, brummte Madis.

»Ach wirklich, sehr schön! Ich will Ihnen ja keine Umstände machen, aber vielleicht können Sie einmal Ware von Klementi mitbringen? Sehen Sie, ich arbeite im Sportgeschäft Dünamo und wir könnten einander behilflich sein!«

»Ich weiß nicht, schauen wir mal …«, nickte Madis, der an der Tür wartete.

»Oh, verreisen Sie gerne, oder warum haben Sie so viele Karten?«, fragte die Nachbarin und beäugte die Karte von Karelien, die ausgebreitet auf dem Tisch lag.

»Nun, manchmal … in die Natur«, brummte Madis weiter.

»Die Natur ist wirklich sehr schön. Im Wald findet man sofort Frieden! Und das Moor ist ganz wunderbar, besonders im Herbst, all diese Farben, ja! Und wissen Sie, wo man noch Frieden findet? Auf dem Meer! Fahren Sie auch ans Meer? Ich hätte große Lust, ans Meer zu fahren.«

»Ich fahre nicht ans Meer«, antwortete Madis, ohne mit der Wimper zu zucken.

»Wie schade …«, Laine schwieg kurz, war selbst darüber erstaunt und leierte nach einem kurzen Atemzug die Namen der übrigen sechs Nachbarn herunter und alle Sünden, die sie seit den Fünfzigern begangen hatten. Viele Informationen, die beim besten Willen schwer zu systematisieren waren, aber einer aus der unteren Etage war Trinker, jemand sollte in seinem Schuppen auf dem Hof etwas Stinkendes aufbewahren, jemand sollte seine Katze jedes Frühjahr werfen und alles vollkacken und -pinkeln lassen, und in der Sieben wohnte ein Ischore, was angeblich schlimmer sei als die Pest. Die Nachbarin brach erst nach einer halben Stunde auf, aber Madis hatte den Eindruck, dass das künstliche Aroma ihres lettischen Duftöls noch bis zum Morgen in seiner Wohnung hing.

Eine enttäuschte Frau

Frühling 1972

Laine Peetson schob die Tür zum Schuppen etwas weiter auf und spähte hinein. Neben dem Stapel Brennholz lugte zwischen Ölpapier ein Propeller hervor, der offenbar zu einem Außenbordmotor gehörte. Was hatte das zu bedeuten? Madis hatte doch gesagt, dass er das Meer nicht mochte! Sehr verdächtig!

Wie zu erwarten gewesen war, ging es erst richtig los, nachdem Madis tatsächlich einen kleinen Rahmen zum Schutz von Laines prächtigen Gladiolen zusammengehämmert hatte. Hier und da waren Schrauben festzuziehen, beim Gartentor liefen Katzen ein und aus (als ob sie das sonst nicht getan hätten), vom Dachboden waren seltsame Geräusche zu hören, weshalb das Schloss ausgewechselt werden musste. Zum Dank hatte Laine Madis aus der Arbeit ungarische Wanderstiefel mitgebracht, denn er war ja ein »Wandersmann« und da Madis diese nicht mit ausreichend Nachdruck abgelehnt hatte, musste er sie umgehend anprobieren, und natürlich passten sie nicht, weshalb Laine am darauffolgenden Tag mit zwei neuen Schuhkartons ankam – das Privileg der Geschäftsführung –, so lange, bis ein Paar passte. Möglich, dass genau dies Madis zum Verhängnis wurde und Wasser auf Laines Mühlen war, denn in der darauffolgenden Woche zwängte sie sich erneut unter irgendeinem Vorwand in seine Wohnung, brach nach ihrem üblichen, an einen Bewusstseinsstrom erinnernden Wortschwall in Tränen aus, warf ihre Arme um Madis' Hals, blickte ihm theatralisch in die Augen und sagte, dass sie eine starke Frau sei, in Wirklichkeit aber nicht die ganze Zeit eine starke Frau sein wolle, sondern manchmal einfach nur eine Frau, und wie sehr sie sich – in jeder Hinsicht – nach einem richtigen Mann an ihrer Seite sehne, und Madis sei ein richtiger Mann, tüchtig, abstinent, gescheit und naturverbunden. Madis setzte Laine ohne viel Gerede vor die Tür.

Seitdem hatten Madis und Laine bereits mehrere Monate lang kein Wort mehr gewechselt. Beim Verlassen ihrer Wohnungen lauschten sie jeweils, ob der andere gerade auf dem Gang war, und machten sich schnell aus dem Staub, um einander nicht zu begegnen. Von Zeit zu Zeit sah Laine durch das Fenster, wie Madis kam und ging, doch besonders stach ihr ins Auge, dass er eines Abends mit einem großen Teil ankam, das an beiden Enden in Plastiktüten gestopft war und das er in den Hof zu seinem Holzschuppen brachte, den er zu allem Überfluss noch verriegelte, was die wenigsten taten. Danach hatte Laine gelauscht, wann Madis seine Wohnung verlassen würde, und war zu dem Schuppen geschlichen, um der Sache auf den Grund zu gehen. All die Karten, jetzt der Motor, und die ganze Zeit hört er so laut Voice of America, dass die Fensterscheiben beben …

Aus dem Motor, den Laine gefunden hatte, konnte man schließen, dass Madis sein Segelboot verkauft hatte. Nach langer Überlegung hatte er sich einen kleinen Schnellkutter vom Typ Progress gekauft, der im Hafen auf seinen Umbau wartete. Das flache Boot war aus Aluminium und für Binnengewässer gedacht oder für kürzere Fahrten entlang der Küste und nicht für hohe Wellen, aber es konnte über 30 km/h erreichen. Um mit seinem plötzlichen Sinneswandel keine Aufmerksamkeit im Yachtklub von Tallinn zu erregen, verkaufte er sein Segelboot vor Ort, erwarb den Kutter jedoch in Pärnu auf den Namen seines Kollegen Tabur, meldete sich für einen Motorbootkurs an und brachte das Boot umgehend nach Haapsalu.

»Warum kannst du nicht deinen eigenen Namen nehmen?«, verstand Tabur nicht recht.

»Ich will wegen der Alimente nicht, dass das rauskommt«, log Madis.

»Alter Knasti … Wir dachten schon, du bist pädophil.« Der Kollege klopfte Madis auf die Schulter und die Sache war geritzt.

Das ganze Jahr über war Madis mit Vorbereitungen und Geldsparen beschäftigt. Zusätzlich zu seinem Gehalt und den Nebenverdiensten hatte Madis begonnen, Silber- und Goldmünzen aus der Zarenzeit zu sammeln, die er an Goldschmiede weiterverkaufte. Nach einer Weile kam Madis zu dem Entschluss, dass es im Grunde nur eine einzige Möglichkeit gab – da Finnland zu riskant war, musste er sich in Richtung Schweden orientieren. Das war natürlich leichter gesagt als getan, denn während es bis zu den nächsten Inseln und Halbinseln Finnlands nur knapp fünfzig Seemeilen waren, war es bis Schweden etwa viermal so weit. Madis hatte im Yachtclub hinter vorgehaltener Hand vereinzelt Geschichten darüber gehört, dass bei Regatten manchmal der Kurs geändert worden war und die Teilnehmer über die Ostsee direkt nach Schweden übergesetzt hatten. Was die Distanz betraf, so lag Saaremaa am nächsten an der schwedischen Küste, doch dort gab es immer viele russische Soldaten, weshalb das Risiko aufzufallen sehr hoch war. Die letzten erfolgreichen Fluchtversuche lagen bereits eine Weile zurück, das war in den Fünfzigern gewesen, inzwischen war die Überwachung deutlich strenger geworden und selbst auf Fischerbooten galt zur Verhinderung illegaler Grenzüberschreitungen die Regel, dass niemals zwei Esten Kapitän und Mechaniker auf einem Boot sein durften. Eine Sache war es, wenn in irgendeinem

Hafen im Ausland jemand davonlief, aber wenn jemand mit einem ganzen Boot oder Schiff abhaute, war der Skandal um ein Vielfaches größer.

Diesmal musste Madis sich zwar keine Sorgen um das Segel machen, das Wetter durfte trotzdem nicht zu schlecht sein, denn eine lange Fahrt bei hohem Seegang war auch mit dem Kutter unmöglich. Madis überlegte, wie er den Kutter besser präparieren konnte. Die Verbindungsstellen aus Aluminium mussten mit Dichtungsmittel überzogen werden, um den Motor brauchte es ein schalldämpfendes Gehäuse. Nach den ersten Probefahrten kam Madis zu dem Schluss, dass der Kutter noch immer zu langsam war, und baute das Gehäuse so um, dass man dort nebeneinander zwei Motoren und einen größeren Benzintank installieren konnte. Es war viel zu tun, aber zum Ende des Sommers sollte alles fertig sein, Madis musste seinen ganzen Jahresurlaub nehmen!

In der Pilve Tänav fiel Laine beim Briefkasten auf, dass Madis mehrere Tage lang seine Post nicht geholt hatte. Folglich war ihr Nachbar auf mysteriöse Weise irgendwo verschwunden. Laine dachte kurz nach und nahm ihren Schlüssel, der zu allen Postfächern passte, und öffnete das Schloss. Madis hatte einen Brief mit kyrillischen Buchstaben und einem Stempel aus Moskau erhalten, auf der Rückseite des Umschlags stand kryptisch »Menschenrechtskomitee in der UdSSR«. Was zur …? Sie legte den Brief zurück und verschloss das Fach wieder.

Madis kehrte Sonntagabend mit einer neuen Idee zurück – zusätzlich zum Urlaub könnte er eine längere Krankschreibung beantragen, dann würde er etwas Zeit gewinnen. Er hatte über die Jahre so viele ärztliche Atteste angehäuft, dass mit großer Wahrscheinlichkeit keinerlei Verdacht aufkommen würde. Madis öffnete die Haustür und lauschte einen Moment – alles war leise, nun wollte er schnell in die Wohnung, bevor er wieder vor dieser Nachbarin fliehen musste. Zu seiner Überraschung entdeckte er in seinem Postfach einen Brief, warf einen kurzen Blick darauf und hüpfte danach fast zu seiner Wohnung im ersten Stock. Endlich, eine Antwort! Madis hatte über die Jahre Dutzende von Briefen geschrieben, an die Akademie der Wissenschaften, an die Regierung der UdSSR und die der ESSR, an Ministerien und Zeitungen, doch niemand hatte ihm je geantwortet. Bei Voice of America hatte er von Andrei Dmitrijewitsch Sacharow gehört, einem Elementarphysiker, der die Wasserstoffbombe entwickelt hatte und einer der wenigen weithin bekannten Dissidenten der Sowjetunion war. Sacharow hatte im Jahr zuvor mit ein paar anderen Wissenschaftlern das Komitee zur Durchsetzung der Menschenrechte gegründet, dem Madis einen langen Brief geschickt hatte. Die Antwort aus Moskau war bei weitem nicht so lang, aber man bedankte sich höflich für den Brief und erklärte, dass seine Berichte von den Jahren, die er im Straflager verbracht hatte, zur Kenntnis genommen worden waren. In Madis kam etwas Enttäuschung hoch, dass in der Antwort nichts zu der Zusammenfassung seiner wissenschaftlichen Arbeiten stand, die er in dem Brief gegeben hatte, aber immerhin – endlich eine Antwort! Wenn er bei der Schwedischen Akademie aufgenommen würde, könnten all seine Arbeiten auch auf Russisch erscheinen und dann würde er ihnen die fertigen Texte schicken. Madis vertagte die weiteren Pläne, die er für diesen Abend gehabt hatte, und verfasste umgehend einen neuen Brief nach Moskau.

Er wusste nicht, dass zur selben Zeit hinter der Wand auch seine Nachbarin einen Brief verfasste. Laine Peetson leckte mit der Zunge über den Klebestreifen, klappte die dreieckige Lasche um und versah den Umschlag mit den schwungvollen Lettern »Komitee für Staatssicherheit der ESSR«.

Ein glücklicher Tag

Herbst 1972

Ermittler Schurow von der 5. Abteilung des Tallinner KGB betrat das Zimmer der Fahnder und wedelte mit einem Blatt Papier.

»Ich habe hier etwas, kann das jemand überprüfen?«

»Worum geht's?«, fragte Ermittler Korsten, an den sich Schurow meist wandte, wenn jemand auf Estnisch verhört werden musste.

»Eine Bürgerin hat uns eine Beschwerde geschickt. Sie schreibt, dass sie einen verdächtigen Nachbarn hat …«

»Zum Teufel, wer hat das nicht? Verstehst du, in unserem Haus lebt eine Alte, die jede Nacht um drei aufwacht und anfängt so manisch zu kochen, dass die Fenster beschlagen. Wenn ich nachts pinkeln gehe, frage ich mich, ob ich langsam verrückt werde. Bei der Nachbarin pfeift der Schnellkochtopf und es riecht überall nach Kohl!«

»Die Bürgerin beklagt sich jedenfalls, dass sie schon im Frühjahr geschrieben, aber nie eine Antwort bekommen hat … Sie glaubt, dass ihr Nachbar fragwürdige Kontakte ins Ausland hat.«

»Hast du nachgesehen, ob das die Gleiche ist, die jeden Monat schreibt, dass ein Zahnarzt unter ihrer Plombe einen Funksender versteckt hat, mit dem sie verstrahlt wird?«

»Jetzt hör doch mal zu … Sie sagt, dass der Mann Seekarten sammelt und sich einen großen Bootsmotor gekauft haben soll – jaja, ich weiß, sag nichts! Aber jetzt zum Wesentlichen: Er führt angeblich einen Briefwechsel mit Sacharow.«

»Aha … Was ist das für ein Kerl?«

»Hör dir diesen Namen an: Jefferson, Madis, Schlosser.«

»Höre ich zum ersten Mal. So einen Namen vergisst man nicht. Vielleicht wieder so einer, der überallhin schreibt?«

»Mag sein, ja. Aber als ich das mit Sacharow gelesen habe, musste ich die Sache überprüfen. Und verstehst du, ich habe im Archiv nachgesehen. Der Kerl hat eine Akte. Rate mal, weswegen!« Schurow setzte ein verschmitztes Grinsen auf.

»Weswegen?«

»Landesverrat, unerlaubter Grenzübertritt«, Schurow hatte seinen Trumpf auf den Tisch geknallt.

»Adresse?« Korsten riss seine Jacke vom Garderobenhaken.

Madis Jefferson stand auf dem Markt in Pärnu und kaufte ein. An diesem Donnerstag waren weniger Leute da, die meisten Sommerurlauber hatten sich bereits davongemacht und in der Stadt war das bittersüße Ende des Sommers zu spüren, wenn alles vorüber war, die Straßen sich geleert hatten und die Schulkinder mit ihren Ranzen umhermarschierten. Luft und Wasser waren noch warm, aber viele hatten das bereits vergessen. Weil Obst und Gemüse so gut wie reif waren, spazierten mehr Menschen über den Markt als an den Strand. Montag ging für Madis der Urlaub zu Ende und somit musste er wieder zur Arbeit. Einen Monat lang war er mit seinem Boot in der Meerenge zwischen Haapsalu, Pärnu und den Inseln umhergeschippert. Er hatte sich am Morgen im Gästehaus abgemeldet, sein Boot lag im Yachthafen von Pärnu und er wollte noch ein paar Lebensmittel kaufen, ehe er wieder Richtung Haapsalu aufbrechen würde.

»Wie viel darf es sein?«, fragte der schnauzbärtige Verkäufer in der Latzhose.

»Ein Kilo Äpfel, ein Kilo Gurken, ein Kilo Tomaten«, zählte Madis auf.

»Kartoffeln auch?«

»Nicht nötig.«

»Nehmen Sie ruhig, die sind frisch vom Acker … Wir haben sie selbst geerntet, den ganzen Tag lang, während im Radio die Olympiade lief. Verdammt, war das eine unglaubliche Olympiade!«

»Habe ich nicht mitbekommen.«

»Nicht mitbekommen? Wie denn das? Nicht einmal Gewichtheben? Haben Sie von dieser Geiselnahme gehört? Verstehen Sie, alle sind tot! Die Polizei hat alles verbockt!«

»Habe ich nicht gehört.« Madis gab ihm drei Rubel. »Stimmt so.«

Er griff sich die Einkaufsnetze, suchte noch ein Geschäft auf und kehrte dann zum Boot zurück, das zur Hälfte von der Persenning bedeckt war. Er hob die Einkäufe ins Boot, warf den Motor an und verließ gemächlich die Bucht von Pärnu, bis er kurz vor Tõstamaa den Anker auswarf. Er rollte die Persenning zusammen, unter der ein Haufen Dinge zum Vorschein kam, allen voran zehn unterschiedlich große Kanister mit insgesamt fast 200 Litern Benzin. Aus Madis' Sicht war das genug, um bis nach Schweden zu kommen.

Ermittler Korsten klopfte noch einmal an die Wohnungstür im vierten Stock und blickte ratlos zu Schurow. Stille.

»Sollen wir die Tür aufbrechen?«, fragte Korsten. Schurow nickte.

Die Tür gab beim zweiten Versuch nach, die Männer traten prüfend ein.

Ein Zimmer, Küche, alte Zeitungen, vereinzelte Kleidungsstücke. Madis hatte sogar das Radio mitgenommen.

»Ziemlich karge Wohnung«, konstatierte Schurow.

»Befragen wir die Nachbarn«, schlug Korsten vor.

Nach Nachbarn mussten sie nicht lange suchen, denn als sie den Lärm hörte, war Laine aus ihrer Wohnung gekommen und hatte sich neugierig im Gang umgesehen.

»Guten Tag, wir sind ...«, setzte Korsten an, doch Laine winkte ab.

»Ich weiß, wer Sie sind ... Er ist seit drei Wochen weg. Mit großen Taschen.«

»An welchem Tag ist er ...?«

»Neunter oder zehnter August. Als ich Ihnen geschrieben habe.«

Schurow schürzte die Lippen.

»Wissen Sie, wohin er unterwegs sein könnte?«

»Nein, das weiß nicht.«

»Hatte er manchmal Besuch von Freunden? Kennen Sie jemanden?«

»Er hatte nie Besuch ... Aber fragen Sie bei seiner Arbeit nach, Textilfabrik Klementi.«

Laine antwortete geduldig auf alle Fragen und geriet schließlich so in Fahrt, dass sie drauf und dran war, die ganze Nachbarschaft anzuschwärzen, als Korsten und Schurow das Gespräch von sich aus beendeten. Die beiden kamen zum abendlichen Schichtwechsel bei Klementi in Mustamäe an und erfuhren bald, dass Madis nur wenig Kontakt zu seinen Kolleginnen und Kollegen hatte, abgesehen von einem gewissen Aksel Tabur, der mit Madis und ein paar anderen Kollegen beim Segeln gewesen sein sollte. Tabur wohnte außerhalb der Stadt, in der Nähe von Keila. Die Männer blickten auf die Uhr, es war bereits nach sechs.

»Yachthafen oder Keila?«, fragte Korsten. Die beiden Orte lagen in völlig verschiedenen Richtungen und noch hatten sie nicht genug Anhaltspunkte, um Alarm zu schlagen. Eine Stunde später fanden sie in der Kartothek des Hafens heraus, dass Madis Jefferson vergangenes Jahr sein Finn verkauft hatte, doch dies war auch der letzte Eintrag.

»Na, jedenfalls hat er etwas, wo er einen Motor anbringen kann ...«, mutmaßte Korsten. »Morgen fahren wir zu diesem

Tabur, vielleicht erfahren wir dann, wo sich Genosse Jefferson versteckt hält.«

Madis Jefferson lag seit dem Mittag an einem geschützten Ort zwischen Kõrksaar und Rootsiklaid vor Anker und hatte zur Täuschung die Rute ausgeworfen, damit man von Weitem dachte, es handle sich um einen Angler. In Wirklichkeit hatte Madis nicht einmal einen Köder an der Rute und wartete bloß darauf, dass es dunkel wurde. Gegen acht begann die Sonne hinter dem Horizont zu versinken, Madis holte die Rute ein, verstaute die Persenning und lichtete den Anker. Er atmete tief durch und zündete sich eine Priima an, die er innerhalb einer Minute aufgeraucht hatte. Die See war nicht glatt, aber das Wetter ruhig, leicht bewölkt. Madis startete den Motor und lenkte den Bug sachte zum offenen Meer. Eine Viertelstunde später legte er einen Zahn zu und fuhr im Dämmerlicht entlang der Küste der Insel Saaremaa Richtung Westen. In der abendlichen Stille schien der Schall so weit zu tragen, dass Madis sich noch nicht traute, den Motor voll aufzudrehen. Das Meer war frei und in der Ferne konnte man nur vereinzelte Lichter sehen. Nachts passierte er die Insel Abruka und nahm mit dem Kompass Kurs auf die Irbenstraße. Während sich die ersten Kanister leerten, nahm der Wellengang stetig zu und das Boot wurde langsamer. Nach der Meerenge dürfte es nur noch ein Stündchen bis zur Grenze sein, die Madis im Dunkeln erreichen wollte. Da in der Bucht und vor Saaremaa nicht besonders viele Schiffe des Grenzschutzes unterwegs waren, war anzunehmen, dass diese auf hoher See patrouillierten. Madis' Boot erreichte die Meerenge kurz vor Sonnenaufgang, im aufsteigenden Licht sah er zu seiner Rechten Saaremaa und zu seiner Linken Kurland. Sein Puls begann zu steigen. Nun gab es keinen Weg zurück mehr. Madis drehte den Motor voll auf, musste aber gleich wieder verlangsamen, weil der Seegang unmittelbar hinter der Meerenge stärker wurde und hohe Wellen gegen das Boot schlugen. Die Progress war für Wellen von bis zu einem halben Meter ausgelegt, doch am Morgen kam Wind auf und die Wellen waren bereits einen Meter hoch, als es zu regnen begann. Madis zog sich eine Jacke über und peilte mit dem Kompass dorthin, wo Gotland liegen musste. Eine Stunde später, gegen sieben Uhr morgens, überquerte Madis seiner Einschätzung nach die Staatsgrenze, und nirgends war ein Kriegsschiff zu sehen. In der Ferne tauchte lediglich ein südwärts schippernder Trawler auf und Madis drehte das Ruder umgehend nach Norden, damit er ihm nicht zu nahe kam. So ein kleines Boot bemerken die gar nicht!

»Kapitän, schauen Sie!« Der Matrose des lettischen Trawlers reichte seinem Vorgesetzten das Fernglas.

Der Kapitän betrachtete den Punkt in einer Seemeile Entfernung und dachte kurz nach. »Informieren Sie die Basis.«

Es war kurz nach halb zehn, als Gontscharuk, Kommandeur des für den Grenzschutz zuständigen Schiffs Nr. 580, in der Basis in Ventspils den Befehl bekam, eine mutmaßliche Grenzüberschreitung im Quadranten 372 zu kontrollieren. Gegen elf Uhr erreichte das Kriegsschiff den angepeilten Ort, fand jedoch nichts. Der große Radar in Ventspils zeigte einen winzigen Punkt, der sich stetig in Richtung Westen entfernte. Der Kommandeur erhielt den Befehl, Kurs gen Westen zu nehmen, zu dem winzigen Punkt, der 35 Kilometer von ihnen entfernt war – also etwa so weit wie die Küste Gotlands –, sich aber noch in internationalen Gewässern befand. Dies bedeutete, dass die Patrouille den Flüchtigen in etwa einer Stunde festnehmen würde. Doch plötzlich verschwand der Punkt vom Radar.

Zur gleichen Zeit beendeten Korsten und Schurow das Gespräch mit Aksel Tabur, der gestanden hatte, dass er im Frühjahr auf Madis' Bitte hin ein Motorboot auf seinen Namen hatte registrieren lassen, das im Hafen von Pärnu oder Haapsalu lag. Tabur war vor Aufregung erstarrt und fügte hilfsbereit hinzu, dass er sich erinnere, wie Madis bei einer Bootsfahrt gescherzt hatte, dass die Männer ihn in Schweden von Bord werfen könnten. Die Ermittler luden Tabur für Montagmorgen zur Niederschrift der Aussage vor und scheuchten ihn zurück zur Arbeit.

»Ich kümmere mich um alles. Ich sage den Vorgesetzten, dass sie Alarm schlagen sollen«, entschied Schurow. Aber für den Alarm war es zu spät, denn Madis hatte die Grenze bereits vor einer Stunde überquert.

Nach der ersten Freude darüber, dass er die Küste hinter sich gelassen hatte und keinen Patrouillen begegnet war, kippte seine Stimmung. Obwohl das Meer nicht so stürmisch war wie damals bei seiner Flucht nach Finnland, schleuderten die mittlerweile fast eineinhalb Meter hohen Wellen das Boot immer heftiger umher, sodass an eine schnellere Fahrt nicht mehr zu denken war, und es vielmehr darum ging, das Boot überhaupt durch die Wellen zu manövrieren. Der Regen nahm stetig zu, Wasser schwappte ins Boot. Der 59-jährige Madis war nun seit zwanzig Stunden auf dem Meer und hatte langsam das Gefühl, dass seine Kräfte schwanden. Dem Kompass zufolge schien der Kurs mehr oder weniger zu stimmen, aber die Geschwindigkeit war um die Hälfte zurückgegangen. Plötzlich tauchte zu seiner Rechten die Kontur eines Schiffes auf, das seinen Kurs zu kreuzen schien. Hastig zog Madis eine selbstgemachte schwedische Fahne hervor, die er zur Täuschung am Heck befestigte. Er beäugte die Kontur des langsam näher kommenden Schiffes und schnaufte erleichtert. Es sah nach einem Fischereischiff aus, nicht nach einem Kriegsschiff. Aber unter welcher Flagge fuhr es? Im Regen war das schwer auszumachen, aber plötzlich begann etwas am Heck des Trawlers zu flattern und Madis fiel ein Stein vom Herzen, als er die rot-weiße Dannebrog erkannte. Er stand auf und begann zu winken.

Gegen ein Uhr berührte Madis' Boot die Bordwand des dänischen Trawlers. »Lucky Day«, las Madis und warf sein Tau einem der Neugierigen zu, die sich an Deck versammelt hatten. Zwei Minuten später saß Madis in der Kommandobrücke, wo er von drei Augenpaaren betrachtet wurde.

»Lars Digman«, sagte der Kapitän.

»Madis Jefferson.« Madis legte seine nasse Jacke ab und nahm das warme Getränk entgegen, das man ihm reichte.

»Aus der Sowjetunion?«, fragte Digman.

»Estland«, korrigierte Madis.

»Die ganze Strecke mit diesem Boot? Sie hätten ertrinken können.«

»Ein besseres gab es nicht. Ich bin gestern Abend um acht losgefahren.«

»Haben Sie sich verirrt?«

»Nein. Ich war auf dem Weg nach Schweden.«

»Verstehe ...« Der Kapitän und der Steuermann sahen einander wortlos an.

»Ich muss unbedingt nach Schweden gelangen«, betonte Madis.

»Wir fahren gerade zurück nach Dänemark ... Aber wir können Sie im Hafen von Fårösund absetzen. Dorthin brauchen wir nur ein paar Stunden. Sind Sie damit einverstanden?«

»Sehr einverstanden«, Madis lachte und die Männer gaben sich die Hand.

»Bringen Sie Ihre Klamotten zum Trocknen in den Maschinenraum und ruhen Sie sich ein wenig aus. Vielleicht erzählen Sie uns danach, was Ihnen passiert ist«, schlug der Kapitän vor. Madis brachte seine Kleidung weg und man zeigte ihm eine Kajüte. Todmüde schlief Madis innerhalb weniger Minuten ein.

Während Korsten und Schurow aus den Häfen von Haapsalu und Pärnu erfuhren, dass sich dort ein Boot mit der Bordnummer 244 aufgehalten haben soll, das seit mehreren Tagen nicht mehr gesehen worden war, untersuchten die Männer des Kriegsschiffs Nr. 580 mit Ferngläsern den Horizont. Der Durchschnittsgeschwindigkeit nach müssten sie jetzt mehr oder weniger an der richtigen Stelle sein, etwa 25 Seemeilen vor Gotland, aber etwas Verdächtiges war nicht zu sehen, höchstens ein paar Trawler und ein Tanker. Der Wachtmatrose betrachtete die Kennzeichen und Flaggen am Heck der Schiffe. Schweden … Dänemark … Aber warum hat der Trawler ein Boot im Schlepptau? Das Fernglas machte die Runde.

»Ich denke, das ist eins von uns, eine Progress oder dergleichen … Informieren Sie den Stab!«, befahl der Kommandeur. Nach einer kurzen Besprechung nahm der Grenzschutz Kurs auf den Trawler und hisste die schwarz-gelb karierte Signalflagge, damit das Schiff stehenblieb. Der dänische Kapitän und sein Steuermann starrten auf das näher kommende Kriegsschiff und dessen Buggeschütz und fluchten. Der Motor ging aus und das Schiff trieb dahin.

Kommandeur Gontscharuk verkündete, dass an dem Trawler ein Boot mit einer sowjetischen Registernummer befestigt sei und Grund zur Annahme bestehe, dass sich an Bord des Schiffes ein straffälliger Bürger der Sowjetunion befand, weshalb sie das Schiff nun durchsuchen würden. Die fünf Fischer fingen nicht an, mit dem sowjetischen Grenzschutz zu diskutieren, sondern ließen vier bewaffnete Soldaten an Bord. Madis, der in seiner Kajüte schlief, wurde aufgeweckt, und obwohl er beim Anblick der Uniformen sofort auf Englisch behauptete, dass er Däne sei und nicht verstehe, warum man so mit ihm umging, war das Spiel aus – in dem Boot und den Klamotten aus dem Maschinenraum hatte man

Dokumente mit Bildern gefunden, die bestätigten, dass es sich bei ihm um Madis Jefferson, Bürger der Sowjetunion, handelte. Das Boot wurde nun an dem Kriegsschiff befestigt und noch am selben Abend um elf saß Madis vor einem Ermittler des Ventspilser KGB. Lucky Day.

Offizielle Diagnose

Dezember 1972

Ermittler Schurow betrachtete den Papierstapel, den der KGB aus Ventspils geschickt hatte, drückte seine Kippe in dem Aschenbecher aus, der irgendwo zwischen den Dokumenten versteckt war, und brummte vor sich hin:

»Unglaublich …«

»Was genau?«, wollte Korsten wissen.

»Ich lese gerade, was der alles an Bord hatte … So viel Platz kann doch gar nicht auf einem Boot sein? Schau, die Jungs in Ventspils haben eine fünfseitige Liste der Dinge erstellt, die er dabeihatte!« Schurow warf seinem Kollegen die Liste hin.

»Zwanzig Liter Trinkwasser … gut, verständlich … 24 verschiedene Bücher … ein Ausweis von der Zentralbibliothek … ein Sparbuch mit einer Kopeke … eine Ausgabe einer Sportzeitschrift von Anfang August … ein Kilo Äpfel … dreieinhalb Kilo Brot – haben die das etwa alles abgewogen? Käse – 450 Gramm, Wurst – 200 Gramm – welche Logik hat das?«

»Zwei Möglichkeiten – entweder er hat einen Teil der Wurst aufgegessen oder im Handelsnetz von Pärnu gibt es ein Wurstproblem«, sagte Schurow mit einem Grinsen auf dem Gesicht.

»White Horse Whisky – eine leere Flasche, rumänischer Matra-Cognac – voll …«, las Korsten weiter.

»Andersherum wäre auch überraschend gewesen.«

»440 Gramm Erbsen … Du hast recht, ich stelle mir vor, wie sie das zu dritt aufgeschrieben und geflucht haben. Was würdest du ihn am dringendsten fragen wollen?«

»Wir haben da nichts zu fragen. Schitin und Kalle haben die Sache übernommen … Jetzt haben alle den Duft von Prämien in der Nase«, konstatierte Schurow bitter.

Ermittler Andres Kalle, der für besonders wichtige Fälle zuständig war, beäugte den bald Sechzigjährigen, der ihm gegenübersaß. Der große, dünne Mann mit den dichten, graumelierten Haaren blickte ihn ruhig an und machte keine Anstalten, selbst das Gespräch zu eröffnen. Schitin, der Vorsitzende der Untersuchungsabteilung, saß etwas abseits bei der Wand, er konnte zwar ein wenig Estnisch, aber er hatte bereits von den Kollegen aus Ventspils gehört, dass der Gefangene verlangte, estnisch sprechen und schreiben zu dürfen. Deshalb holte man sich Unterstützung von einem estnischen Ermittler, damit niemand sie wegen irgendwelcher Kleinigkeiten behindern konnte.

»Nun … Bitte beschreiben Sie, unter welchen Umständen Sie am 8. September die Seegrenze der UdSSR überquerten«, setzte Kalle an.

»Es war … vor allem ein Irrtum«, antwortete Madis. »Ich bin am Donnerstagabend in Pärnu aufgebrochen, um rechtzeitig zurückzukommen.«

»Zurück wohin?«

»Zur Arbeit. Der Urlaub war vorbei und am Montag hätte ich zur Arbeit gehen müssen. Deshalb brach ich am späten Abend auf, um frühmorgens in Haapsalu anzukommen und alle Dinge zu regeln, bevor ich zurück zur Arbeit musste … Aber in der Dunkelheit habe ich zwischen den Inseln die Orientierung verloren, ich sah nur in der Ferne irgendwelche Lichter. Am Morgen waren die Wellen bereits so hoch, dass ich mir allmählich Sorgen machte, die ganze Zeit kam Wasser ins Boot. Ich hatte keinen Funk oder Ähnliches, mit dem ich Hilfe rufen konnte.«

»Unter welchen Umständen gelangten Sie an Bord des unter dänischer Flagge fahrenden Schiffs *Lucky Day*?«

»Als ich am Morgen bereits mehrere Stunden mit den Wellen gekämpft hatte, fiel mir endlich ein Schiff auf. Ich habe gewunken und sie haben mich an Bord geholt. Ich war völlig baff, als sich herausstellte, dass es sich um ein dänisches Schiff handelte. Ich dachte, ich sei in unseren Gewässern«, erklärte Madis hilfsbereit.

»Weshalb haben Sie von dem dänischen Kapitän verlangt, dass er Sie nach Schweden bringt?«

»Damit ich mich an die nächste Botschaft der Sowjetunion wenden kann.«

»Sie bestreiten, dass Sie die Seegrenze der UdSSR absichtlich überqueren wollten?«

»Ich habe nichts zu bestreiten. Es war einfach ein Irrtum.«

»Wir haben den Inhalt Ihres Kutters in Augenschein genommen. Warum hatten Sie darin so viele Dinge für eine Tagesfahrt?«

»Die waren ja nicht für einen Tag, ich habe den ganzen Urlaub auf See und in Häfen verbracht.«

»Sie waren den ganzen Urlaub über auf See, verirren sich aber auf einer Fahrt, bei der Sie einfach von Süden nach Norden die Küste entlangzufahren brauchten?«

»Wissen Sie, die Küstenlinie ist stark zerklüftet und sogar die Fischer sagen, dass es bei uns so wenige Seezeichen gibt, dass selbst sie durcheinanderkommen.«

»Warum hatten Sie eine große Menge Schmuck aus Wertmetall bei sich?«

»Wissen Sie, wenn ich für längere Zeit weg bin, traue ich mich nicht, Dinge in der Wohnung zu lassen, bei uns im Haus gibt es problematische Leute …«

Das erste Verhör dauerte zwei Stunden, Madis beantwortete alle Fragen ruhig. Der Ermittler machte eine Pause und rief Schurow sowie Korsten zu sich.

»Haben Sie das Protokoll aus Ventspils gelesen?«, fragte Kalle.

»Er sagte, er wollte nach Stockholm, um von dort Vorschläge zum Umbau der Volkswirtschaft an das Zentralkomitee der Sowjetunion zu übermitteln«, zitierte Korsten.

»Wen will er hier noch zum Narren halten?«

»Vielleicht will er das gar nicht?«

»Diese Entscheidung liegt nicht bei uns, die Staatsanwaltschaft hat bestätigt, dass bei diesem Tatbestand automatisch ein psychiatrischer Experte eingeschaltet werden muss ... Teilen Sie sich die Arbeit auf: Einer von Ihnen befragt die Kollegen und die Kontakte aus dem Notizbuch, der andere prüft, was der Mann in den Heften geschrieben hat, die er dabeihatte ... Die Zusammenfassungen will ich diese Woche!«

»Das sind fast 500 Seiten!«, protestierte Korsten.

»Das interessiert mich nicht, ich bin derjenige, der eins auf den Deckel kriegt, wenn die Sache nicht vorankommt«, verzog der Ermittler den Mund.

Bei allen weiteren Verhören wiederholte Madis die gleiche Geschichte und in den Dossiers sammelten sich Hunderte von Seiten mit Aussagen von Kollegen, von Menschen im Hafen und auch von einer Nachbarin, deren Aussage nicht besonders wohlwollend war. Zwei Wochen später erwarteten Madis im Verhörraum anstatt des Ermittlers drei unbekannte Gesichter, die etwas andere Fragen stellten. Sie erkundigten sich unter anderem nach Madis' Kindheit und fragten, weshalb er bereits in jungen Jahren ausgezogen war und schon 1948 versucht hatte, nach Finnland zu fliehen.

»Man hat mich grundlos festgehalten«, antwortete Madis.

»Haben Sie das Gefühl, dass Ihnen ein feindlicher Staat oder Mensch gegenübersteht? Haben Sie den Eindruck, Sie werden verfolgt?«

»Beides.«

»Haben Sie oft den Eindruck, verfolgt zu werden?«

»Jeden Tag, den ich hier festsitze.«

»Wie stehen Sie zum sowjetischen Staat und der sowjetischen Gesellschaft?«

»In der Sowjetunion gibt es Dinge, die verändert werden müssten.«

»Auf welche Weise müssten sie verändert werden?«

»Man müsste Menschen finden, die die Angelegenheiten besser lenken können.«

»Finden Sie, dass Sie dazu in der Lage wären?«

»Ich allein natürlich nicht, dazu braucht es sehr viele Menschen.«

»Sie haben sechs Jahre Schulbildung. Warum denken Sie, dass gerade Sie die Antworten auf so komplizierte Fragen kennen?«

»Edison hatte noch weniger.«

»Wir haben uns mit Ihrem Manuskript ›Die neue internationale Ordnung der Weltwirtschaft‹ vertraut gemacht. Sie schreiben darin, dass Sie zur Stabilisierung der Weltwirtschaft 200 Milliarden und 9 Millionen Dollar benötigen?«

»Das schreibe ich, ja.«

»Warum gerade diese Summe?«

»Das ist eine lange Geschichte. 200 Milliarden sind einfach ein Fonds zur Währungsstabilisierung, 9 Millionen sind zur Abdeckung der administrativen Ausgaben von mir und meinen Mitarbeitern.«

»Ist das Ihrer Meinung nach eine große oder eine kleine Summe?«, fragte der bebrillte Mann und beugte sich dabei nach vorne.

»Ich sehe, dass Sie kein Ökonom sind. Ich würde diese Fragen lieber mit jemandem diskutieren, der darüber besser Bescheid weiß …«, antwortete Madis.

»In Ihrem Brief an die Estnische Bildungsgesellschaft schreiben Sie, dass Präsident John F. Kennedy, ohne um Erlaubnis zu bitten, Ihrem Manuskript Methoden für die Kosmonautik und Wirtschaft entnommen hat und seine Witwe deshalb Schadensersatz zahlen müsse. Haben Sie sich das ausgedacht?«

»Ich erinnere mich nicht.«

»Warum haben Sie keine Familie gegründet?«, fragte die Frau auf der linken Seite.

»Es hat sich keine Gelegenheit ergeben.«

Eine Woche später kam die Beurteilung der Expertenkommission, dass Madis Jefferson unter Schizophrenie leide und zur psychiatrischen Behandlung in ein Krankenhaus eingewiesen werden sollte.

»Das war es. Das kommt noch diese Woche im Gericht auf den Tisch von Uustalu, der wahrscheinlich in wenigen Tagen eine Entscheidung fällt«, konstatierte der Ermittler.

»Ich frage mich immer noch, ob er sie an der Nase herumgeführt hat«, mutmaßte Korsten.

»Was hätte er davon? Er wird so oder so eingesperrt.«

»Vielleicht aus Kalkül … Bei einer Haftstrafe wäre er wegen einer staatsfeindlichen Tat automatisch in irgendein hartes Gefängnis gekommen. Er ist sechzig und angeschlagen, der weiß, was ihn dort erwartet … Hat er abgewogen, dass es in der Klapse besser ist? Da kommt man leichter davon …«

»Das glaube ich nicht. Erstens – du hast doch selbst diese Briefe gelesen und die Protokolle aus Ventspils, das ist nicht normal … Und zweitens – in der Klapse muss es nicht besser sein. In Sibirien sitzt man fünf oder zehn Jahre. Aber da sitzt man so lange, bis eine Kommission beschließt, dass man rausdarf. Die Chance, dass er nochmal rauskommt, liegt bei 25, höchstens 50 Prozent.«

Der Ermittler lag nicht falsch. Madis Jefferson wurde auf richterlichen Erlass im Dezember in eine psychiatrische Klinik eingewiesen und würde dort so lange bleiben müssen, bis eine ärztliche Kommission diese Entscheidung revidieren würde. Anfang des Jahres erhielten der Richter, die Ermittler sowie der Vorsitzende der Expertenkommission für die gute Arbeit ein Dankesschreiben des Ministeriums.

Der zweite Kontinentalkongress

Frühling 1973

Die Fahrdienstleiterin von Palupera, Ljubow Suur, betrachtete die schmelzenden Schneehaufen am Rande des Grabens und erblickte einen roten Farbtupfer. Wenn die Kelchbecherlinge schon zu sehen waren, bedeutete das, dass man in wenigen Wochen Lorcheln im Wald sammeln konnte. Ljubows Bleibe aus Silikat-Ziegeln war nicht groß, aber sie hatte sich daneben einen improvisierten Garten angelegt, der jedes Jahr um einige Beete anwuchs. Obwohl sie eigentlich Pfingstrosen mochte und ein paar Stauden hatte, war sie doch praktisch gesinnt und legte beziehungsweise kochte von Frühjahr bis Herbst alles von Tomaten bis Erbsen ein. Hätte jemand sie davon überzeugt, dass sie genießbar oder gesund wären, hätte sie auch die Pfingstrosen eingelegt. Ein- und Dreilitergläser standen dicht aneinandergereiht auf den Regalen im Schuppen und wenn der Zug in nicht einmal fünf Metern Entfernung vorbeidonnerte, klirrte es regalweise. Schön wie Kristall, fand Ljubow, nicht wie leere Flaschen, wie eine Freundin aus Tartu bei ihrem Besuch gesagt hatte. Menschen neigen dazu, auf die Häuser und Gärten an den Bahngleisen herabzuschauen, aber für Ljubow war es hier heimelig, und auch Ruhe hatte sie genug, denn die Züge fuhren bei weitem nicht stündlich hier durch. Bis zum Abendzug nach Valga und dem Tschaika nach Minsk war noch etwas Zeit, aber Ljubow nahm ihre Uniformmütze und ihren Stock und prüfte mit dem gewohnten Berufsstolz, ob der Übergang links und rechts frei war. Aber, aber … Auf den Gleisen war irgendein

Papiermüll zu sehen – dem Zug machte das nichts, aber es sah nicht angemessen aus, dachte Ljubow und begab sich zielstrebig zu dem Müll. Bei näherer Betrachtung stellte sich der Müll als Umschlag heraus, in dem sich auch ein seltsam dicht beschriebener Zettel befand. Zehn Schritte weiter folgte der nächste … und noch einer … und noch mehr. Insgesamt waren es acht Umschläge, auf denen verschiedene Adressen in Tallinn und sogar im Ausland standen. Sehr verdächtig! Ljubow versuchte einen der Briefe zur Gänze zu lesen, aber darin standen so viele verschiedene Einrichtungen und Staaten, dass sie ihn aufgebracht zurück in den Umschlag steckte.

»Das in-ter-na-tio-nal-e …«, buchstabierte Ljubow. Noch verdächtiger!

»Das Währungssystem ka-pi-ta-lis-tisch-er …« Großer Gott!

»In den Vereinigten Staaten von Amerika …« Nein, jetzt reicht es! Ljubow legte die Briefe aus der Hand.

Am nächsten Tag überreichte Ljubow alle Umschläge in Valga einem KGB-Mitarbeiter, der die Briefe, die Madis aus dem Zugfenster geworfen hatte, umgehend nach Tallinn weiterleitete, wo sie ordnungsgemäß seinem Dossier beigefügt wurden.

Mitte März kam Madis Jefferson nach einer mehrtägigen Zugfahrt ohne Halt an irgendeinem Bahnhof an, wurde mit seinen Mitreisenden in eine Zelle gesteckt und von dort in den Innenhof eines heruntergekommenen, dreistöckigen Backsteingebäudes geschickt. Obwohl auch in Estland eine psychiatrische Behandlung möglich gewesen wäre, wurden die auffälligeren und kniffligeren Fälle, die eine Zwangsbehandlung erforderten, nach Leningrad ins Bechterew- oder nach Moskau ins Serbski-Institut in die Geschlossene geschickt. Madis war in das dritte große Irrenhaus des Landes gekommen, in die psychiatrische Sonderklinik Tscherjachowsk in der Oblast Kaliningrad. Betrachtete man die Kittel der Schwestern und das Tagesprogramm an der Wand (Spazieren, Behandlungen), hätte man annehmen können, dass es sich um eine gewöhnliche Klinik handelte, aber in Wirklichkeit hatte das gesamte Führungspersonal militärische Ränge und der Komplex war früher ein Gefängnis gewesen. Nachdem er den Stationsleiter kennengelernt und ein paar Tage in einem kleinen überwachten Krankenzimmer verbracht hatte, kam Madis zu den anderen. In Zimmer Nummer 6 saßen ein Mörder mit einem ruhigen Wesen, ein schweigsamer, skeptisch dreinblickender alter Lette, ein Vergewaltiger und zwei mürrische Männer, die einander fortwährend mit ihren Ticks erschreckten, sodass erst Ruhe einkehrte, wenn einer von beiden sich zufällig abwandte oder den Raum verließ. Der Stationsleiter war ein resignierter älterer Mann, der Madis' Akte überflog und mitteilte, dass nun die Behandlung beginnen würde. Nachdem er im allgemeinen Krankensaal angekommen war, durfte Madis auch in den Hof, wo jede Station über einen eigenen Schotterplatz mit einer trostlosen Attraktion verfügte, etwa einen einsamen Basketballkorb ohne Netz oder ein dreckiges Volleyballfeld. Madis blickte sich um. Der Komplex war viel besser bewacht als die Lager in der sibirischen Einöde. Hinter dem hohen Drahtzaun befand sich ein Sandstreifen und dahinter wiederum eine noch höhere Mauer. Zwischen den zwei Begrenzungen faulenzte ein Wachhund. Madis trat näher heran und versuchte mit einem leisen Pfiff die Aufmerksamkeit des Hundes zu gewinnen. Der Hund drehte den Kopf, erhob sich aber nicht. Nun holte Madis eine Scheibe Brot vom Frühstück aus seiner Tasche, brach ein Stück ab und steckte es dem Hund durch den Zaun. Offenbar schnupperte der Hund an dem Essen, bewegte sich aber nicht. Einen Beamten mit Brot locken, du Dummkopf – bring lieber Wurst!

»Versuch es gar nicht erst«, sagte jemand hinter Madis' Rücken. Es war der schweigsame Alte aus dem Krankenzimmer, der das Geschehen verfolgte.

»Hinter der Mauer ist ein Elektrozaun und dahinter Stacheldraht. Um hier rauszukommen, braucht man Flügel. Domantas«, der Mann streckte die Hand aus. »Ich hab deinem Blick gleich angesehen, dass du weder ein Ganove noch ein Irrer bist.«

Madis schüttelte die Hand. »Madis … aus Estland.«

»Ah, so ist das … hier sind noch mehr von deinen Landsleuten, aber aus anderen Gründen … Einer ist ein Pädophiler, der andere einfach verrückt.«

»Sagen wir so, ich wollte die Gastfreundschaft der UdSSR nicht länger ausreizen, aber man bat mich, noch ein wenig zu bleiben.«

»Verstehe … Ich habe in Kaunas an der Universität Flugblätter verteilt, jemand hat mich wohl verpfiffen … Weißt du, hier erreicht man mit Kraft nichts, man braucht Druck von außen. Ich habe mir überlegt, wie man einen Brief hier rausbekommt, damit die bei Voice of America vorlesen können, dass wir hier festgehalten werden.«

»Wie willst du die Briefe verschicken? Alles wird gelesen und man darf nur auf Russisch schreiben …«

»Man muss sie irgendeinem Besucher mitgeben. Bekommst du Besuch?«

»Nein.«

»Ah … dann müssen wir jemand anderes finden … lass uns nochmal reden …« Der alte Mann zwinkerte ihm zu und trottete mit stumpfem Blick zu den Volleyballspielern hinüber. Die Patienten wurden vor dem Abendessen zurück in die Krankenzimmer gebracht und Madis warf sich matt auf sein Bett und blätterte zum Zeitvertreib durch die nicht besonders vielversprechende russische Literatur, die er aus dem Bücherregal geholt hatte, als er von näher kommenden Schritten unterbrochen wurde.

»Herr Präsident, wir haben Sie erwartet!«, sagte jemand.

Madis senkte das Buch. Zu ihm blickten ein großer bleicher Mann mit Locken und ein zweiter, ebenso bleicher Mann, dessen Frisur an eine misslungene Mischung aus einem Beatles-Haarschnitt und einer Tonsur erinnerte.

»Wie bitte?«, fragte Madis.

»Herr Jefferson, wir haben Sie erwartet«, teilte der Größere mit. »Kommen Sie kurz mit uns auf den Gang.«

Madis schaute skeptisch und richtete sich auf. Zusammen gingen sie nach draußen, wo bereits die Essenswagen von Helfern herumgeschoben wurden, die nicht danach aussahen, als hätten sie eine Ausbildung als Krankenpfleger, sondern eher nach jahrelangen Gefängnisaufenthalten.

»Herr Jefferson, wir haben Sie seit Jahren erwartet! Endlich können wir uns Gedanken zur Einberufung des Kontinentalkongresses machen!«, fing der größere Bursche erneut an.

»Was wollt ihr von mir?«, zischte Madis.

»Aber Herr Jefferson … das hier ist Herr Adams … und ich bin Benjamin Franklin«, erklärte der Mann allwissend. Der Kleinere sah Madis dabei die ganze Zeit in die Augen und nickte mehrfach, begleitet von einem tröstlichen Lächeln.

»Ja …«

»Die Botschaft von Ihrer Ankunft hat uns unglaublich erfreut. Ich wusste, dass der Tag irgendwann kommen würde! Wir müssen anfangen, die Unabhängigkeitserklärung zusammenzustellen. Wir müssen die Information mit den anderen Bundesstaaten teilen!«

»Ins Zimmer!«, befahl ein kantiger Mann, der mit einem der Essenswagen ankam. Die beiden zogen sich in ihre Zimmer zurück, und abgesehen von dem Mann mit den Ticks, der nachts zu heulen begonnen hatte und von einem Pfleger aufgeweckt und in ein Einzelzimmer geschleift worden war, tat keiner mehr etwas Besonderes.

Am Morgen wurden an einen Teil der Patienten Tabletten verteilt. Um zu kontrollieren, dass sie die Tabletten auch wirklich geschluckt hatten, mussten sie den Mund öffnen. Zusammen mit ein paar anderen wurde Madis in den Behandlungsraum gerufen. In dem gekachelten Zimmer gab es sechs mit Raumtrennern aus Wachstuch separierte Liegen. Man sagte Madis, dass er nun Medizin bekommen würde und ruhig bleiben solle. Neben einem Arzt befanden sich zwei Krankenschwestern und ein muskulöser Pfleger im Raum. Madis erahnte hinter dem Raumtrenner zu seiner Rechten Bewegungen und als diese stärker wurden, verrutschte der Vorhang, hinter dem ein krampfendes Bein auftauchte. Die Schwester zog hastig den Vorhang zurück. Der Arzt nickte ihr zu, daraufhin nahm sie eine Spritze von einem Tablett und sagte zu Madis, »es ist gleich vorbei«. Der Pfleger kam, um aufzupassen. Die Schwester leerte die Ampulle in Madis' Vene. Auf den Lippen des Patienten lagen Fragen und Einwände, aber auch diese verstummten bald. Madis spürte, wie ihm heiß und schummrig wurde. Gegen Mittag gab man ihm Glykose zu trinken, und langsam wurde er wieder klarer. Am nächsten Morgen wiederholte sich die Prozedur, doch die Dosis war größer und ihm war noch etwas schummriger. Das ging über eine Woche weiter, bis die Hitzewallungen und Zuckungen so stark wurden, dass Madis das Bewusstsein verlor und die Glykose am Ende nicht mehr selbst trinken konnte, weshalb sie ihm injiziert werden musste.

Als der kanadische Arzt Frederick Banting auf die Idee gekommen war, Hunden und später auch Rindern Insulin aus der Bauchspeicheldrüse zu entnehmen und es zuckerkranken Tieren beziehungsweise Menschen zu injizieren, hatte dies den Durchbruch in der Behandlung von Diabetes gebracht, aber auch zu einer problematischen Erfindung geführt. Kaum zehn Jahre später kam der aus Österreich stammende Arzt Manfred Sakel auf die Idee, Insulin zur Behandlung von Schizophrenie einzusetzen. Er hatte den Eindruck, dass eine seiner zuckerkranken Patientinnen nach einer Insulinspritze klarer reden konnte als sonst, und so beschloss Sakel, das Insulin anderen Patienten in unterschiedlichen Dosen zu verabreichen, bis die Menge im Körper so hoch war, dass eine Person ins Koma fiel – die Patienten jedenfalls begannen stark zu schwitzen, zu zucken und zu krampfen, viele verloren das Bewusstsein. Diese Tortur dauerte ein bis zwei Stunden und danach verabreichte man den Patienten als Gegengift Glykose, um ihren Blutzuckerspiegel auszubalancieren und sie wieder aus dem Koma zu holen. Die Grundidee des Insulinkomas war vergleichbar mit der einer Elektroschocktherapie. Man sah darin eine Möglichkeit, Menschen neu zu programmieren, sie von ihren Dämonen und Zwängen zu befreien, und bei manchen schien es zu funktionieren. Doch die in sich schlüssige Theorie hatte ein großes Minus – bis zum Jahr 1950 hatten Untersuchungen gezeigt, dass das Insulinkoma als Behandlungsform im Vergleich zu Placebobehandlungen medizinisch nahezu nutzlos war und die früheren positiven Ergebnisse größtenteils durch eine günstige Auswahl von Probanden zustande gekommen waren. Ein Problem war auch, dass von Zeit zu Zeit Patienten starben, an Hirnblutungen, Krampfanfällen und anderen Nebenwirkungen. Die Psychiater der Sowjetunion glaubten jedoch noch Jahrzehnte lang an die Wirksamkeit der Methode und gerade bei »schwierigen Fällen« zauderte man auch nicht groß.

Obwohl dem Kalender zufolge erst wenige Wochen vergangen waren, fühlte sich Madis in seinem Krankenzimmer vollkommen verwirrt, als wären es bereits Monate gewesen.

Er war inzwischen Dutzende Male ins Koma geschickt und zurückgeholt worden, sein Körper war geschunden und sein Geist abgestumpft. Als er das erste Mal wieder in den Hof durfte, saß er lediglich auf der Bank an der Wand und sah zu, wie die anderen Basketball spielten und mit Zigaretten Handel trieben. Die Inhaftierten, die bei der Arbeit mithalfen, bekamen pro Tag eine Schachtel Zigaretten, die sie auch als Tauschware nutzen konnten.

Bald setzte sich der Lette neben Madis.

»Na, haben sie dir Insu verpasst?«

Madis nickte.

»Die Wunder der sowjetischen Psychiatrie … Weißt du, die müssen alle angezeigt werden. Bald kommt die Mutter von dem Ukrainer in Zimmer 4 aus Lwiw. Wir müssen versuchen, ihn für unsere Sache zu gewinnen, vielleicht kann er was an meine Bekannten in Polen weiterleiten … Schreibst du auch englisch?«

»Gerade kann ich gar nichts schreiben.«

»Keine Eile, es ist erst in einem Monat so weit … lass uns nachdenken.« Der Alte knuffte Madis in die Schulter und ging weiter. Kaum war Domantas weg, erschien neben ihm ein Mann aus dem Nachbarzimmer, den er schon einmal auf dem Hof gesehen hatte.

»Bist du Este? Ich bin Tomas, aus Kaunas«, der Mann streckte seine Hand aus.

»Madis … Ihr seid viele aus Kaunas …«

»Hm? Was hat Domantas dir erzählt?«

»Dass er in der Universität irgendwelche Flugblätter verteilt hat …«

Tomas schnaubte. »Domantas kommt aus Panevėžys, er hat dort drei oder vier oder noch mehr Frauen vergewaltigt, hat ihnen im Theater aufgelauert … Flugblätter! Hier muss man sich genau überlegen, wem man zuhört.«

»Vergewaltigt? Er hat gesagt, dass er einen Brief an Voice of America schicken will …«

»Von mir aus soll er dem Papst schreiben«, Tomas bekreuzigte sich.

»In Ordnung … Und du bist einer, dem man glauben soll?«

»Man muss nicht, aber man kann … Schau, ich zeig dir was … Zum Beispiel der Typ, der da rumhinkt, siehst du den?«, Tomas deutete auf einen korpulenten Mann bei der Wand. »Der ist so dick geworden, der hat bestimmt schon mehr als vierzig Spritzen bekommen. Das dreht den ganzen Stoffwechsel um … Der mit der Schirmmütze, zweites Jahr hier, wahrscheinlich zwanzig oder dreißig Spritzen, ein bisschen dünner. Wenn die keine Resultate sehen oder man ihnen lästig wird, spritzen sie einem Sulfat. Dann fühlst du dich, als würde dein ganzer Körper brennen, und die Muskeln gehorchen dir nicht mehr. Das willst du nicht, das ist viel härter als Insulin. Ja … Und schau dir die an, die sich dort unterhalten … der da links bekommt Cyclodol gegen Muskelstarre, aber die da rechts wollen sich damit berauschen und fragen, ob er die Medizin im Mund behält und dann zur Seite legt, dafür kriegt er mehrere Schachteln Zigaretten … Der dort bei der Tür, der die ganze Zeit so komisch mit den Beinen zappelt, ist wahrscheinlich auf Levomepromazin … Verstehst du, ich bin das dritte Jahr hier … Wenn du den Stationsleiter schief anguckst, bekommst du gleich zehn oder zwanzig Spritzen extra und Sulfat noch obendrein. Du kannst ihm hundertmal sagen, dass du nichts hast, aber das bedeutet nichts. Zweimal pro Jahr tritt eine große Kommission zusammen, auch aus Moskau kommt jemand, und die schauen dann, wen sie entlassen … Aber verstehst du, die interessiert überhaupt nicht, was du sagst, dir hängt ein Paragraf am Hals! Wenn du anfängst, Probleme zu machen, sitzt du länger. Wenn du still bleibst und mitmachst, schluckst du nur Bonbons, Haloperidol,

Pentetrazol und Ähnliches. Ich will dir nur sagen, wenn du anfängst, mit ihnen zu streiten, grillen sie dir das Hirn. Sie müssen uns eine Zeitlang hier drin behalten, aber irgendwann macht die Kommission Platz für die Neuen.«

»Und was ist dein Plan – warten wie ein Schaf?«

»Du hast zwei Möglichkeiten: Entweder du hältst dich zurück oder du bekommst es zu spüren. Bis dahin … määh!«, sagte Tomas.

»Warum erzählst du mir das? Kommt als Nächstes jemand aus Vilnius und sagt, dass du ein Serienmörder bist?«

»Denen aus Vilnius sollte man nicht trauen, Kaunas ist das Wahre!«, teilte Tomas mit. »Weißt du, wir müssen uns umeinander kümmern … so gut das überhaupt geht.«

Der Pfleger gab das Zeichen, dass sie für das Abendessen hineingehen sollten, und die Männer trotteten langsam zu ihren Abteilungen. Madis eilte dem bleichen Zimmergenossen hinterher, der sich als John Adams vorgestellt hatte.

»Herr Jefferson, Herr Jefferson!«, grüßte er niedergeschlagen und griff nach Madis' Arm.

»Ich will jetzt nicht … ich muss los«, unterbrach Madis den Störenfried.

»Nein, nein. Sie verstehen nicht. Ich wollte Ihnen nur sagen, dass ich nicht verrückt bin«, flüsterte der Mann.

»Wunderbar, ich auch nicht.«

»Sie verstehen nicht, ich bin nicht John Adams. Ich heiße Witja Belkin und komme aus Smolensk.«

»Aha … ist das so?«

»Und Zhenja heißt nicht Franklin, sondern Koropaksin.«

»Also doch nicht Franklin, interessant …«

»Zhenja hat an der Hochschule Geschichte studiert, aber er ist irgendwann durchgedreht. Sehen Sie, er ist wirklich verrückt!«

»Aha. Und was soll ich jetzt tun?«

»Wissen Sie, nehmen Sie es ihm nicht übel, wenn er sich manchmal … nun … über spezielle Themen unterhalten will. Sonst ist er so traurig … Ich hatte den Eindruck, dass Sie sich erschrocken haben. Wir haben einfach den gleichen Hintergrund.«

»Waren Sie auch Historiker?«, wunderte sich Madis.

»Nein, nein. Er kommt auch aus Smolensk. Wir hatten ein Missverständnis … wegen der Ticks … aber egal. Seien Sie ihm nicht böse, mehr wollte ich gar nicht sagen.«

Ein paar Tage später teilte Madis seine Bereitschaft mit, den Zweiten Kontinentalkongress einzuberufen, um die Unabhängigkeitserklärung zu diskutieren.

Fünf-Finger-Essen

Frühling 1980

Als auch Madis eingesehen hatte, dass eine Flucht aus Tschernjachowsk zu kompliziert war, versuchte er, sich an Tomas' Ratschlag zu halten und leise mitzumachen. An die Essensausgabe ließ man ihn nicht ran, diese war verdächtigerweise in die Hände von kriminellen Insassen gefallen, doch er durfte in der Werkstatt kaputte Möbel reparieren und bekam dafür sogar ein fürstliches Honorar von drei Rubel pro Monat. Die erste große Kommission des Jahres tagte im Herbst und die Patienten traten einer nach dem anderen vor den Stationsleiter und den aus Moskau angereisten Arzt. Bei Madis hieß es nur, dass er äußerst nützliche Arbeit verrichte und kleine Zeichen der Besserung zeige. Der hohe Besuch brummte etwas und eine Minute später war der nächste Patient an der Reihe. Dieses Jahr durfte nur ein Pädophiler aus Tartu zurück in die Heimat.

Madis sollte erst 1977 wieder nach Estland kommen, also nach vier Jahren, und zwar nicht in die Freiheit, sondern zur allgemeinen Behandlung in einer psychiatrischen Klinik in Tallinn. Der dortige Stationsleiter unterhielt sich mit Madis und teilte ihm mit, dass man ihn beobachten würde und, sollten Fortschritte zu sehen sein, er in die normale Abteilung kommen würde. Das würde eine spürbar größere Freiheit mit sich bringen, sogar die Erlaubnis, in die Stadt zu gehen, allerdings musste man am Abend zurück sein, doch Madis hatte ohnehin keine feste Bleibe oder Arbeitsstelle. Nach einem beinahe vorbildlichen ersten Monat kam Madis in ein normales

Zimmer und begann Spaziergänge durch die Holzhausviertel zu unternehmen, wo er sich trotz seiner angeschlagenen Gesundheit anbot, Brennholz zu hacken, Scheite zu stapeln und sonstige Arbeiten zu verrichten. Zum Beispiel bat ihn Frau Rõigas aus der Sõbra-Straße darum, ihr mit den Konservendeckeln zu helfen, doch Madis' Gerede von der Neugestaltung der Planwirtschaft wurde für sie am Ende etwas ermüdend. Ende September hatte Madis fast ein ganzes Monatsgehalt beiseitegelegt, hundert Rubel. Und eines Herbstabends war Madis nicht mehr in die Klinik zurückgekehrt.

Da Züge und Flugzeuge ihm zu auffällig und zu stark bewacht erschienen, begab er sich stattdessen zum Zentralmarkt, wo er bis zum Abend wartete und dann einen Georgier ansprach, der mit einem großen Lastwagen gekommen war, um Melonen und Aprikosen zu verkaufen. 25 Rubel und 100 Kilometer später schimpften die Männer bereits über die Sowjetunion und kurz vor Krasnodar gestand Madis die halbe Wahrheit, nämlich dass er abtauchen müsse.

»Wenn du nur einen oder zwei Monate irgendwo unterkommen musst, kannst du zu meinen Eltern nach Telawi, aber wenn du verschwinden musst, weiß ich einen Ort, an dem dich keiner findet«, sagte Irakli.

»Ich befürchte, ein oder zwei Monate werden nicht reichen«, gab Madis zu.

Eine Woche später stand Madis abgekämpft mit einem von Irakli verfassten Brief in der Hand vor einem Steinhaus mit etwas abgebröckeltem Putz und erkundigte sich nach Almaz. In der Ferne waren im Norden grüne Hänge zu sehen, während sich im Süden schroffe Berge türmten, deren Spitzen in den Wolken verschwanden, und von Zeit zu Zeit blitzte dort die Schneegrenze auf. Er hatte das kirgisische Dorf erreicht, das auf der Südseite des Ferghanatals lag und in dessen Sowchose Irakli einst das Baumwollkombinat geleitet hatte. Der

Mann mit dem schwarzen Schnauzer las den Brief ungläubig durch und schon bald wurde Madis in der Sowchose angeheuert, um Maschinen zu warten.

In dieser idyllischen Peripherie zogen fast drei Jahre ins Land und Madis, der inzwischen 67 Jahre alt war, hatte sich einen üppigen Bart wachsen lassen und war den Einheimischen bereits vertraut geworden. Von Zeit zu Zeit teilte Madis glaubwürdig mit, dass er wegen Alimentenzahlungen abgetaucht war.

Als Almaz Osmonow erfuhr, dass es so nicht mehr weitergehen konnte, lag die Sache bereits nicht mehr in seinen Händen. Er schob das Unausweichliche mehrere Wochen vor sich her und lud Madis, der bei ihm in dem kleinen Nebenraum wohnte, eines Abends zu sich ein.

»Komm, wir machen Naryn«, rief Almaz. Normalerweise bereiteten die Frauen im Dorf das Essen zu, aber heute war es anders.

»Was ist denn los?«, fragte Madis.

»Erzähle ich gleich …«, erklärte Almaz. »Ja … Naryn ist die ehrenwerteste Speise der Kirgisen. Bei den Kasachen gibt es etwas Ähnliches, aber die können das nicht richtig. Für den Naryn ist es wichtig, dass alle Zutaten einfach sind, aber am Ende gibt es keine bessere Speise! Sieh her, man muss ein halbes Kilo Mehl nehmen … Salz … Pfeffer … etwas Lorbeer … ein bisschen Öl … drei Eier … vier Zwiebeln … und am wichtigsten – eineinhalb Kilo ordentliches Fleisch. Wir haben heute Lamm, aber Pferd ist auch sehr gut.«

»Sitzen wir hier bis morgen?«

»Nein, nein. Meine Frau hat schon das Fleisch und die Brühe vorbereitet … Das Fleisch muss in Stücke geschnitten werden und in einem 5-Liter-Topf bei gleichmäßiger Hitze drei bis vier Stunden gekocht werden. Man muss die ganze Zeit den Schaum abschöpfen. Erst wenn es ein paar Stunden gekocht hat, gibt man Salz, Pfeffer und Lorbeer dazu … Das ist alles in dem Topf hier. Wir machen jetzt die Nudeln.«

»Mehl … Eier … was noch?«

»Öl. Weißt du, es ist Glück und Unglück zugleich, dass du keine Kinder hast.«

»Öl … und jetzt? Was ist mit den Kindern?«

»Mein Sohn Samarbek will heiraten … Also, das Mehl in eine Schüssel geben und in die Mitte eine Mulde machen. Jetzt schlägst du drei Eier in eine Schüssel und verrührst sie mit der Gabel … gut … und jetzt vermischst du das mit dem Mehl.«

»Lass ihn doch, weshalb machst du dir Sorgen? Muss der Teig so zäh sein?«

»Knete ihn ordentlich durch. Erstens, Samarbek will sich nicht an die Traditionen halten. Er hat einen Schwarm im Nachbardorf, eine Lehrerin. Ich habe ihm gesagt, soll sie kommen, Junge. Bring sie her, wir trommeln die Frauen der Familie zusammen, dann bleibt sie. Ja, und jetzt nimm dir Stücke vom Teig und roll sie zu langen Strängen aus, ungefähr ein oder zwei Zentimeter dick … Reib dir die Hände mit Öl ein und zieh die Teigstreifen durch die Hände und lass sie dann kurz in der Schüssel ruhen.«

»Was haben die Frauen damit zu tun?«

»Das ist einfach Tradition, Ala Kachuu, eine Frau wird ins Haus geholt … Bei Aigul war es auch so, vorher kannten wir uns gar nicht.«

»Ihr kanntet euch nicht?«

»Wir hatten uns nur aus der Ferne gesehen. Und sieh dir an, wie wir schon seit dreißig Jahren zusammenleben wie die Turteltauben! Aber wie junge Turteltauben!«

»Na, und was will dein Sohn?«

»Der sagt, dass er es nicht so machen will, dass es geschmacklos ist! Sein Problem ist, dass das Mädchen von der Universität und aus der Stadt kommt.«

»Aber ist es denn so schlimm, wenn sie das selbst entscheiden? Glaubst du, dass alle glücklich sind, die gegen ihren Willen geholt wurden?«

»Sind denn alle glücklich, die sich zehn Jahre lang den Hof gemacht haben? Ich habe mein ganzes Leben hier verbracht, ich war aber auch in Moskau und Kyjiw und anderswo … Ganz einfach, plötzlich verändert sich alles.«

»Aber das ist doch nicht alles …«

»Es ist, wie es ist, aber jetzt sagt er, dass sie zusammen in der Stadt leben wollen … Verstehst du das, mein einziger Sohn!«

»Das verstehe ich.«

»Ja, vielleicht, aber das macht mich traurig … Ich habe den Eindruck, dass sich unser Leben hier überhaupt stark verändert. Hier herrscht nicht mehr dieselbe Freiheit wie früher.«

»Wovon sprichst du jetzt?«

»Weißt du, es fällt mir schwer, darüber zu sprechen, aber die Miliz war bei mir.«

»Die Miliz?«, wurde Madis hellhörig.

»Sie verlangen von uns, dass wir uns an eine neue Regelung halten, früher wollte niemand Pässe oder Ähnliches von den Landbewohnern und den Mitgliedern der Sowchosen. Aber bis Ende des Jahres brauchen alle einen neuen Pass und werden mit diesen neuen Pässen in das Register der Miliz aufgenommen, was heißt …«

»… dass ich nicht aufgenommen werden kann«, begriff Madis.

»Du weißt, dass du für uns inzwischen wie Familie bist, aber ich kann dir hier nicht helfen. Wenn du dir einen neuen Pass holst, können wir dich weiter anstellen. Sonst bekommen wir Probleme, wenn sie kontrollieren. Kriegst du irgendwo einen neuen Pass her?«

»Ich weiß nicht … Die einzige Möglichkeit ist, dass ich versuche, meinen alten Pass umzuschreiben, und dann zurückkomme …«, überlegte Madis.

Eine Stunde verging mit Höflichkeiten und einem nicht besonders ergiebigen Gedankenaustausch.

»Jetzt ist es so weit … nimm die Nudeln aus der Schüssel und dreh sie zu so feinen Schnüren, wie du kannst … Nimm die Fleischbrühe mit einer Kelle und lass die Nudeln darin ziehen. So lange schneiden wir die Zwiebeln klein und zerrupfen das Fleisch mit den Fingern.«

Als die Nudeln gekocht waren, kamen sie auf eine große Platte. Über die Nudeln wurde das gerupfte Fleisch verteilt, darauf kamen die gebratenen Zwiebelringe und darauf wiederum Brühe.

»In der Stadt heißt das Beschbarmak, was so viel bedeutet wie ›Fünf Finger‹«, erklärte Almaz, während er sich mit der Hand vom Essen nahm. »Madis, ich hoffe, dass du ein neues Dach über dem Kopf findest.«

»Wir werden sehen.«

Korrespondenz für Fortgeschrittene

Weihnachten 1983

Im Beratungszimmer der psychiatrischen Klinik von Tartu saßen fünf Ärzte und Dozenten um den Tisch.

»Tja, sehr interessanter Fall.« Professor Aarma schob die Brille auf seiner ungewöhnlich langen Nase nach oben. »1948 geflohen ... 24 Jahre später wieder, diesmal übers Meer ... 77 aus der Klinik in Tallinn nach Zentralasien geflohen ... Grundgütiger ... Im Herbst 1980 auf der Passbehörde in Tallinn verhaftet, als er seinen alten Pass erneuern wollte ... Eine Bitte um neue Expertise ...«

»Andres, du möchtest sicher einen Roman über ihn schreiben?«, stichelte die einzige Frau in der Runde.

»Das könnte man bei jedem Zehnten hier ...«, ließ der Angesprochene sich nicht beirren.

»Weigerte sich, Medizin zu nehmen ... Bitte um neue Expertise und Kontrolle der Medikation ...«, fuhr der Professor fort.

»Seine Geschichte war stellenweise recht plausibel«, unterbrach ein junger Kollege, der bislang geschwiegen hatte.

»Eine Geschichte kann, wie du weißt, über lange Strecken plausibel sein ... Wir hatten hier eine Mutter, die ihr Kind ertränkt hat und recht plausibel sprach, bis sie in einen anderen Zustand verfiel.«

»Hier steht aber nichts davon, dass er gewalttätig gewesen sein soll, weder sich selbst noch anderen gegenüber ...«, versuchte der junge Kollege zu ergänzen.

»Gewalt ist eine andere Sache und dafür gibt es eine eigene Abteilung. Wir müssen herausfinden, was die beste Lösung für ihn ist. All diese Fluchtversuche und wer weiß was für weltrevolutionäre Schriften …«

»In Tschernjachowsk hat er vier Jahre gesessen … von uns wurde seit Jahren keiner mehr dorthin geschickt. Nur dieser Pädophile aus Karlova vor zehn Jahren.«

»Übrigens glaube ich, dass ich den vor einer Woche in einem Geschäft in der Tähe Tänav gesehen habe«, merkte die Frau an. Die Kollegen hoben die Blicke, sagten aber nichts.

»Zeigen Sie mir nochmal die Kartei aus Tschernjachowsk …«, verlangte der Professor und bekam ein gefaltetes, gelbliches Papier mit Linien. »Mhm … mhm … Begleiterscheinungen … sehr lückenhaft ausgefüllt … bekam Haloperidol, Pentetrazol … Oho, und auch Insulin! Aber die Dosis steht nirgends … und nur ein einziger Zyklus.«

»Akute Wahnvorstellungen hat er jedenfalls keine … Die Texte sind, wie sie sind, aber Andres, auch du weißt, wie das ist, wenn sich jemand zum Schriftsteller berufen fühlt«, unterbrach der junge Kollege und nickte seiner schmunzelnden Kollegin zu, die bedächtig murmelte: »Wie wahr, wie wahr …«

»Aber was heißt akut? Ist es denn normal, wenn sich ein fast siebzig Jahre alter Mann so benimmt? Ist es in seinem Interesse? Was bringt einen Menschen dazu, sein Leben für nichts und wieder nichts so zu ruinieren?«, wurde der Professor wütend. »Ich sage euch, das ist im Interesse von niemanden! Die Lösung ist sehr einfach – er hätte einfach von klein auf behandelt werden müssen! Hätte man die Behandlung nicht abgebrochen, könnte er jetzt in Frieden leben, ohne diese Zwänge. Meine Erfahrung hat mir gezeigt, dass die Insulintherapie sehr effektiv wirkt bei allerlei schizophrenen

Störungen, nicht nach zehn Mal, sondern nach zwanzig, dreißig oder von mir aus sechzig Mal … Hier fehlt es schlichtweg an Kontinuität!«

Im Besprechungsraum wurde es für einen Moment still.

»Bei dieser Altersgruppe kann es etwas gefährlich werden …«, merkte die Kollegin an.

»Die Kohorte war einfach zu klein, man müsste die Gruppe erweitern«, verteidigte sich der Professor.

»Ich wollte einfach erwähnen …«

»Es reicht! Solche Fälle habe ich zuhauf gesehen, wenn der hier Schaden anrichtet, wird er nach Moskau und sonstwohin geschickt. Menschen müssen behandelt werden und wenn nötig auch aggressiv, nicht so zimperlich! Wenn Sie in Zukunft mit einer vollen Stelle in der Klinik arbeiten wollen, dann zeigen Sie, was Sie gelernt haben, und hören auf mit dem Unfug. Ihre Vorstellungen sind in keiner Weise gerechtfertigt!«, beendete der Professor die Tirade.

Nach einer halbstündigen weiteren Diskussion entschied man, Madis Jefferson aus dem Rummel der Stadt wegzuschicken, in ein Spezialheim nach Põltsamaa, das vom Wesen her eine Mischung aus einer harmloseren Nervenklinik und einem Altenheim war. Madis wurde in Begleitung eines Wächters hingebracht und musste von Zeit zu Zeit morgens Pillen schlucken, doch diese waren vergleichsweise mild, und er half im Rahmen der Arbeitserziehung, Stromleitungen und kaputte Fenster zu reparieren.

Kurz nach Breschnews Tod im November 1982 kam ein Patient namens Martin Daniel in Begleitung der Miliz in Põltsamaa an. Er hatte mehrere unangemessene Dinge verbrochen, unter anderem hatte er in Tallinn antisowjetische Plakate aufgehängt, Hakenkreuze auf den fünfzackigen Stern gemalt und Untergrundliteratur verlegt. Martin hatte einst am Institut für Zoologie und Botanik gearbeitet und sich mit der Verbreitung von Fledermäusen beschäftigt, aber nachdem ihm der KGB auf der Arbeit einen Besuch abgestattet hatte, war damit natürlich Schluss gewesen und Martin war entlassen worden. Die nächsten eineinhalb Jahre arbeitete er in einer Gärtnerei als Heizer. Nachdem die Blumen für den Frauentag gepflückt worden waren, nahm man ihn fest. Aus irgendeinem Grund war man so gnädig mit ihm, ihn statt nach Moskau, Leningrad oder Kaliningrad nach Põltsamaa zu schicken, was für einen jungen Mann eine Strafe sein konnte, aber im Vergleich zu härteren Orten eine sanfte Variante war. Martin, der sich seine kämpferische Zähigkeit bewahrt hatte, hörte bald von Madis' Geschichte und kam auf ihn zu.

»Mit wem hast du Kontakt? Mit Leuten aus Tartu oder Tallinn?«, quetschte Martin Madis aus, der im Keller Regale reparierte.

»Was für Kontakte?«

»Widerstandskämpfer.«

»Momentan habe ich mit niemandem Kontakt«, gab Madis zu, der seine Vorschläge und andere Briefe an verschiedenste Adressen geschickt hatte. Ein großer Teil seiner Einkünfte ging für das Verschicken von Briefen drauf. Er schickte beispielsweise an das Patentbüro einen Entwurf eines neuartigen Häufelgeräts, das nicht mit großer Begeisterung aufgenommen wurde, aber die Leitung des Pflegeheims ließ ihn im Keller herumwerkeln.

»Richtig …«, deutete Martin die Worte des älteren Mannes, »traue niemandem. Aber weißt du, die ganze Welt muss von uns erfahren.«

»Wenn schon, denn schon … Gib mir den Sechser-Schlüssel«, bat Madis.

»Verstehst du, wir brauchen direkte Kontakte, um die Infos ins Ausland zu schicken. Sonst lachen die sich ins Fäustchen, was diese Witzfiguren da treiben. Wir müssen ins Radio kommen oder im Ausland veröffentlichen. Wir müssen eine neue Bewegung aufbauen und Unterschriften sammeln.«

»Ich habe schon viele Manuskripte ins Ausland geschickt, aber die veröffentlicht keiner.«

»Ernsthaft? Worüber?«

»Alles. Das Treiben der Sowjetunion, die Wirtschaft … Weißt du, was das größte Problem der sowjetischen Volkswirtschaft ist?«

»Diebstahl?«

»Nein, die Inkompetenz der Anführer, ich erzähl's dir …«

Während Martin sich Madis' Ausführungen in der ersten Viertelstunde noch nickend anhörte, wurde er nach der zweiten vollen Stunde etwas zurückhaltender und stellte keine Fragen mehr.

Allerdings gab es gegen Ende des darauffolgenden Jahres eine große Überraschung. In der zweiten Dezemberhälfte bekam Madis einen dicken Stapel Briefe überreicht, die er verdutzt öffnete. Der Großteil der Briefe war aus dem Ausland. Er öffnete einen Umschlag mit schwedischen Briefmarken und las die kurze Postkarte, die herausgefallen war: *»Wertester Herr Jefferson! Wir wünschen Ihnen viel Kraft und Ausdauer beim Kampf für die Freiheit Estlands! Halten Sie durch! Frohe Weihnachten wünschen Ihnen Marta und Rein Agu, Stockholm 1983«*. Was zum Teufel? Etwas mehr Informationen bot der nächste Brief aus Kanada: *»Sehr geehrter Herr Jefferson! Unsere Familie lauschte mit großem Interesse und Mitgefühl auf Voice of America der Sendung über die inhaftierten Freiheitskämpfer aus dem Baltikum. Wir hörten darin Ihren Namen und wünschen Ihnen die gleiche Zähigkeit wie dem großen lettischen Freiheitskämpfer Domantas Simkus, dem es gelang, seinen heldenhaften Kampf in Briefen an Voice of America zu schildern. Frohe Weihnachten, Familie Randalu in Toronto«*. Neben ein paar Postkarten und einem längeren Brief voller Bibelzitate, den eine estnische Witwe im Exil in Malmö verfasst hatte, fiel Madis ein brauner Umschlag mit einer wundersamen Pilz-Briefmarke in die Hände, in dem sich ein Brief auf Englisch befand:

»*Panie Madiszu! Ich traute meinen Ohren nicht, als ich auf Voice of America eine polnische Sendung hörte, in der es um baltische Dissidenten ging. Ich weiß nicht, wie hoch die Wahrscheinlichkeit ist, dass in Estland zwei Menschen mit dem Namen Madis Jefferson leben, aber wahrscheinlich ist sie nicht höher als die Wahrscheinlichkeit, dass die Deutschen einen guten Witz machen oder die Polen ein funktionierendes Auto bauen. Dabei möchte ich jedoch betonen, dass Polskie Linie Lotnicze eine der ältesten Fluggesellschaften der Welt ist und sogar mit russischen Flugzeugen fliegen kann! In meinem Kopf sind so viele Fragen, dass ich sie gar nicht zu Papier bringen kann. Ich kann mir bloß vorstellen, was für ein Leben du geführt hast und was du alles gesehen haben musst, wenn du nun dort bist, wo du bist. Schreib mir alles, wenn du kannst, meine Adresse steht hier unten und auch auf dem Umschlag. Mir geht es gut, nun, so gut es einem fast achtzigjährigen Pensionär mit einem Holzbein in Wałbrzych bei hundert Prozent Inflation eben gehen kann – aber ich sage dir, der Mensch gewöhnt sich an weiß Gott was. Ich weine schon lange nicht mehr meinem Bein nach, das ich bei Hrodna an die Russen verloren habe, und bin schon seit Jahrzehnten an das seltsame Essen in Schlesien gewöhnt. Ich habe eine Frau, Ewa, eine Tochter und drei Enkelkinder. Würde ich noch immer zur See fahren, wäre ich jetzt ein respektierter Pirat und wir könnten zusammen noch einmal den Äquator überqueren. Ich sehe dich vor mir, als wäre es gestern gewesen, und vielleicht ändern sich irgendwann die Zeiten, sodass wir gemeinsam sehen können, wie die Hochhäuser von Manhattan vor uns im Nebel auftauchen. Und auch wenn es ein Wunder wäre –*

wäre es rückblickend ein noch größeres Wunder als all das, was wir gesehen und erlebt haben? In hoffnungsvoller Erwartung deiner Antwort, Marek. PS: Falls du dich noch an den Familiennamen Zajaczkowski-Wyszynski erinnern solltest, möchte ich noch erwähnen, dass ich ihn auf Wunsch meiner Frau zu Zajaczkowski gekürzt habe. Schreib jedenfalls nicht an Wyszynski, so heißt eine lästige alte Tante, die ein paar Häuser weiter wohnt, und ich will nicht, dass sie die Briefe bekommt.«

Vielleicht lag es auch nur an der Zugluft in den Gängen des Pflegeheims, aber es schien, als hätte Madis ein paar Tränen in den Augen.

Großvaters Hemd

Herbst 1989

In dem prall gefüllten Saal hatten sich über 500 Menschen eingefunden, viele saßen in den Gängen und manche hatten sogar Fotoapparate und 8-mm-Filmkameras, die jedoch keinen Ton aufnahmen. Vor dem Saal hatte ein flinker Geschäftsmann einen Tisch aufgebaut, auf dem blau-schwarz-weiße Abzeichen und Sticker lagen, die sich offenbar gut verkauften. Die Veranstaltung trug offiziell den vergleichsweise schwammigen Titel »Von der Idee eines selbst verwalteten Estlands zur Tat«, aber in Wirklichkeit ging es um eine Vortragsveranstaltung, zu der ein gutes Dutzend Redner längere oder kürzere Wortbeiträge beisteuern sollten. Ganz im Geiste der neuen Zeit sprachen die Redner über völlig unterschiedliche Themen, und jedes Mal, wenn etwas im entferntesten Sinne Mutiges gesagt wurde, folgte ein langer Applaus – egal, ob es um Denkmäler zum Estnischen Freiheitskrieg ging, um das Organisieren irgendwelcher Demonstrationen, den Schutz der estnischen Sprache, das Schicksal der Deportierten, oder um angedeutete beziehungsweise direktere Hinweise auf die Wiederherstellung eines unabhängigen Staates. Bei solchen Veranstaltungen kam es jedes Mal zu ungeplanten Wortbeiträgen, in denen Leute ihren Dank an die Organisatoren loswerden wollten, um Informationen zu irgendwann verstorbenen Menschen baten oder einfach über irgendwelche Engpässe im Handel reden wollten. Nachdem die Rede eines Mannes zu Ende war, der sich höchstpersönlich darum kümmern würde, dass die in Estland in Schwerstarbeit gefertigte

Wurst nicht mehr nach Russland exportiert würde, was ebenfalls mit einem langanhaltenden Beifall quittiert wurde, trat der nächste Redner ans Pult, ein älterer Mann mit einem zerzausten grauen Bart, der eine abgewetzte Wollhose trug, ein kariertes Hemd und ein langes blaues Sakko. Er nahm seine karierte Schirmmütze ab, zog einen gewaltigen Stapel Papier aus seiner Aktentasche und teilte mit, dass er Madis Jefferson heiße und einen gründlichen Überblick über die Probleme der Sowjetwirtschaft liefern würde und über Methoden, wie man diese effektiver gestalten könne. Jefferson gestand, dass seine Ausbildung nur aus sechs Jahren Schule bestand, doch er habe fünfzig Jahre lang ökonomische Fachliteratur studiert und in verschiedenen Haftanstalten der Sowjetunion mit vielen Menschen gesprochen, die mit den Problemen der sowjetischen Wirtschaft bestens vertraut gewesen seien, und auf dieser Grundlage habe er streng geheime Methoden zu deren Reformierung erarbeitet. Madis sprach wieder von Führung, von Geld und der Notwendigkeit, Menschen in der Wirtschaft zu versammeln, einerseits enthielt seine Rede viel gewöhnliche volkswirtschaftliche Theorie, andererseits war sie seltsam detailliert. So sprach er etwa darüber, wie hoch das Gehalt von irgendjemandem zu sein habe, doch dank seinem einnehmenden Wesen wurde seine staatskritische Rede ebenso begeistert aufgenommen wie der folgende Beitrag von jemandem, der davon erzählen wollte, dass es in seinem Stadtteil schon über eineinhalb Jahre kein Warmwasser mehr gab. Nach seinem Auftritt versuchte Madis mit den Organisatoren darüber ins Gespräch zu kommen, ob sie ihm nicht helfen könnten, seine wirtschaftstheoretischen Texte als Buch zu veröffentlichen, doch man schickte ihn höflich fort mit der Ausrede, dass es dafür kein Geld gäbe. Inzwischen war der Mann mit seinem Traum von warmem Wasser unter Applaus zum Ende gekommen und als Nächstes war ein Mann an der Reihe, dem besonders frenetisch applaudiert wurde, als er sagte, dass die Migranten dorthin zurückgehen sollten, wo sie hergekommen waren, wenn es ihnen in Estland nicht gefiele. Jemand wollte einen Brief formulieren, dass die estnischen Männer, die in der Roten Armee dienten, nach Hause geschickt werden sollten, ein anderer sagte irgendetwas über die Freundschaft der Völker und wieder ein anderer sprach von der Bibel, aber das erregte kein besonderes Interesse. Madis versuchte abermals, die Organisatoren davon zu überzeugen, seine Schriften zu veröffentlichen, aber am Ende machten sie ihm deutlich, dass dies überhaupt nicht in Frage kam.

Etwas aufgebracht nahm Madis seine Sachen und ging an der Garderobe vorbei.

»Ich habe ein Plakat mitgebracht«, teilte er der Dame an der Garderobe mit.

»Aha, ja. Welches denn …«, deutete die Dame auf vier oder fünf mit Tusche gemalte Plakate, die an der Wand auf Holzstangen lehnten, die stark an Stiele von Rechen oder Schneeschaufeln erinnerten. Auf den Plakaten stand etwa »KPSS = SS«, »Wir fordern die Annullierung des MRP-Geheimprotokolls« und etwas deutlicher, dafür aber sehr präzise: »Ich will essen!«

»Ähäm … meines ist das mit der roten Stange«, deutete Madis.

»Bitte sehr, schönen Abend.« Die ältere Dame reichte ihm das Plakat mit der Aufschrift »Von der Planwirtschaft zur Marktwirtschaft – sofort!«.

Madis legte sich die Stange über die Schulter und ging ein paar hundert Meter weiter zum Theater, wo er mit dem Plakat stehenblieb. Es war spät und die anderen Streikposten für heute schon weg, als die ersten Besucher ins Theater gingen. Da es momentan vergleichsweise viele Demonstrationen und andere Zusammenkünfte gab, erregten die Streikposten nicht mehr besonders viel Aufsehen, weshalb sie beim Herumstehen oft von Langeweile und Hunger geplagt wurden. Madis war offiziell noch immer wohnhaft im Pflegeheim von Põltsamaa, doch heute war er nicht auf der Flucht. Allerdings hatte er zwei Monate zuvor die Leitung des Pflegeheims angelogen, dass er zur Beerdigung eines Verwandten müsse und ein paar Tage weg sei. In Wirklichkeit war Madis mit dem Zug nach Moskau gefahren, weil er bei Voice of America von einer neuen Organisation namens »Unabhängige psychiatrische Vereinigung« gehört hatte. Diese kleine Vereinigung von Psychiatern aus Moskau, Kyjiw, Leningrad und noch ein paar anderen Städten hatte es sich zum Ziel gemacht, sich mit dem Leid jener Menschen zu beschäftigen, die man in den psychiatrischen Spezialkliniken festhielt, die dem Innenministerium der UdSSR unterstanden. Aus diesen Einrichtungen waren bereits so viele Berichte von Patienten und auch von Ärzten ins Ausland gelangt, dass die sowjetische Psychiatrie einen außerordentlich schlechten Ruf hatte und bei internationalen Veranstaltungen nicht mehr besonders gern gesehen war. Unter Gorbatschow begannen sich die Umstände langsam zu verändern. Die Moskauer Ärzte, mit denen Madis gesprochen hatte, gaben ihm ein Schreiben, in dem stand, dass sie keinen Grund sahen, weshalb er als handlungsunfähig eingestuft werden sollte. Mit diesem Schreiben hatte Madis nun alle Krankenhäuser in Tallinn und Tartu, Ministerien und Zeitungsredaktionen abgeklappert, hatte höflich verlangt, dass dies auch von einem örtlichen Gericht anerkannt würde, und nach kurzem Plaudern allen, die auch nur das geringste Interesse zeigten, seine Lebensgeschichte erzählt. Das Problem war nur, dass mit dem Anbruch der neuen Zeit massenhaft sonderbare Geschichten kursierten.

Madis blickte sich um, der Strom der Leute, die von der

Arbeit kamen, war inzwischen versiegt, hier und da kamen noch vereinzelte Schüler auf dem Weg vom Abendunterricht nach Hause vorbei. Er schulterte sein Plakat und schritt auf das ganz in der Nähe liegende Hotel Viru zu. So spät aufs Land zurückzufahren, erschien ihm nicht besonders verlockend, er würde lieber sein Glück bei den Touristen versuchen. Madis kam bei dem Hotel an und blieb mit seinem Plakat stehen. Gewöhnlich kam man immer sofort mit jemandem ins Gespräch, vor allem die abreisenden Finnen hatten es meist eilig, ihre übrigen Rubel auszugeben, und überreichten diese manchmal auch freundlichen Einheimischen. Prostituierte, ein paar Geschäftsleute und Geldwechsler, hauptsächlich Finnen, kamen aus der Stadt zurück, manche von Busexkursionen.

Nachdem Madis eine halbe Stunde herumgestanden hatte, bemerkte er am Eingang zum Hotel vier Männer, die nicht wie der übliche betrunkene Haufen Touristen wirkten. Die Männer diskutierten in einem ihm vertrauten englischen Tonfall das Programm für den nächsten Tag. Madis trat näher.

»Sind Sie aus Amerika?«, fragte er direkt.

Die Männer blieben stehen und nickten ungläubig. Ein dünnerer Mann erklärte, dass sie Journalisten seien, die nach Osteuropa geschickt worden waren, um für amerikanische Zeitungen über die Proteste zu schreiben, und nun waren sie für drei Tage in Estland.

»Sie sind Journalisten? Großartig! Ich heiße Madis Jefferson«, freute er sich.

»Jefferson? Wirklich? Wogegen protestieren Sie?«, fragte einer.

»Ich verlange einen Umbau der sowjetischen Wirtschaft!«, erklärte Madis.

»Aha, aha … was würden Sie verändern?«, fragte ein anderer.

»So einiges! Wie viel Zeit haben Sie? Können Sie meine Untersuchung mit nach Amerika nehmen, um sie dort zu veröffentlichen?«

»Untersuchung?«

»Ja, ganz genau«, Madis öffnete seine Aktentasche und zog einen dicken Stapel Papiere mit handschriftlichem Text und Zeichnungen hervor, auf dem in großen Lettern »SENSATION!« stand. Die Männer bestaunten den Stapel mit aufgerissenen Mündern. »Sehen Sie, das Hauptproblem des sowjetischen Systems besteht darin, dass die Stellen, an denen wichtige Entscheidungen getroffen werden, nicht von den richtigen Menschen geleitet werden … Wie also führt man das Land von der Planwirtschaft zur Marktwirtschaft, ohne dass alles ins Chaos fällt? Dazu habe ich die perfekte Antwort …«, setzte Madis an. Gute zehn Minuten später wurden die Männer unruhig und teilten mit, dass es ein Vergnügen gewesen sei, sie nun aber weitermüssten. Einer blieb. Der Alte wirkte seltsam auf ihn, vielleicht auch verrückt, aber etwas an ihm fesselte ihn und erinnerte ihn sogar an seinen eigenen Großvater.

»Madis, ich heiße John, John Sickle. Vielleicht suchen wir uns einen Platz in der Hotelbar und unterhalten uns dort?« Madis war gerne bereit, bei Kaffee und Cognac Platz zu nehmen und sein Manuskript hervorzuholen. Noch bevor es ihm aber gelang, dieses erneut zu öffnen, warf der Redakteur der Seattle Times einen Blick darauf und begann selbst:

»Was für ein Leben haben Sie gelebt? Welchen Beruf hatten Sie?«

»Ich bin auf der ganzen Welt zur See gefahren, ich habe in Estland, Amerika und Sibirien gelebt, saß mehr als zehn Jahre in russischen Haftanstalten und beinahe siebzehn Jahre ohne Grund in der Psychiatrie«, fasste Madis unbekümmert zusammen. Das war ungewöhnlich.

Die nächsten drei Stunden sprach Madis von seinem Leben, und obwohl er mit ungebrochener Selbstsicherheit wiederholt versuchte, auf die Manuskripte zu sprechen zu kommen, lenkte der Amerikaner das Gespräch stets genauso bestimmt zurück zu Madis' Biografie und schlug immer neue Seiten in seinem Notizbuch auf, was einen kleinen Hinweis auf das gab, was so ziemlich jeder Journalist, der einem Unbekannten begegnet, zu finden hofft, und zwar das Menschliche.

Als die Uhr sich bereits auf Mitternacht zubewegte und links wie rechts nur noch Männer in Lederjacken und Jeans sowie Frauen mit überparfümierten Locken saßen, hatte Madis eine letzte Frage:

»Können Sie mir eine offizielle Einladung nach Amerika schicken, für ein Visum?«

Donnerstagabendliche Unterhaltung

Herbst 1990

Ella Jefferson war eine große Frau mit dunkler Hautfarbe und einem Abzeichen aus Metall, auf dem »US Customs and Border Protection« stand. Ihre Schicht war fast vorüber, als das Stimmengewirr, das vom Gang zu hören war, eine gelandete Maschine ankündigte. Obwohl hier jeden Tag verschiedenste Sprachen zu hören waren, und die Lebhaftigkeit der Menschen, nachdem sie stundenlang in einer fliegenden Metallröhre gesessen hatten, stets die gleiche war, stachen die Kleider, Brillengestelle und auch Frisuren der Neuankömmlinge jetzt besonders hervor. Ella Jefferson blickte auf und stellte fest, dass wie jeden Donnerstagabend ein Flugzeug voll Russinnen und Russen angekommen war. Während Aeroflot und Pan Am früher abwechselnd aus Moskau nach New York flogen, kam seit diesem Frühjahr auch einmal pro Woche eine Maschine aus Leningrad, die in Irland und Kanada zwischenlandete. An Bord waren gewöhnlich offizielle Delegationen, einige Diplomaten und sonstige gestresste Leute, die größtenteils nach Brooklyn weiterfuhren, Richtung Brighton Beach, wo viele Schilder sogar auf Russisch waren. Ella sah sich Pässe an, Visa, fragte von Zeit zu Zeit nach dem Ziel und Grund der Reise, nach Tickets. Konferenz, Verwandte, Verwandte, manchmal sogar »Tourismus«. Eine ältere Frau mit einer entsetzlich großen Brille, ein Sportler, ein älteres jüdisches Ehepaar, ein Kerl mit Goldkette, den sich ihr Kollege gründlich vorknöpfte, irgendwelche Schüler, die in ein christliches Lager fuhren. Ein alter Mann, ein sehr seltsamer alter Mann, mit üppigem Bart, abgewetzten Hosen, einem langen Mantel und einem Rucksack, alles in allem etwas heruntergekommen wie jemand, der auf der Straße um Geld bettelte …

»Pass. Sprechen Sie Englisch?«

»Selbstverständlich«, der alte Mann hielt den Pass hin.

»Ma-dis Jefferson? Sie heißen Jefferson?«

»Ja, Madam, ich heiße Jefferson«, bestätigte der bärtige Alte.

»Heißen viele Russen Jefferson? Das wusste ich nicht – ich heiße selbst Jefferson!«

»Ich bin kein Russe, ich bin Este.«

»Okay, aber Sie haben einen russischen Pass.«

»Einen sowjetischen Pass, aber ich bin Este. Sie haben hier ja auch Little Italy und Little Germany und so weiter … Sehen Sie, wir haben Little Estonia«, erklärte der Ankömmling.

»In Ordnung … Mister Jefferson, was ist das Ziel Ihrer Reise?«

»Arbeit, ich muss wichtige Materialien veröffentlichen«, teilte er mit, ohne zu zögern.

»Was für Materialien?«, erkundigte sich Madam Jefferson.

»Buchmaterialien, auf dem Gebiet der Wirtschaftswissenschaften«, sagte Mister Jefferson, als sei dies die normalste Sache der Welt.

»In Ordnung, Mister Jefferson, aber wo werden Sie wohnen?«

»Ich komme bei Mister Sickle unter, darüber habe ich eine schriftliche Bestätigung«, Madis überreichte die knappe Einladung vom Frühling, in welcher der Journalist bekräftigte, dass er hoffe, Madis Jefferson würde ein Visum bekommen, und bei Bedarf würde er ihm auch kurzzeitig Logis anbieten. Der Beamtin stach sofort das Wort »kurzzeitig« ins Auge.

»Haben Sie Ihren Namen wegen Ella Fitzgerald bekommen?«, fragte Madis unerwartet.

»Ja, meine Eltern mochten sie …«, gestand sie überrascht, während sie durch den Pass blätterte.

»Ich habe sie vor dreiundfünfzig Jahren in Harlem singen gehört«, fuhr Madis fort.

»Sie waren vor dreiundfünfzig Jahren in Harlem?«

»Ja, meine Braut mochte sie«, sagte Madis, ohne eine Miene zu verziehen.

Ein seltsamer alter Kerl, was redete er bloß für einen Unfug? Der Mann sah sie ernst an. Madam Jefferson blickte auf die Uhr. Fünf Minuten bis zum Ende ihrer Schicht. Sie mochte Donnerstage, am Abend liefen die Cosby Show, Cheers und dann kam dieser junge Jude, der über alles Scherze machte. Zum Teufel mit ihm, Madam Jefferson zog den Einreisestempel hervor und drückte ihn in den Pass.

»Was macht Ihre Braut jetzt?«, Madam Jefferson reichte den Pass zurück.

»Das versuche ich herauszufinden«, konstatierte der Alte, nahm den Pass und ging durch das Tor mit der Aufschrift »Willkommen in den Vereinigten Staaten von Amerika«. Madam Jefferson fragte nicht, weshalb der Reisende kein Ticket für den Rückflug hatte.

Zwei Stunden später stand Madis Jefferson in der Bronx neben der 167th Street Metro Station und versuchte, alte Erinnerungen heraufzubeschwören, doch nichts war ihm mehr vertraut. Obwohl es so weit außerhalb des Zentrums noch immer keine Wolkenkratzer gab, standen anstelle der alten Häuser etwas neuere, fünf- bis sechsstöckige Hochhäuser und alles war ihm fremd. Er hatte für das fast tausend Rubel teure Flugticket ein halbes Jahr lang gearbeitet, auf dem Schwarzmarkt gefeilscht, sich Geld geborgt und gebettelt und hatte jetzt noch 100 Dollar in der Tasche – die zum Teil für

Zugfahrten draufgingen – sowie Schmuck zum Verpfänden. Madis ging zur Kreuzung und studierte die Hausnummern: 1373 … 1381 … 1384 … 1387 … Das braune Dreifachhaus mitsamt Keller und den neun steilen Stufen, die zum Eingang führen, genau wie vor neunundvierzig Jahren. An der Tür stand kein Name, Madis drückte die Klingel.

Eine lange Pause.

Schritte.

Die Tür öffnete sich einen Spalt und es erschien eine Frau in ihren Vierzigern, die den Fremden taxierte.

»Wir kaufen nichts«, teilte die Frau mit.

»Ich suche Irmeli Oja«, sagte Madis.

Die Frau sah den Fremden gründlicher an und öffnete die Tür etwas weiter.

»Irmeli war meine Mutter«, sagte die Frau. »Es tut mir leid, sie weilt nicht mehr unter uns … Ich heiße Mary Kinney … Woher kannten Sie einander?«

Madis sah die Frau einen Moment lang schweigend an.

»Ich habe eine Sache bei ihr gelassen«, sagte er schließlich.

»Eine Sache? Meine Mutter ist vor zehn Jahren in Florida gestorben … Was für eine Sache?«

»Ein dickes Heft, ein Manuskript.«

»Manuskript? Es tut mir sehr leid, aber ich weiß von nichts … Sind Sie auch aus Estland?«

»Ja …«, antwortete Madis zögerlich.

»Aber woher kannten Sie meine Mutter? Kannten Sie auch meinen Vater? Hören Sie, wollen Sie vielleicht reinkommen?«

»Wissen Sie … Ich habe gerade keine Zeit … Auf Wiedersehen!«, verabschiedete sich Madis eilig und brach auf, während die verdutzte Frau ihm hinterhersah.

Die nächsten zwei Stunden spazierte Madis langsam Richtung Downtown, als er beim Central Park müde wurde. Er setzte sich auf eine Bank und betrachtete mehrere Stunden das Treiben. Dann erhob er sich, ließ sich Kleingeld wechseln und wählte die Nummer seines Gastgebers, der nichts von Madis' Ankunft wusste. Am anderen Ende antwortete jemand von der Seattle Times, der bloß zu berichten wusste, dass John Sickle nicht mehr für die Zeitung arbeite, und dass er selbst in dieser Angelegenheit nicht weiterhelfen könne.

Madis dachte kurz nach, ehe er weiterging und eine kleine, offene Kirche fand. Die Kirche war recht leer, aber er suchte etwas anderes, bis ihm neben dem Eingang eine Toilettentür ins Auge fiel. Er betrat eine Kabine, schloss ab, holte ein kleines Notizheft hervor und schrieb: »Die erste Nacht in einer Kirche auf der 34th Street. Morgen bringe ich das Manuskript zur New York Times.« Dann legte er sich seine Tasche unter den Kopf und schlief ein.

Tauno Vahter

geboren 1978 in Tallinn, lebt in Estland als Verleger, Lektor, Übersetzer (aus dem Finnischen und Englischen) und Schriftsteller. Für seinen Debütroman »Die 11 Fluchten des Madis Jefferson« erhielt er den renommierten Eduard-Vilde-Preis. In seiner Freizeit ist er aktiv im Quiz-Sport und belegte 2012 mit seinem Team den ersten Platz der European Quizzing Championships.

Maximilian Murmann

geboren 1987, ist Übersetzer und Sprachwissenschaftler. Er übersetzt aus dem Finnischen, Estnischen und Englischen ins Deutsche und lebt mit seiner Familie in München.